Versehentliche Entführung

E.L. KOSLO

Copyright

ÜBERSETZUNG: ANJA MÖST – http://anjamtranslations.com
  redaktion: The Romance Doctor - Brittni Van @the_romance_doc
  Gestaltung des Buchumschlags E.L. Koslo
  Charakter-Illustrationen @qamber.emporium
  Bilder: Depositphotos: @ drogatnev
  innere: @ moodbringer, @ drogatnev
  schriftarten: Rustling Trees & BaskervilleBT

Widmung

DIESES BUCH IST FÜR alle Frauen, die schon immer malvon einem maskierten Mann durch den Wald gejagt werden wollten, der tief iminneren ein echter Schatz ist, sich aber auch nicht davor scheut, sie gegeneinen Baum zu drücken und zu fingern.

Erstes Kapitel

Hudson

Das Geräusch von Glas, das auf dem Betonboden zerschellte, lenkte meine Aufmerksamkeit auf die hintere Ecke der Bar. Laute Stimmen erhoben sich über die Musik und ich seufzte, bevor ich das Bierglas in meiner Hand neben das Waschbecken stellte.

Verdammt.

Es war eine dieser Nächte. In Universitätsstädten herrschte während des Herbstsemesters das reinste Chaos, und obwohl meine Stammkundschaft wesentlich ungehobelter war, verursachten diese betrunkenen Verbindungsstudenten im Moment eine Menge Probleme.

Bevor ich mich über die Theke hieven konnte, entdeckte ich in der Menge junger Menschen einen lilafarbenen Haarschopf.

Die beste Freundin meiner kleinen Schwester hatte einen Verbindungsstudenten im Schwitzkasten und hielt zwei Finger seiner rechten Hand auf eine wahrscheinlich sehr schmerzhafte Art und Weise fest. Eine falsche Bewegung und er würde für die nächsten paar Wochen seine andere Hand zum Wichsen benutzen müssen – falls sie ihm überhaupt eine Hand übrig ließ.

Einer der Türsteher folgte ihr kopfschüttelnd, als sie den Typen zur Tür führte. Charley hart im Nehmen, und wenn der Typ sie angefasst hatte, konnte er von Glück reden, dass seine Eier überhaupt noch intakt waren.

Als sie mich zum ersten Mal nach einem Job gefragt hatte, den sie während des Studiums ausüben konnte, war ich zögerlich gewesen. Mittlerweile musste ich mir jedoch eingestehen, dass sie ihre Arbeit in der überfüllten Kneipe ziemlich gut machte. Sie ließ die Gäste mit nichts davonkommen und verdiente genug Trinkgeld, um ihre Miete bezahlen zu können. Das nahm ihr eine Menge Stress, denn sie wohnte mit meiner Schwester zusammen in der Wohnung über der Bar.

»Braucht ihr Hilfe?«, rief ich und hielt mir die Hand neben den Mund, damit Mikey mich hören konnte.

3

»Ich glaube, sie hat alles unter Kontrolle«, rief er lachend zurück, während Charley den vermutlich übergriffigen Typen zum Ausgang führte. Sie stieß die Tür zur Bar mit einem Tritt auf, während sie die Leute anschrie, die draußen herumlungerten.

»Bewegt euch. Ich versuche, den Müll rauszubringen.«

Mikey übernahm das Kommando, packte den Typen von hinten an seinem Hemd und verschwand mit ihm auf dem Parkplatz. Wahrscheinlich würde er dem Idioten die Autoschlüssel abnehmen und ihm über die Bar einen Uber bestellen, aber ich war einfach nur froh, dass er nicht mehr in meinem Lokal herumlungerte.

Die Leute kamen hierher, um sich zu amüsieren, und ich wollte nicht zulassen, dass irgendwelche Arschlöcher hier ihr Unwesen trieben. Ich hörte mich an, als wäre ich 90 Jahre alt, aber ich hatte die rebellischen Zeiten hinter mir gelassen, als ich mit 26 Jahren Geschäftsinhaber geworden war.

Falls mein Dad mir die Bar überschrieben hatte, um mich auf den richtigen Weg zu bringen, hatte es funktioniert.

Charley kam wieder herein, wischte sich die Hände an ihrem kurzen Jeansrock ab und grinste mich an, als sie unter den Überhang der Bar schlüpfte. Sie war gerade mal einen Meter fünfzig groß, hatte aber einen schwarzen Gürtel in Taekwondo und könnte jeden ins Krankenhaus befördern, der sich mit ihr anlegte. Ich hatte schon vor Jahren gelernt, dass mit ihr nicht zu spaßen war.

Hazel würde mir auch die Hölle heiß machen, wenn ich mich mit ihrer besten Freundin anlegen würde. Charley stand meiner kleinen Schwester sehr nahe und ging mir schon seit ihrem zehnten Lebensjahr auf den Zeiger.

»Was gibt's, Boss?« Sie griff unter die Theke, um sich ein Schnapsglas zu holen, und knallte es auf den Tresen, bevor sie sich eine Flasche Pfirsichwodka schnappte. Ich sah zu und verschränkte die Arme vor der Brust, als sie sich etwas davon einschenkte. Sie zwinkerte mir zu, bevor sie ihn hinunterkippte, aber damit würde sie nicht zu mir durchdringen.

»Was habe ich dir über den Alkoholkonsum während der Arbeitszeit gesagt?«

Sie zuckte mit den Schultern und griff wieder nach der Flasche, aber ich nahm sie ihr weg und wehrte sie mit meinem Körper ab, als sie versuchte, sie wieder an sich zu reißen. »Ach, komm schon, das habe ich mir verdient.«

»Du hast dir den ersten Shot verdient. Mehr nicht.« Ich wollte sie auf keinen Fall betrunken wieder losschicken. Sie war nur deshalb so gut in ihrem Job, weil sie schnell reagierte, damit die Dinge *nicht* eskalierten. »Oder du bleibst den Rest der Nacht hier bei mir.«

4

VERSEHENTLICHE ENTFÜHRUNG

Sie verengte die Augen und ich machte mich darauf gefasst, dass sie mich anschnauzen würde, aber sie schnaubte nur und funkelte mich an. »Das Trinkgeld hier ist beschissen.«

»Nicht mein Problem. Wenn du dich während meiner Schicht betrinkst, muss ich auf dich aufpassen. Und dafür habe ich weder die Zeit noch die Geduld. Und falls du es noch nicht gemerkt hast: Du bist ganz schön anstrengend.«

»Nach zwei Shots bin ich wohl kaum betrunken. Du bist manchmal so ein Spielverderber.« Natürlich wusste ich, dass sie wahrscheinlich sogar mehr als zwei Shots vertragen könnte, aber ich wollte auch nicht riskieren, dass sie mit mir an der Bar festsaß. Jedes Mal, wenn sie Barkeeperin war, wurde es am Tresen zu eng. Ich war nicht naiv genug, um zu glauben, dass das an meiner charmanten Persönlichkeit lag. Charleys kurze Röcke lockten die Männer an und dann verbrachte ich die ganze Nacht damit, die sabbernden Scharen zu bändigen, die um ihre Aufmerksamkeit wetteiferten.

Meine Freundin Vivienne verstand nicht, warum ich Hazel und Charley Jobs gab und hielt meine Schwester und ihre Freundin für Schmarotzerinnen. Ihr war egal, dass die beiden sich ihre Positionen mehr als verdient hatten und dass das Geschäft in der Regel besser lief, wenn die beiden zusammen arbeiteten.

Viv war einfach nur genervt, wenn ich zu eng mit Charley zusammenarbeitete. Die beiden hatten eine verblüffende Ähnlichkeit miteinander und meine Freundin tendierte dazu, jeden beiläufigen Blick falsch zu interpretieren. Da ich Charley nicht annähernd so sah wie Viv, verstand ich nicht, warum sie sich so darüber aufregte, aber ich versuchte, Abstand zu halten, um den Frieden zu wahren.

Hazel bewegte sich zwischen dem hinteren Teil des Lokals und der Bar hin und her, um sicherzustellen, dass die Essensausgabe reibungslos verlief. Unser Vater hatte die Bar zwar an mich übergeben, aber er wollte, dass sie immer einen Arbeitsplatz hatte, wenn sie ihn wollte. Sie belegte gerade ein paar Online-Illustrationskurse und ich wusste, dass die Trinkgelder ihr halfen, über die Runden zu kommen, bis sie ein paar Aufträge als Designerin bekam.

»Hey, heißer Barkeeper«, rief eine hohe weibliche Stimme vom anderen Ende der Bar und Charley rollte mit den Augen. Bevor Vivienne es bemerken konnte, drehte sie sich um und hüpfte über den Tresen, wobei sie darauf achtete, den Jungs am nächstgelegenen Tisch keine intimen Stellen zu präsentieren. Ich warf ihnen einen finsteren Blick zu, um sicherzugehen, dass sie sich auf ihre Drinks konzentrierten. Als sie sicher wieder auf dem Boden gelandet war, wandte ich mich der Frau zu, die meine Aufmerksamkeit erregen wollte.

5

»Kann ich Ihnen helfen, Ma'am?«, fragte ich und stützte mich mit den Unterarmen auf dem abgenutzten Holz ab. Die zierliche Blondine beugte sich vor und drückte mir einen Kuss auf die Wange, bevor sie sich auf einem Hocker niederließ.

»Wann kannst du abhauen?« Ich sah zu, wie sie eine Locke um ihren Zeigefinger drehte. Viv war mit ihren achtundzwanzig Jahren nur zwei Jahre jünger als ich, aber manchmal benahm sie sich, als wäre sie jünger als meine vierundzwanzigjährige Schwester – und sie zog sich auch so an. Das war in Ordnung gewesen, als wir uns vor vier Jahren kennengelernt hatten, aber mit dreißig wollte ich diese wilden Zeiten nicht wieder aufleben lassen.

Ihr hautenges Tanktop schmiegte sich an ihre großzügigen Kurven. Diese Kurven hatten mich damals angelockt und zogen auch heute noch die Aufmerksamkeit meiner Kunden auf sich. Sie reagierte zwar nie darauf, wenn Männer sie anmachten, aber ich wusste, dass sie die Aufmerksamkeit genoss. Als ich meinen Blick über ihren Körper schweifen ließ, konnte ich einen Teil der straffen, künstlich gebräunten Haut sehen. Sie trug ein Croptop und eine Jeansshorts, also konnte man ziemlich viel von ihrem Bauch sehen. Unter der Woche kleidete sie sich alles andere als freizügig. Ihr Kleiderschrank war voller maßgeschneiderter Blusen, Bleistiftröcke und hoher Schuhe. An den Wochenenden mochte sie herumlaufen wie ein Partygirl, aber ich wusste, dass sie sich im Büro als diejenige präsentierte, die sie wirklich war.

»Die Bar schließt in zwei Stunden. Ich gehe heute als Letzter.« Normalerweise tauschte ich die Dienstpläne mit den anderen beiden Barchefs und übernahm abwechselnd die Wochenenden. Aber da ich Halloween in ein paar Tagen freihaben wollte, hatte ich die letzten drei Wochen an den Wochenenden gearbeitet, um das auszugleichen.

»Kannst du dich nicht früher rausschleichen?«, jammerte sie und neigte den Kopf zur Seite. Ihre Wimpern flatterten und sie schmollte. Das hatte früher funktioniert, aber ich ließ mich nicht mehr von ihr dazu manipulieren, ein beschissener Chef zu sein, denn die Meinung meiner Angestellten war mir wichtig. »Du hast nie Zeit, etwas mit mir zu unternehmen. Früher hattest du viel mehr Spaß, als du die Sache mit der Bar noch nicht so ernst genommen hast.«

Ich wusste, dass ich sie enttäuschte, aber diese Bar bedeutete finanzielle Sicherheit, und ich musste sie ernst nehmen, wenn ich nicht alle anderen in meinem Leben enttäuschen wollte. Meine Eltern erwarteten von mir, dass ich das Geschäft am Leben erhielt, meine Schwester war auf ihr Einkommen als Kellnerin angewiesen, um die Kosten für ihre Online-Kurse und ihr

Kunstzubehör zu decken, und meine Angestellten verdienten sich mit diesem Laden ihren Lebensunterhalt. Wenn alles zusammenbrach, weil ich mehr Zeit mit meiner Freundin verbringen wollte, würden viele Leute darunter leiden.

»Viv, du weißt, dass ich nicht kann. Ich werde wie immer um drei Uhr Feierabend machen.«

»Aber bis dahin bin ich zu müde.« Meine Schläfen pochten bei ihrer schrillen Stimme. Ich hasste es, dass sie kein Nein als Antwort akzeptieren konnte. Ich würde niemals von ihr erwarten, dass sie während der Arbeitszeit alles stehen und liegen ließ, um mich bei Laune zu halten. Nur weil sie tagsüber in einem Büro arbeitete, hieß das nicht, dass *meine* Arbeit während *meiner* Arbeitszeit weniger wichtig war.

»Dann werde ich vielleicht einfach in meinem Büro übernachten.« Sonntags machte ich normalerweise die Inventur vor der wöchentlichen Lebensmittel- lieferung, also wäre es einfacher, wenn ich nicht hin und her fahren müsste. Ich hatte im ersten Stock gewohnt, als ich die Bar übernommen hatte, aber sobald Hazel nach der Kunstschule wieder nach Hause gezogen war, hatte ich ein paar Straßen weiter ein Haus gekauft, damit sie nicht mehr bei unseren Eltern wohnen musste.

Viv verengte ihre Augen und sah sich nach meiner Schwester um. »Du hast doch nicht vor, in ihrer Wohnung zu übernachten, oder?«

»Nein«, seufzte ich und griff nach meinem schwarzen Hut, um ihn wieder auf mein verschwitztes Haar zu setzen. Die Tatsache, dass sie direkt davon ausging, machte mich noch wütender. »Ich werde auf der Couch in meinem Büro schlafen. Unten. Nicht oben.«

Charley und Hazel teilten sich die bescheidene Zweizimmerwohnung über der Bar, und sah überhaupt nicht mehr so aus wie zu der Zeit, als ich dort gewohnt hatte. Meine Schwester war sehr feminin und hatte riesige Blumen an die Wohnzimmerwände gemalt.

Ich war nicht ihr Vermieter, sondern Dad, aber ich sorgte dafür, dass die Mädchen alles hatten, was sie brauchten. Und ich war ihr Handwerker, wenn etwas kaputtging.

»Ich wollte mit dir über etwas reden.« Sie sah verärgert aus, dass ich ihr nicht zur Verfügung stand, aber ich hatte wichtigere Aufgaben als sie glücklich zu machen. Manchmal hatte ich das Gefühl, dass ich eher ein Accessoire für sie war als ein Partner. Aber ich war ein erwachsener Mann mit einem erwachsenen Job.

»Wenn ich mit der Inventur fertig bin, die Lieferung eingelagert habe und die Bestellungen für die nächste Woche abgegeben habe, komme ich nach Hause.«

»Okay, meinetwegen«, seufzte sie, aber ich wusste, dass sie sauer auf mich war. Ich hatte sie in letzter Zeit oft hängen lassen. Sie erwartete von mir, dass ich alles stehen und liegen ließ, aber diese Bar war meine Zukunft. Mein Vater hatte den Laden nicht zwanzig Jahre lang am Laufen gehalten, indem er früh Feierabend gemacht und sich vor seiner Verantwortung gedrückt hatte.

Bevor ich darüber nachdenken konnte, wie ich ihre Stimmung auflockern konnte, öffnete sich die Eingangstür der Bar und ein Dutzend weiterer College-Studenten mischte sich unter die Menge.

»Willst du einen Drink? Wir haben viel zu tun und ich muss zurück an die Arbeit.«

Viv schüttelte verärgert den Kopf. Ich zuckte mit den Schultern und atmete tief durch. Als ich wieder aufblickte, war sie bereits in ihr Handy vertieft, während ich ans andere Ende der Bar flüchtete, um meine neuen Gäste zu bedienen.

Sie war schon seit Monaten genervt von mir, weil ich ihr gesagt hatte, dass ich mein Haus nicht verkaufen wolle, um mit ihr in etwas Neueres zu ziehen. Ich hatte es in Erwägung gezogen, aber wegen meiner unregelmäßigen Arbeitszeiten wusste ich nicht, wie sie das verkraften würde. Ich wollte auch nicht nur mit ihr zusammenziehen, nur weil wir schon seit ein paar Jahren zusammen waren.

Am Anfang unserer Beziehung war alles ganz zwanglos gewesen, aber in letzter Zeit hatte sie angedeutet, dass sie mehr wollte. Ich war mir nur nicht sicher, ob ich ihr mehr geben konnte.

Sie hatte nicht gegen meinen Job protestiert, als wir uns kennengelernt hatten. Sie hatte sogar angenommen, ich sei nur ein Barkeeper und nicht der Besitzer der Bar. Mein Vater war damals noch in das Geschäft involviert gewesen, und als er schließlich in den Ruhestand gegangen und ich in seine Fußstapfen getreten war, war sie nicht besonders begeistert davon gewesen, dass ich nicht mehr jederzeit verfügbar war.

Während ich beobachtete, wie ihre manikürten Finger über ihren Handy-Bildschirm tippten, versuchte ich, das Mädchen zu sehen, in das ich mich verliebt hatte. Ich war mir nicht sicher, ob sie unter der sorgfältig gepflegten Fassade der Frau, zu der sie geworden war, überhaupt noch existierte.

Zweites Kapitel

Hudson

ICH HOB EINE KISTE mit Kartoffeln hoch, trug sie in den Kühlraum neben der Küche und stellte sie auf ein Regal neben der Tür.

Ich streckte mich und ließ die Schultern kreisen, bevor ich den Rücken durchbog und stöhnte, als er schmerzte. Ich war zu alt, um auf dem Sofa zu schlafen. Nach einer ganzen Schicht auf den Beinen und anschließendem Hin- und Herwälzen auf der Couch in meinem Büro war ich verdammt müde. Außerdem brauchte ich dringend eine Dusche, weil ich immer noch nach Bar roch.

»Wir sind verdammt alt«, stöhnte mein bester Freund Reid, als er sich zu mir gesellte und eine Kiste voller Tomaten abstellte. »Warum können die anderen Barkeeper diesen Scheiß nicht übernehmen?«

»Weil sie diese Woche freiwillige Zusatzschichten übernommen haben, damit ich mir ein paar Tage freinehmen kann.«

»Du hast doch das Sagen. Du machst den Dienstplan. Wenn du dir also ein paar Tage freinehmen willst, lass sie einfach arbeiten.«

»Wir wissen beide, dass das nicht so einfach ist«, sagte ich lachend und ging um ihn herum, um eine weitere Kiste von dem Stapel neben der Hintertür zu holen. »Würdest du einfach einen deiner Stammkunden auf einen anderen Künstler abwälzen?«

»Meine Situation ist anders. Die Leute sind sehr wählerisch, wenn es darum geht, wer ihnen dauerhaft etwas auf den Körper tätowiert. Den meisten ist es scheißegal, wer ihnen die Drinks einschenkt.« Er hielt inne und grinste mich an. »Es sei denn, es ist Charley. Sie könnte meinen Drink vergiften.«

»Es geht ums Prinzip. Wenn ich will, dass sie weiter für mich arbeiten, muss ich das auch durchziehen. Schichten zu schwänzen ist nicht gerade förderlich für eine gute Zusammenarbeit oder Respekt.«

»Ein Workaholic zu sein, ist nicht gerade förderlich für ein gutes Privatleben. Wie kommt Viv damit klar, dass du sechzig Stunden pro Woche arbeitest?«

VERSEHENTLICHE ENTFÜHRUNG

Nicht gut. Ich hatte die Vorahnung, dass sie einen Streit anfangen würde, wenn ich später bei ihr vorbeikam. Normalerweise endete ein Streit mit ihr in hartem, akrobatischen Sex, aber das löste unsere Probleme auch nicht.

Aber darüber wollte ich nicht mit ihm reden. »Das sagt der Richtige. Wie läuft es bei dir, wenn du ständig irgendwelche Kundinnen fickst?«

Er funkelte mich an und ich wusste, dass ich ins Schwarze getroffen hatte. »Sie schmeißen sich mir an den Hals. Außerdem ist es nicht so, als würde ich sie ficken, während ich aktiv an einem Tattoo arbeite. Aber wenn eine heiße Braut mir ihre Nummer anbietet, lehne ich sicher nicht ab. Oder einen Blowjob in meinem Büro. Anscheinend sind Tattoos ein Aphrodisiakum.«

»Hast du schon mal daran gedacht, mit einer von ihnen eine Beziehung anzufangen?« Er war nie ganz aus der Fuckboy-Phase herausgewachsen, die wir beide mit Mitte 20 durchgemacht hatten. Es hatte Spaß gemacht, und die Ungebundenheit war damals verlockend gewesen, aber ich war lieber mit einer Person zusammen. Wenn sie nicht gerade sauer auf mich war.

So hatte man Zeit, herauszufinden, was ihr gefiel, und es musste kein ständiger Leistungsdruck bestehen. Sex mit Fremden war zwar eine Zeit lang spannend gewesen, aber irgendwann war mir klar geworden, dass es sich am nächsten Tag ziemlich leer anfühlte. Und einige dieser Frauen waren viel zu wild für mich gewesen.

Genauso wie ...

Nein. Stopp. Ich sollte nicht darüber nachdenken, wie wild die beste Freundin meiner Schwester ist.

Sie ließ sich nie auf Jungs aus der Bar ein, aber ich hatte Geräusche aus ihrem Schlafzimmer im Obergeschoss gehört, als sie nicht gewusst hatte, dass ich in meinem Büro war. Charley war laut und schien auf *harten* Sex zu stehen, da ihr Kopfteil manchmal gegen die Wand knallte.

Ein Teil von mir fürchtete sich davor, die Dellen in ihrem Zimmer auszubessern, wenn sie irgendwann auszog, weil ich nicht darüber nachdenken wollte, wie sie dorthin gekommen waren.

Es war ja nicht so, als wüsste ich nicht, dass sie Sex hatte, aber wenn ich daran dachte, kam ich mir wie ein Perversling vor. Außerdem wollte ich weiterhin so tun, als würde ich nicht wissen, dass sie meine Schwester mitnahm, um Typen aufzureißen. Hazel war süß und nett, weshalb sie es hasste, wenn ich Jungs vor ihr warnte, aber ich wollte nicht, dass sie ausgenutzt wurde.

»Alter, hörst du mir überhaupt zu?«

»Was?« Ich schüttelte den Kopf, konzentrierte mich auf Reid und versuchte, mich nicht über sein Grinsen aufzuregen.

»Ich habe dich gefragt, was du für die Party geplant hast. Welches Kostüm ziehst du an?«

Viv hatte davon gesprochen, ein Partnerkostüm zu organisieren, aber ich hatte nicht wirklich darüber nachgedacht. Ich war mir sicher, dass sie sich etwas aussuchen und mich dazu zwingen würde, es zu tragen. »Ich weiß es noch nicht. Viv hat vor ein paar Wochen etwas erwähnt, aber sie hat mir das Kostüm noch nicht gezeigt.«

»Du bist manchmal so ein verdammtes Weichei. Warum lässt du sie immer die Führung übernehmen?«

Ich wusste genau, warum. »Es ist einfacher, zu tun, was sie will. Du weißt doch, wie sie ist.«

»Magst du sie überhaupt? Es scheint, als wärst du nur mit ihr zusammen, weil du dich nicht nach etwas anderem umsehen willst.«

»Natürlich mag ich sie. Wir sind schon seit vier Jahren zusammen.«

»Warum lässt du sie dann nicht einziehen oder ziehst in ihre Wohnung?«

»Weil mir mein Haus gefällt und ich nicht in eine dieser blöden Eigentumswohnungen ziehen will.« Ihre Wohnung sah aus, als gehöre sie auf eine Instagram-Seite. Genau genommen war das wohl auch so, aber es wirkte alles zu unecht. »Die sehen alle gleich aus und ich passe nicht zu all den kultivierten Geschäftsleuten in diesem Gebäude. Sie würden mich wahrscheinlich für einen Obdachlosen oder einen Einbrecher halten. Du hast doch gesehen, was Viv für Freunde hat.«

»Ich weiß, es geht mich nichts an, aber das sind doch alles nur Ausreden. Bleibst du bei ihr, weil du mit ihr zusammen sein willst oder weil es einfacher ist? Wenn du mich fragst, bin ich lieber allein, als mich herumkommandieren zu lassen.«

»Du hast recht. Es geht dich nichts an. Und genau deshalb bist du immer noch Single. Du verstehst nicht, wie Beziehungen funktionieren.«

Er verschränkte die Arme und ich wusste, dass er nur etwas dazu sagte, weil er mein Freund war, aber er hatte Viv noch nie gemocht.

»Nur weil ich noch niemanden kennengelernt habe, mit dem ich mehr als eine Nacht verbringen möchte, heißt das nicht, dass ich keine Ahnung von Beziehungen habe. Es heißt nur, dass ich meine Zeit nicht mit Dingen verschwende, die zum Scheitern verurteilt sind, sobald das sexuelle Glücksgefühl nachlässt.«

»Und deshalb wirst du auch nie eine ernsthafte Beziehung haben. Du gibst nie jemandem eine Chance.«

»Wieso geht es hier plötzlich um mich? Ich mag mein Leben, wie es ist. Du bist derjenige, der immer mies drauf ist. Und du bleibst mit einer Frau zusammen, über die du längst hinausgewachsen bist, weil es einfacher ist, als jemand anderen zu finden.«

»Können wir das nicht einfach zu Ende bringen, damit ich nach Hause gehen und duschen kann, bevor ich zu ihr muss? Ich weiß, dass du dir nur Sorgen machst, aber das musst du nicht.«

»Sag mir einfach Bescheid, wenn du bereit für etwas Neues bist. Dann können wir wieder zusammen losziehen. Du warst früher ziemlich beliebt bei Frauen, bevor Viv dich domestiziert hat.«

»Die meisten deiner Fickfreundinnen holst du dir doch ohnehin in meiner Bar oder in deinem Laden ab. Ich habe kein Interesse daran, unnötiges Drama zu verursachen.«

Er lachte und klopfte mir auf den Rücken. »Gut, dann bleib eben prüde. Geh und hab langweiligen Sex in der Missionarstellung mit deiner zickigen Freundin, bevor sie dich in irgendein peinliches Kostüm steckt.«

»Was ziehst du denn an?«

Er grinste und wackelte mit den Augenbrauen, bevor er sich zu mir lehnte. »Ich ziehe mir meinen Motorradhelm und meine Leder-Motorradhose an. Ich habe mich nur noch nicht entschlossen, ob ich ganz ohne Oberteil oder mit einem engen T-Shirt gehe.«

»Das soll ein Kostüm sein?«

»Ich glaube, du unterschätzt die Macht der Geheimnisse. Ein Biker mit Tattoos, angezogen wie der feuchte Traum einer Frau. Ich werde an diesem Abend auf keinen Fall alleine nach Hause gehen. Studentinnen stehen auf maskierte Bad Boys.«

Das klang, als würde er sich Ärger einhandeln, aber wenn alles einvernehmlich war, würde ich nicht urteilen. Wenn er mit einem Motorradhelm anonymen Sex haben wollte und die Frau darauf stand, war das seine Sache. Solange er es nicht in meiner Bar tat.

»Kein Sex im Hinterzimmer.«

»Das war nur ein einziges Mal.«

»Meine Schwester ist reingeplatzt, als du irgendein Mädchen gevögelt hast, und du hast nicht einmal aufgehört. Wenn du in der Öffentlichkeit ficken willst, dann nimm sie mit in deinen Laden nebenan.«

»Ich hätte ja nicht wissen können, dass Haz reinkommen würde. Und es ist nicht meine Schuld, dass sie geschrien hat und im Flur über eine Kiste Jack Daniels gestolpert ist.«

Vor ein paar Jahren hatte ich meine Schwester deswegen in die Notaufnahme bringen müssen. Ihr Bein hatte genäht werden müssen und sie konnte Reid immer noch nicht in die Augen sehen.

Erschwerend kam hinzu, dass er das Mädchen so lange gefickt hatte, bis er gekommen war, weil er Hazels Kreischen nicht von dem Schrei des Mädchens hatte unterscheiden können, das er an die Wand gedrückt hatte.

Ich war angerannt gekommen und hatte meine Schwester blutend im Flur vorgefunden, mit einer Glasscherbe von einer zerbrochenen Whiskeyflasche in der Wade, und meinen besten Freund mit der Hose um die Knie und heraushängendem Schwanz.

Er hatte Glück, dass es kein anderer Angestellter gewesen war, denn wenigstens konnte ich mir sicher sein, dass meine Schwester mich nicht verklagen würde. Es war nicht das erste Mal, dass ich Leute in der Bar beim Vögeln erwischt hatte – das gehörte irgendwie dazu – aber ich konnte meinen besten Freund nicht einfach rausschmeißen und ihm den Zutritt verwehren.

»Du hast dich in eine lustlose Version deiner selbst verwandelt. Sei ehrlich, insgeheim wünschst du dir doch, du könntest Sex in deiner Bar haben«, stichelte Reid und ich musste mir eingestehen, dass an seiner Aussage etwas Wahres dran war. Ich hatte mich verändert, aber ich war auch fest entschlossen, mein Privatleben von meinem Beruf fernzuhalten.

Viv hatte ein paar Mal versucht, sich an mich ranzumachen, wenn sie bis nach Ladenschluss geblieben war, aber dann versprach ich ihr einfach, sie zu lecken, sobald ich geduscht hatte, und damit ließ sie sich normalerweise abspeisen. Ich habe schon genug Zeit an diesem Ort verbracht. Ich wollte nicht noch den Tresen oder den Lagerraum desinfizieren müssen, weil wir es nicht abwarten konnten. Außerdem hatte es mir noch nie Spaß gemacht, in der Toilette einer Bar zu ficken, nachdem betrunkene Studenten dort alles Mögliche gemacht hatten.

Bevor ich mich weiter mit ihm über mein Sexleben streiten konnte, vibrierte mein Handy in meiner Tasche.

Viv: Kommst du heute noch vorbei? Wir müssen über die Party reden.

»Ist sie das?«

»Ja. Ich muss los. Sie will über die Party reden.«

»Viel Glück, Mann. Bleib stark und lass dir kein furchtbares Pärchenkostüm aufschwatzen. Wenn du als Disney-Prinz auftauchst, mache ich Fotos, damit ich dir genau den Moment zeigen kann, in dem sie dir die Eier abgeschnitten hat, um sie in ihrer winzigen Designertasche aufzubewahren, wenn du dich fragst, wo sie hin sind.«

Er ging, während ich mich wieder einmal fragte, ob er recht hatte. Viv war eher ein Partygirl gewesen, als wir uns kennengelernt hatten, und im ersten Jahr unserer Beziehung hatten wir viel miteinander unternommen, aber irgendwann hatten sich unsere Wege getrennt.

Mein Abschluss in Restaurantmanagement hatte einen nahtlosen Übergang zu meinem jetzigen Beruf geschaffen, denn genau zur gleichen Zeit hatte mein Vater geschlossen, dass er nicht mehr acht bis zehn Stunden am Tag hinter einer Bar stehen wollte. Ich konnte es ihm nicht verübeln. Er hatte viel für die Bar geopfert, und als meine Mom ihre Arbeitsstunden im Krankenhaus reduziert hatte, war er zu dem Schluss gekommen, dass es wichtiger war, wieder den Bezug zueinander wiederzufinden, nachdem sie ihn über die Jahre hinweg verloren hatten.

Nun, da sie beide so gut wie im Ruhestand waren, turtelten sie ständig miteinander herum, da sie endlich eine gute Work-Life-Balance hatten und sich auf ihre Beziehung konzentrieren konnten.

Ich wusste, dass seine Arbeitszeiten Probleme zwischen ihnen verursacht hatten, als wir jünger gewesen waren. Haz erinnerte sich nicht an die heimlichen Gespräche hinter verschlossenen Türen oder an die Monate, in denen er in der Wohnung über der Bar geschlafen hatte, als ich noch zur Highschool gegangen war.

Ein Teil von mir hatte die Anzeichen einer bröckelnden Beziehung wiedererkannt, als Viv mir vorgehalten hatte, dass ich zu viel arbeiten würde, aber ich nahm ihr ja auch nie übel, wenn sie einmal im Monat auf Geschäftsreise ging.

Als ich gerade abschließen wollte, kam eine weitere Nachricht, und ich wusste, dass ich zu lange gezögert hatte.

> *Viv: Wenn du nicht kommst, sei wenigstens so anständig und sag mir Bescheid.*

> *Hudson: Ich dusche und dann komme ich vorbei. Gib mir 45 Minuten.*

Mein Motorrad stand unter einem Überhang neben der Hintertür in einem kleinen eingezäunten Bereich, der mit einem Vorhängeschloss gesichert war, weil irgendein betrunkener Idiot vor ein paar Jahren versucht hatte, damit wegzufahren.

Das Wetter würde bald umschlagen, aber so lange ich konnte, fuhr ich mit dem Motorrad zur Arbeit. Es hatte etwas Stärkendes an sich, rasend schnell um Kurven zu brettern und den Slalom der Bergstraßen zu genießen. Viv hasste es, mit mir Motorrad zu fahren. Wenn wir etwas vorhatten, fuhr ich meinen restaurierten Chevelle zur Arbeit, aber selbst der schien sie in letzter Zeit zu nerven. Wenn es nach ihr ginge, würde ich ihn verkaufen und mir ein *vernünftigeres* Auto zulegen.

Sie fuhr einen Tesla, der zwar schön war, aber einfach nicht zu mir passte. Klassische Autos waren schon immer meine Leidenschaft gewesen und nach all den Arbeitsstunden, die ich in die Restaurierung meines Autos gesteckt hatte, wollte ich es nicht aufgeben.

Zwanzig Minuten später stellte ich mein Fahrrad in die Garage und stieg dann nach einer kurzen Dusche in mein Auto. Die Fahrt zu Vivs Wohnung war kurz und sie wartete schon an der Tür auf mich. Ihre Haare waren zu einem ordentlichen Dutt hochgesteckt und sie trug einen Designer-Jogginganzug. Lässiger ging es bei ihr nicht, und ich wünschte, sie würde sich einfach mal entspannen und sie selbst sein. Die vierundzwanzigjährige Viv hatte sich nicht davor gescheut, mit chaotisch gewellten blonden Haaren und einem meiner alten T-Shirts durch ihre Wohnung zu laufen. Diese Viv hatte ich schon lange nicht mehr gesehen.

Wenn ich sie jetzt ansah, fragte ich mich oft, ob ich mir das Mädchen, das ich kennengelernt hatte, nur eingebildet hatte.

»Endlich«, seufzte sie, öffnete die Tür weiter und wies mir demonstrativ den Weg in ihre makellos aussehende Wohnung. »Wir müssen reden, Hudson.«

Drittes Kapitel

Hudson

»TUT MIR LEID, DASS ich dich so lange habe warten lassen. Die Lieferung war diese Woche wegen der Party größer und es hat etwas länger gedauert, alles einzuräumen«, entschuldigte ich mich und beugte mich vor, um ihr einen Kuss auf die Wange zu geben. Sie schnaubte und wich zurück. Meine Lippen trafen auf Luft, als ich an ihr vorbeiging. Sie schlug die Haustür fester zu als nötig und folgte mir ins Wohnzimmer.

»Ich hätte nicht warten müssen, wenn du gestern Abend hierhergekommen wärst, wie ich es eigentlich wollte.«

Scheiße. Es schien, als hätte Viv schlechte Laune. Aber das entlastete mich nicht. Seit Monaten war mir die Bar wichtiger gewesen als sie. Normalerweise wehrte ich mich und erinnerte sie daran, dass ich Aufgaben hatte, die ich nicht aufgeben konnte, wann immer sie es von mir verlangte.

»Du wolltest über die Party reden?« Das Thema zu wechseln und einen Streit zu vermeiden, schien die bessere Option zu sein.

Sie stolzierte durch die Wohnung und zog einen Kleidersack aus dem Schrank. »Ich habe die Kostüme gestern abgeholt.«

Sie warf ihn über die Sofalehne und ich sah zu, wie sie den Reißverschluss. Verdammt, eine lilafarbene Lederjacke.

»Was?«, schnaubte sie, zog die Kleiderbügel heraus und legte sie über die Couchlehne. »Hast du ein Problem mit meiner Auswahl? Du stehst doch total auf diese Comic-Tussi. Ich dachte, das würde dir gefallen. Und wir wissen beide, wie gut ich in kurzen Shorts und Netzstrümpfen aussehe.«

»Ich gehe nicht ohne Oberteil.« Sie hatte sich eindeutig das Joker-Kostüm aus der Ära von Jared Leto ausgesucht, aber ich trug lieber einen Anzug als eine hässliche Krokodillederjacke.

Ein Teil von mir war begeistert, dass sie wie eine spärlich bekleidete Comic-Schurkin gekleidet sein würde, aber von den Pärchenkostümen im Allgemeinen war ich nicht begeistert.

»Du bist manchmal so langweilig. Was nützen dir die ganzen Tattoos, wenn du sie verdeckst?«

»Mir gehört die Bar, Viv. Ohne Oberteil, mit Schminke im Gesicht und in einem lilafarbenen Trenchcoat zu kommen, ist nicht gerade ein Spaß für mich.«

»In letzter Zeit habe ich einfach das Gefühl, dass ich es dir nicht recht machen kann. Früher warst du viel aufregender. Früher hatten wir zusammen Spaß.«

»Wir haben immer noch Spaß.« Wenn ich an Wochenenden freihatte, schleppte sie mich ständig zu irgendwelchen Veranstaltungen, an denen ich kein Interesse hatte. Wenn es nicht um meine Arbeitszeit in der Bar ging, durfte sie alles entscheiden. Meistens genoss ich es einfach, Zeit mit dir zu verbringen, aber neuerdings machte das gar nicht mehr so viel Spaß.

»Ich habe in letzter Zeit eine Menge Überstunden gemacht, damit wir auf die Party gehen können. Ich weiß nicht, was du noch von mir willst.«

»Ich will, dass du wieder spontaner bist. Früher warst du aufbrausend und abenteuerlustig. Jetzt bist du nur noch auf die Bar fixiert, hängst mit Reid ab und zockst, wenn ich beschäftigt bin. Wann hast du das letzte Mal etwas Aufregendes getan?«

»Wir ... Ich ...« Fassungslos setzte ich mich auf ihre Couch und stützte meine Ellbogen auf meine Knie, während ich versuchte, ihre Worte zu verarbeiten. Vielleicht hatte ich mich zu sehr an meine Routine gewöhnt. »Was für aufregende Dinge hattest du denn im Sinn?«

»Es ist nicht spontan und aufregend, wenn ich es dir vorher sage. Gott, ich wünschte, du würdest einfach mal die Initiative ergreifen. Ich habe es so satt, dass meine Freundinnen damit angeben, was für ein gutes Sexleben sie haben. Alles, was ich zu dem Gespräch beitragen kann, ist: *Ja, mit Hudson ist es auch total geil. Er kommt meistens von seiner Schicht nach Hause und nimmt mich in der Missionarstellung, bis er sich dann zur Seite rollte und einschläft.* Weißt du eigentlich, was für wilde Geschichten ich von ihnen höre? Ich fühle mich, als hättest du mich in die Falle gelockt. Du siehst aus wie ein Bad Boy, könntest aber nicht braver sein.«

»Viv, was soll der Scheiß? Das war ein Schlag unter die Gürtellinie. Du weißt, ich kann nicht einfach–«

»Ja, das ist das Problem. Alles, was ich höre, ist *Ich kann nicht*. Du *könntest* es, wenn es dir nicht egal wäre.« Sie verschränkte die Arme vor der Brust und tötete mich mit Blicken.

»Was willst du von mir?« Ihre Freundinnen sahen aus, als wären sie Klone von ihr, also war ich mir nicht sicher, wie schmutzig es bei ihnen tatsächlich zugehen konnte. Sie schienen sich eher Sorgen zu machen, dass sie sich einen Nagel abbrechen würden, also konnte ich mir nicht vorstellen, dass sie sonderlich abenteuerlichen Sex hatten.

»Beth und Travis waren letzten Monat zelten und er hat sie gegen einen Baum gefickt. Dabei hat sie sich sogar die Haut aufgeschürft. Du hingegen willst das Schlafzimmer ja kaum verlassen, Hudson. Ich habe das Gefühl, dass ich nie bekommen werde, was sie haben. Marcy meinte, Mason habe sich eine Maske aufgezogen und sie durch den Wald hinter ihrem Haus gejagt, sie dann zu seinem Auto getragen und sie in der Einfahrt gefickt. Wann zur Hölle bekomme ich mal so etwas?«

Da ich die Leute kannte, deren Sexleben sie mir unter die Nase rieb, war ich zugegebenermaßen überrascht. Wenn das wirklich so war, hatte sie vielleicht recht. Wir waren noch jung und wir hatten keine Kinder. Vielleicht sollten wir die Dinge ein bisschen aufpeppen. Irgendetwas musste sich ändern, denn es schien, als wäre keiner von uns glücklich. »Wie kommen deine Freunde überhaupt auf solche Sachen?«

»Wenn du öfter hier wärst, wüsstest du, dass wir einen Buchclub haben, in dem wir ganz schön scharfe Bücher lesen. Sie verbringen eben genug Zeit mit ihre Jungs, um ihnen von den Szenen aus den Büchern zu erzählen, aber du fickst mich ja nicht mal in deinem Büro.«

»Du hast versucht, mich dazu zu bringen, die Bar am Samstag unbesetzt zu lassen, obwohl das der Tag ist, an dem am meisten los ist. Hast du eine Ahnung, was es für ein Chaos geben würde, wenn ich währenddessen einfach abhauen würde?« Es war schon schlimm genug, dass sie mir wegen meiner Arbeitszeiten ein schlechtes Gewissen einredete, aber als sie versucht hatte, mich während meiner Schicht zum Sex zu manipulieren, war ich stinksauer gewesen.

»Lass doch mal jemand anderen auf die Bar aufpassen. Gott, Hudson, ich will das Gefühl haben, dass ich mehr bin als ein Spielzeug, mit dem du nur spielst, wenn du Zeit hast.«

»Was soll ich denn machen? Willst du etwas aus einem deiner Bücher ausprobieren?« Wenn es nicht zu ausgefallen war, würde ich es ausprobieren. Vielleicht mussten wir das Feuer wiederfinden. Mir war nicht bewusst gewesen, dass sie so unzufrieden mit unserer Beziehung war.

»Kennst du diese weißen Geistermasken aus den 90er-Jahre-Filmen?« Ich wusste, wovon sie sprach. Wir hatten uns mal so einen Film angesehen, aber der schien sie nicht wirklich interessiert zu haben. »Ich hätte nichts dagegen, wenn du dir so eine Maske aufziehst und mich verfolgst oder so tust, als würdest du mich entführen.«

Mir kamen Reids Worte wieder in den Sinn. Frauen mochten also wirklich maskierte Männer, was mich sofort dazu veranlasste, Pläne zu schmieden. »Wann?«

»Genau das ist das Problem.« Sie verschränkte die Arme vor der Brust und tippte anklagend mit dem Fuß, während sie mich mit verengten Augen anstarrte. »Ich werde dir nicht sagen, wann du spontan sein sollst. Das verfehlt komplett den Zweck. Wenn du spontan sein willst, solltest du das selbst wissen.«

»Woher soll ich denn wissen, wann der richtige Zeitpunkt für so etwas ist? Soll ich dir einfach eines Tages sagen, dass du durch den Wald rennen sollst, damit ich dich fangen kann? Was soll ich sonst noch anziehen? Soll ich dich fesseln und mit dir in den Wald fahren oder so?« Ich fuhr mir grob mit den Fingern durch die feuchten Haare und versuchte, mich von dieser Forderung nicht überfordern zu lassen. Was sie von mir verlangte, klang mehr oder weniger machbar, aber was, wenn es nicht so lief wie geplant? Dann würde das zu einem weiteren Streitpunkt werden.

Viv sah niedergeschlagen aus, als sie sich neben mich auf die Couch fallen ließ und ihre Hand auf meine Schulter legte. »Ich liebe dich schon seit langem, Hudson. Aber vielleicht ist es an der Zeit, dass wir uns eingestehen, dass wir unterschiedliche Dinge wollen. Dinge, von denen ich glaube, dass du sie mir nicht geben kannst.«

»Was soll das denn heißen?«

»Vielleicht sollten wir getrennt auf die Party gehen und versuchen, mit anderen Leuten Spaß zu haben. Herausfinden, ob jemand anderes vielleicht besser zu uns passt.«

Was zur Hölle? »Das hört sich nicht nur so an, als würdest du mit mir Schluss machen, sondern auch Typen in meiner Bar abschleppen wollen, auf einer Party, die ich geplant habe, weil du eine haben wolltest.«

»Ist das denn wirklich so eine schlechte Idee? Wir sind beide unglücklich.«

»Seit wann bin ich unglücklich? Schieb das nicht auf mich. Ich gebe mir Mühe, Zeit für dich zu finden, wenn mein Terminkalender es zulässt.« Aber manchmal musste ich meine Pläne ändern, weil ich in der Bar gebraucht wurde. Natürlich war sie sauer, wenn das passierte, und strafte mich dann in der Regel mit Schweigen. Aber ich versuchte immer, es wiedergutzumachen. Aber offensichtlich reichte das nicht.

»Ich bringe dein Kostüm zurück. Wenn du keine Lust hast, etwas zu tun, das mich glücklich macht, müssen wir wohl eine Pause einlegen. Ich will, dass wir Freunde bleiben. Du bist mir immer noch wichtig, aber ich muss einfach herausfinden, ob jemand anderes besser zu mir passen würde. Wir werden beide älter und ich will meine Zeit nicht an etwas verschwenden, das nach und nach in die Brüche geht, weil du dir immer weniger Mühe gibst.«

»Darum geht es also? Du trennst dich von mir, weil ich keinen spontanen Sex mit dir habe?« Obwohl genau das am Anfang unserer Beziehung der Reiz gewesen war, erschien es ihr verrückt, Schluss zu machen, weil unser Sexleben nicht mehr so war wie in den ersten paar Monaten. Wir hatten beide vier Jahre in unsere Beziehung investiert. Es war nicht so, als wäre sie nur ein Spielzeug für mich.

»Es gibt auch noch andere Gründe. Kannst du wirklich behaupten, dass wir eine gemeinsame Zukunft anstreben?«, fragte sie und klang dabei verärgert.

Sie tat so, als hätte ich nichts für unsere Beziehung getan. Als würde ich nicht genau das tun, was sie wollte, wenn ich mal freihatte. Ich unternahm sogar etwas mit ihren dämlichen Freundinnen und deren ebenso dämlichen Freunden. Aber natürlich war ich wieder schuld.

»Diese Beziehung funktioniert auf so vielen Ebenen nicht mehr. Vielleicht müssen wir uns einfach etwas Zeit nehmen. Ich will dich nicht dazu zwingen, mich zu wollen. Wenn wir uns in ein paar Monaten wiedersehen wollen, können wir sehen, ob es sich lohnt, die Beziehung wieder aufzunehmen.«

Es schien, als würde sie um den heißen Brei herumreden. Sie wollte, dass ich spontaner war. Nein, sie wollte, dass ich aus eigenem Antrieb spontaner sein wollte. Und bis das geschah, wollte sie sich mit anderen Typen herumtreiben und mich hinhalten, falls es mit denen doch nicht so lief, wie sie es sich vorgestellt hatte.

»Vielleicht hast du recht. Ich gehe dann mal. Wir sehen uns ... schätze ich.«

In ihren Augen blitzte etwas auf, das nach Panik aussah, aber wenn sie mich nicht wollte, sollte ich besser gehen. Bevor sie mich wieder vertröstete. Wenn wir uns so stritten, war immer ich das Problem. Ich hatte sie ihrer Meinung nach im Stich gelassen und die Argumente kommen mir im Großen und Ganzen verdammt oberflächlich vor.

Sie holte tief Luft und sah weg. »Sei nicht sauer, Baby. Ich tue das für uns.«

Viv beugte sich vor und gab mir einen kurzen Kuss. Vor langer Zeit hatte es immer gekribbelt, wenn sie mich berührte, aber jetzt fühlte es sich leer an. Früher hätte ich mich umgedreht und ihren Kuss erwidert, aber jetzt musste ich hier raus und meinen Kopf freibekommen. Sie versuchte, mich zu umarmen, bevor ich ging, aber meine Arme hingen schlaff an meinen Seiten.

»Das ist kein Lebewohl. Wir überlegen nur, was wir im Leben wirklich wollen und ob es sich lohnt, zu dem, was wir haben, zurückzukehren. Du weißt, dass es besser so ist, oder, Baby?«, fragte sie, strich mir über die Wange und hob eine Augenbraue. Ich hatte diesen Blick schon oft gesehen, wenn sie versuchte, jemanden dazu zu bringen, etwas zu tun, was er nicht wollte. »Ich treffe dich auf der Party, wenn du mir einen Tanz aufhebst.«

Es sah so aus, als hätte ich vor dieser Party noch eine Menge zu klären. Ich konnte entweder versuchen, ihr das Gegenteil zu beweisen und etwas planen, um sie zurückzugewinnen, oder ich konnte mich richtig betrinken und in meinem Büro übernachten, nachdem ich die ganze Nacht als Reids Wingman verbracht hatte.

So oder so war ich am Arsch.

Viertes Kapitel

Hudson

»ICH WILL NICHT SAGEN, dass ich es dir gesagt habe, aber ich habe es dir verdammt noch mal gesagt, Alter.«

Während ich Gläser polierte, starrte ich meinen besten Freund an und bereute, mich ihm anvertraut zu haben. »Halt's Maul, Arschloch.«

»Hey, du bist derjenige, der mir die Ohren vollgeheult hat. Ich habe nicht darum gebeten, in dein Beziehungsdrama hineingezogen zu werden.«

»Das hat dich aber nicht davon abgehalten, deine Meinung zu sagen.«

»Und was habe ich dir verdammt noch mal gesagt? Ich habe dir gesagt, dass du dich nicht mit irgendeiner verwöhnten Göre zufriedengeben sollst, die dich nicht zu schätzen weiß.«

Seine Worte tun weh und ich habe das Gefühl, dass die Zukunft, die ich mir ausgemalt habe, direkt vor meinen Augen zusammenbricht.

»Scheiße. Mann, dein Gesichtsausdruck gefällt mir nicht. Was willst du jetzt tun?« Reid kannte mich seit fast zwanzig Jahren und wusste genau, wie es aussah, wenn ich einen Entschluss gefasst hatte.

Ich holte tief Luft und beschloss, dass ich die letzten vier Jahre nicht kampflos aufgeben würde. »Was ich schon längst hätte tun sollen.«

»Sie abservieren und mit deinem Leben weitermachen?« Er lachte. Ich wusste, dass er versuchte, die Situation mit Humor zu nehmen, aber ich geriet in Panik.

»Nein, du Arsch. Ich werde der Typ sein, mit dem sie nach Hause geht.« Es musste einen Weg geben, ihr Interesse zurückzugewinnen. Ich wusste, dass mein Leben von der Bar in Anspruch genommen worden war, aber ich hatte nicht gewusst, dass es so schlimm war. Vielleicht war das der Weckruf gewesen, den ich gebraucht hatte. Ich war dreißig, nicht tot, also musste ich aufhören, mein Leben in denselben vier Wänden zu verbringen.

»Scheiße«, seufzte er und warf mir den Blick zu, den mir in letzter Zeit jeder zuzuwerfen schien – Enttäuschung. »Tu das nicht, Mann. Sie sagen immer, dass sie den Bad-Boy wollen, aber keine Frau über vierundzwanzig will wirklich mit so jemandem zusammen sein. Sie wollen den Bad-Boy ficken, bis die Endorphine nachlassen, mehr nicht.«

»Hast du deshalb vor–«

»Zieh mich da nicht wieder mit rein. Viv hat dich gefickt, weil sie das Motorrad und die Tattoos wollte, aber jetzt bist du ihr nicht mehr aufregend genug. Übrigens gern geschehen für die Tattoos.«

Er grinste, als er meine Arme betrachtete. Er hatte unzählige Stunden damit verbracht, die kunstvollen Muster auf meiner Haut zu entwerfen und zu stechen. Ich verdrehte die Augen, aber sein Lächeln wurde nur noch breiter. »Ich schätze, letztendlich hatte sie einfach keinen Bock auf den netten Kerl mit dem großen Herzen und dem großen Schw–«

»Okay, ich hab's kapiert. Aber ich muss es versuchen, sonst werde ich es immer bereuen.« Unsere Beziehung auf diese Weise zu Ende gehen zu lassen, fühlte sich nicht richtig an. Ich konnte mir nicht vorstellen, Viv nicht mehr in meinem Leben zu haben. »Vielleicht bin ich zu einem gleichgültigen Idioten geworden, der sich nur auf die Bar konzentriert. Wir waren verliebt und jetzt erkenne ich uns beide nicht mehr wieder.«

»Was, wenn du es bereuen wirst, sie zurückgewonnen zu haben? Du machst das doch nur, weil du denkst, es tun zu müssen?«

Es gab nur einen Weg, das herauszufinden.

REID LIESS MICH IN meinem Büro sitzen und ich überlegte, wie es jetzt weitergehen sollte. Es gab nur zwei Möglichkeiten:

1. Mich auf die Dinge in meinem Leben zu konzentrieren, die ich kontrollieren konnte, damit meine nächste Beziehung besser verlief.

2. Neu bewerten, was ich wollte, und Viv so behandeln, wie sie es sich von mir wünschte, damit wir die Dinge wieder in Ordnung bringen und unsere Beziehung fortsetzen konnten.

Beide Optionen klangen furchtbar, aber so oder so wollte ich eine Partnerin, mit der ich mein Leben teilen konnte. Jemanden, der mich verstand und bereit war, Kompromisse einzugehen, damit wir einander unterstützen konnten. Aber dazu musste ich auch ein zuverlässiger Partner sein.

VERSEHENTLICHE ENTFÜHRUNG

Die Vorstellung, auf mein Motorrad zu steigen und einfach loszufahren, war verlockend, aber ich hatte eine Menge Papierkram zu erledigen und Details zu klären, damit wir in ein paar Tagen bereit für die Party waren.

Mein Handy vibrierte neben meinem Laptop und ich seufzte, als ich *Mom* auf dem Bildschirm sah.

»Hey.« Meine Stimme klang verkrampft und ich wusste, dass sie das heraushören würde, aber ich war zu müde, um mich darum zu scheren.

»Soll ich deinen Dad vorbeischicken?«, fragte sie und ging sofort in den Problemlösungsmodus über. »Ich habe ihm gesagt, dass du vielleicht Hilfe brauchst, um alles für die Party vorzubereiten. Deshalb hat er sich auch nie die Mühe gemacht, mehr für Feiertage zu tun als ein paar Dekorationen aufzustellen. Das war kein Party-Laden. Aber ich schätze, da die Studenten das Ambiente mögen, musst du dich wohl auf die neue Zielgruppe einstellen.«

Wenn ich sie ließe, würde sie einfach weiterreden und beide Seiten des Gesprächs selbst ausfüllen.

»Haz und ich haben das im Griff, Mom. Aber ich weiß es zu schätzen, dass ihr bereit seid, einzuspringen, wenn wir euch brauchen. Ihr könnt gerne vor der Party vorbeikommen, um euch zu vergewissern, dass wir es richtig gemacht haben. Aber ich verspreche, dass wir alles unter Kontrolle haben.«

Sie lachte und wusste, dass ich sie mit ihrer perfektionistischen Art auf den Arm nahm. Aus ihrer Sicht gab es immer eine richtige und eine falsche Art und Weise, etwas zu erledigen, aber sie wusste auch, dass Hazel und ich unsere eigenen Entscheidungen treffen mussten.

»Euer Dad und ich werden zu Hause bleiben und Süßigkeiten verteilen, aber ich weiß, dass das toll machen werdet. Ihr müsst nächste Woche vorbeikommen und uns alles darüber erzählen, bevor wir verreisen. Wir können ein schönes Familienabendessen machen. Sag mir einfach, wann Viv und du Zeit haben, dann rufe ich Hazel an und frage sie. Vielleicht können wir auch Charley und Reid einladen. Eine ganze Dinnerparty daraus machen.«

Ich biss mir auf die Lippe und zog in Erwägung, ihr das mit Viv zu verschweigen. Ich könnte eine meiner üblichen Ausreden vorbringen, damit sie ihre ganze Energie auf Hazel und Charley konzentrierte.

»Wie geht es deiner reizenden Freundin? Freut sie sich, dass du mit ihr zur Party gehst, anstatt zu arbeiten?«

Ich war mir nicht sicher, ob ich sie als ›reizend‹ bezeichnen würde, aber Viv zog vor meinen Eltern immer eine beeindruckende Show ab. Sie dachten ernsthaft, sie wäre ein Geschenk des Himmels. So wie ich früher. Nur dass ich mir jetzt nicht mehr so sicher war, was ich von ihr hielt.

»Ich glaube, sie freut sich auf die Party«, seufzte ich und schloss meine Augen. »Aber sie wird nicht mit mir hingehen.«

Einen Moment lang war es still in der Leitung, aber meine Mutter war nicht naiv. Sie konnte zwischen den Zeilen lesen.

»Hast du dich von dem armen Mädchen getrennt? Ich habe dir doch gesagt, dass du aus den Fehlern deines Vaters lernen sollst. Diese Bar wird ohne dich immer noch stehen, aber sie kann nicht mit dir reden oder dir Gesellschaft leisten.«

Die Besorgnis in ihrer Stimme bestätigte mir, dass ich vielleicht wirklich an all dem schuld war. Ich hatte egoistische Entscheidungen getroffen und darunter hatte meine Beziehung gelitten.

»Sie sagt, dass sie von mir nicht bekommen kann, was sie braucht.« Das war es doch, was sie gesagt hatte, oder?

»Oh, Hudson.« Ich hasste es, dass sie so enttäuscht von mir klang. »Muss ich mit dir das gleiche Gespräch führen wie mit deinem Vater?«

»Wahrscheinlich«, murmelte ich. Sie waren nach fünfunddreißig Jahren immer noch zusammen, also hatten sie offensichtlich etwas richtig gemacht.

»Du musst herausfinden, was du in deinem Leben außerhalb der Bar willst. Es gibt einen Grund dafür, warum Opa geschieden war und Oma auf die andere Seite des Landes gezogen ist. Eine Bar zu besitzen, kann stressig sein. Wenn du es zulässt, kann es sogar dein ganzes Leben in Beschlag nehmen.«

Das hatte es offensichtlich schon getan.

»Aber wenn du eine Partnerin hast, die dich auf den Boden der Tatsachen zurückholt, wenn du zu tief drin steckst, dann kannst du das Leben leben, das du willst. Du hast gute Arbeit geleistet und das Geschäft toll weitergeführt, als dein Dad in Rente ging. Er war erschöpft. Ich weiß, dass er mich als Ausrede benutzt hat, aber er wollte selbst mehr reisen und Zeit in seiner Werkstatt verbringen.«

»Ich wusste von eurer Trennung«, gestand ich und erinnerte mich daran, wie schwierig es zwischen ihnen gewesen war, bevor ich zur Uni gegangen war.

»Du wusstest nicht alles, Hudson. Dein Vater war derjenige, der ausgezogen ist. Er hatte Angst, dass sein Lebensstil mir gegenüber nicht fair war, weil wir uns wegen meines gegensätzlichen Zeitplans nie gesehen haben. Er sagte mir, er wolle die Bar verkaufen, und ich versuchte, es ihm auszureden, denn er liebte den Laden und wollte ihn an dich weitergeben.«

Ich hatte immer angenommen, es sei andersherum gewesen.

»Und wie habt ihr euch wieder zusammengerauft? Damals war ich mir sicher, ihr würdet euch scheiden lassen.«

»Mit einer großen Geste«, sagte sie mit einem Lächeln in der Stimme. »Ich bin eines Abends in der Bar aufgetaucht, habe mich zu ihm hinter die Theke gesetzt und ihm gesagt, dass ich andere Schichten übernehmen würde. Da es unsere Arbeitszeiten waren, die ihn störten, konnte ich das Problem aus der Welt schaffen. Ihr beide wart ohnehin alt genug, um auf die Uni zu gehen und euer eigenes Leben anzufangen, also brauchtet ihr mich nicht mehr. Ich übernahm ein paar Tage in der Woche die Nachtschichten, damit wir beide tagsüber zu Hause sein konnten.«

»Ich weiß nicht ...« Ich war mir nicht sicher, ob diese Lösung für Viv und mich funktionieren würde, aber vielleicht könnte ich einen anderen Barkeeper einstellen und tagsüber mehr arbeiten, während sie im Büro war. Wenn ich andere an der Bar helfen lassen würde, anstatt alles selbst zu machen, würde das vielleicht den Stress reduzieren.

»Überleg es dir einfach. Fang klein an. Vielleicht hilft eine kleine Geste schon weiter.«

»Vielleicht ...« Im Moment würde es nicht schaden, wenn ich ein paar Veränderungen vornahm und abwartete, wie sich die Dinge entwickelten.

»Ich habe Vertrauen in dich, also musst du auch Vertrauen in dich selbst haben. Versuch es einfach, und wenn ihr beide füreinander bestimmt seid, wird sie dich auffangen. Alles wird so kommen, wie es kommen soll.«

Fünftes Kapitel

Hudson

VIV HATTE DURCHAUS GESAGT, sie wolle eine große Geste. Sie hatte gesagt, sie wolle jemanden, der aufregend und abenteuerlich sei, damit sie ihre Fantasien verwirklichen konnte. Vor ein paar Jahren war ich ihre Fantasie gewesen. Ich konnte das schaffen. Ich *würde* das schaffen.

Auch wenn ich mir nicht sicher war, ob ich es wirklich konnte.

»Verdammt, Huds. Hör auf! Du machst mich nervös. Es wird schon alles klappen. Ich versichere dir, dass wir alle Details für die Party vorbereitet haben. Die Leute werden Spaß haben. *Du* wirst ausnahmsweise mal Spaß haben. Ich habe dir doch gesagt, dass wir das alles unter Kontrolle haben. Charley wird die ersten zwei Stunden übernehmen, bevor Gianna für sie einspringt, und ich kann länger bleiben, wenn sie mich brauchen. Aber *dich* brauchen wir wirklich nicht.«

Ich atmete tief durch und stützte mich mit den Handflächen an der Theke ab. Ich wusste, dass Hazel mich nur beruhigen wollte, aber sie wusste nicht, warum ich gerade so durchdrehte. Wenn sie es wüsste, würde sie mir wahrscheinlich sagen, dass ich ein Vollidiot war, genau wie Reid es getan hatte.

Hazel und meine Freundin – oder was auch immer sie jetzt war – hatten sich nie gut verstanden, obwohl zwischen ihnen kein großer Altersunterschied bestand. Ich war mir nicht sicher, ob es an Vivs offenkundiger Abneigung gegen ihre beste Freundin lag oder ob Hazel sie einfach nicht leiden konnte. Viv hatte sich zu Beginn unserer Beziehung sehr bemüht, Hazel in alles einzubeziehen, und sogar versucht, sie mit ihren Freunden zu verkuppeln, aber ich war immer die einzige Gemeinsamkeit zwischen den beiden gewesen.

»Du hast dir schon öfter mal einen Abend freigenommen«, sagte Hazel leise, legte ihre Hand zwischen meine Schulterblätter und rieb mir den Rücken, bis die Anspannung nachließ. Sie hatte recht. Natürlich hatte ich mir schon öfter freigenommen und wusste daher, dass die Bar auch ohne mich zurechtkam. Mein Team konnte mit einem großen Andrang umgehen, und nur weil es eine Party war, hieß das nicht, dass sie überfordert sein würden.

31

»Ich weiß. Ich weiß, dass ihr das im Griff habt. Ich vertraue euch, aber heute Abend ist es anders. Wenn die Dinge aus dem Ruder laufen, weiß ich nicht, ob ich das wieder in Ordnung bringen kann.«

Hazel lehnte sich gegen die Bar und beugte sich vor, bis ihr Gesicht in meinem Sichtfeld war. »Hat die Bar irgendwelche Probleme oder so? Du würdest es mir doch sagen, wenn etwas nicht in Ordnung wäre, oder? Ich weiß, dass du hier das Sagen hast, aber Dad wollte, dass wir Partner sind.«

»Ja«, seufzte ich und ließ meinen Kopf nach vorne sacken. »Die Bar ist in Ordnung. Ich habe im Moment nur andere Dinge im Kopf.« Zum Beispiel die Tatsache, dass ich erst noch meine Eier finden musste, um meine Pläne durchzuziehen. Sie waren so lange in Vivs Handtasche verborgen gewesen. Ich war mir nicht sicher, ob ich noch wusste, wie man sie benutzte.

»Ist alles in Ordnung mit dir?«, fragte sie. Ich seufzte und schloss die Augen. »Du bist doch nicht krank oder so? Ich weiß, dass du in letzter Zeit gestresst warst, aber wenn etwas anderes los ist, können wir dich gerne länger vertreten.«

Verdammt. Jetzt war meine kleine Schwester überzeugt, dass ich im Sterben lag.

Nein, Haz, ich bin nur eine kleine Dramaqueen, weil meine Freundin mit mir Schluss gemacht hat und ich nur eine Chance habe, sie dazu zu bringen, mich ernst zu nehmen. Und wenn ich das versaue, weiß ich auch nicht mehr w eiter.

»Mir geht's gut.«

»Ist ...« Sie zögerte und ihre Hand drückte meine Schulter. »Ist zwischen dir und Viv irgendetwas vorgefallen? Normalerweise geht sie dir ständig auf den Sack, wenn du frei hast, aber ich habe sie heute noch nicht gesehen. Eigentlich habe ich sie schon seit ein paar Tagen nicht mehr gesehen. Sie kommt doch auch, oder?«

Ich habe keinen blassen Schimmer.

Sie hatte mir den Eindruck vermittelt, dass sie heute Abend kommen würde, obwohl die Lage zwischen uns ziemlich angespannt war. Aber sie hatte mir nicht mehr geschrieben, seit ich ihre Wohnung verlassen hatte, und ich traute mich nicht, ihr zu schreiben, bevor ich mich entschlossen hatte, es durchzuziehen.

»Ich weiß es nicht. Die Dinge sind ...« Ich wusste nicht einmal, wie ich ihr erklären sollte, was in meinem Kopf vor sich ging. »Kompliziert. Sie wird kommen, aber ich bin mir nicht sicher, ob sie meinetwegen kommt.«

»Habt ihr Schluss gemacht?«

Ja. Nein. Keine Ahnung!

»Sozusagen. Ich schätze schon. Die Dinge sind im Moment einfach ein bisschen angespannt. Aber ich habe einen Plan, um ihr zu zeigen, dass ich mich ändern und so sein kann, wie sie es will.«

Hazel legte eine Hand auf meine Schulter, umfasste dann meinen Kiefer und drehte mein Gesicht zu sich. Meine Schwester war winzig, aber hinter ihrem zurückhaltenden Auftreten brannte ein Feuer. »Was hat sie getan?«

»Sie hat gar nichts–«

Sie schubste mich leicht und ich beobachtete, wie ihre Besorgnis sich in etwas Unerwartetes verwandelte. Charley machte mir schon Angst, aber mit einer wütenden Hazel war wirklich nicht zu spaßen. »Versucht sie dich wieder dazu zu bringen, die Bar zu verkaufen? Ich habe ihr schon gesagt, dass das nie passieren wird und dass–«

»Warte, was?« Ich unterbrach ihre Tirade, indem ich ihr eine Hand auf die Schulter legte. »Wann hat sie etwas über den Verkauf der Bar gesagt?«

»Vor ein paar Monaten hörte ich zufällig, wie sie und eine ihrer kleinen Marionetten darüber sprachen, dass ihr zusammen ein Haus kaufen wollt, sobald ihr die Bar verkauft habt. Charley riss ihr fast den Kopf ab, weil sie versuchte, dich dazu zu bringen, zu verkaufen, aber ich sagte ihr, dass das nie passieren würde. Anschließend tat Viv so, als hätte ich mich verhört, aber ich bin mir sicher, dass sie das zu ihrer Freundin gesagt hat. Sie war so in ihr Gespräch vertieft, dass ihr nicht bewusst war, dass ich die ganze Zeit hinter ihr stand.«

Das hörte ich gerade zum ersten Mal, aber vielleicht hatte Hazel das nur falsch gedeutet. Viv und ich hatten darüber gesprochen, uns ein Haus zu kaufen, aber wir waren uns nicht einig gewesen, was wir wollten, und keiner von uns war bereit, Kompromisse einzugehen.

»Ich werde nicht verkaufen, also mach dir darüber bitte keine Sorgen.« Dieser Laden war genauso mein Traum, wie er es für meinen Vater und seinen Vater vor ihm gewesen war.

»Ich weiß. Du hättest zuerst mit mir gesprochen. Und ich weiß, dass du das Dad nie antun würdest.«

Nach meinem Highschool-Abschluss hatten wir uns sogar ein paar Mal gestritten, weil er sichergehen wollte, dass ich die Bar auch wirklich übernehmen wollte. Aus eigenem Antrieb und nicht nur, weil ich mich dazu verpflichtet fühlte. Als ich ein paar Jahre später meinen Abschluss in Restaurantmanagement gemacht hatte, war er innerhalb von einem Jahr in den Ruhestand gegangen, weil er gewusst hatte, dass sein Laden in sicheren Händen war.

»Aber hör auf, vom eigentlichen Thema abzulenken. Was ist los? Muss ich dem Türsteher sagen, dass er sie nicht reinlassen soll? Wenn sie dir wehgetan hat, sorge ich dafür, dass sie nie wieder einen Fuß in diesen Laden setzt.«

Glucksend trat ich zurück, schnappte mir einen Lappen und lenkte mich ab, indem ich die nicht vorhandenen Wasserflecken auf den Wasserhähnen aufpolierte. »Nein, aber tatsächlich kannst du dem Türsteher ausrichten, dass er es mich wissen lassen soll, wenn sie hier ankommt. Ich arbeite gerade an einer Überraschung für sie und brauche etwas Zeit, um alles vorzubereiten.«

Sie rümpfte die Nase. »Du machst ihr doch keinen Heiratsantrag, oder?«

Ein schallendes »Nein, verdammt!« kam fast aus meinem Mund. Aber warum? Ich war mir nicht sicher. Aber ich hatte keine Zeit, darüber nachzudenken, warum ich so reagierte. Nur weil ich noch nicht bereit war, sie zu fragen, ob sie mich heiraten wollte, hieß das nicht, dass ich nicht bereit sein würde, wenn die Dinge zwischen uns wieder in Ordnung waren. Aber zuerst musste ich das hier durchziehen.

»Nicht heute«, antwortete ich abwesend. Hazels Augen verengten sich, aber sie hatte keine Zeit mehr, einen Kommentar abzugeben, da sich die Hintertür öffnete. Ihre Augen wurden groß und einen Moment lang machte ich mir Sorgen, dass Viv zu früh aufgetaucht war und meinen Plan zunichtemachen würde. Aber Reids Stimme ließ meine Schwester schneller verstummen, als Viv es hätte tun können.

»Bist du bereit für heute Abend, Arschgesicht? Das wird der Hammer!«

Als ich mich umdrehte, sah ich, warum meine Schwester noch entsetzter aussah als sonst und sich dann aus dem Staub machte. »Verdammt noch mal, zieh dir ein verdammtes Oberteil an, du Idiot.«

»Was? Warum?«, fragte er und legte seinen Motorradhelm auf der Bar ab. »Ich habe doch schon mein Kostüm an.«

»Wir servieren hier Essen. Niemand will deine Nippel sehen, während er isst.« Reid trug eine Lederhose mit einem Nietengürtel und seine schwarzen Motorradstiefel ... und das war's auch schon. Er hatte mich zwar vorgewarnt, aber ich hatte nicht damit gerechnet, dass er seine gepiercten Brustwarzen gleich zu Beginn des Abends zur Schau stellen würde. Ich hätte gedacht, dass er sein Shirt ausziehen würde, sobald er betrunken war, aber bis dahin wäre ich schon weg gewesen, also hätte das nicht mein Problem sein sollen.

»Ich habe dir doch von meinem Kostüm erzählt. Charley ich hatte auch kein Problem damit, als ich reingekommen bin. Warum bist du so zimperlich?«

»Hast du nicht gesehen, wie angewidert Hazel war? Sie ist praktisch weggerannt, sobald sie dich gesehen hat.«

»Deine Schwester sucht jedes Mal das Weite, wenn sie mich sieht, nicht nur, wenn ich oberkörperfrei herumlaufe.« Er hielt sich für besonders lustig, aber ich war derjenige, der für ihre Therapie bezahlt hatte – sowohl körperlich als auch psychisch – nur weil er seinen Schwanz nicht in der Hose behalten konnte.

»Wenn du sie nicht mit deinem unangebrachten Fuckboy-Scheiß traumatisiert hättest, würde meine Schwester meinen besten Freund vielleicht nicht hassen.«

»Hast du mich gerade wirklich einen Fuckboy genannt? Was sind wir, achtzehnjährige Mädchen? Mein sollte meinen, du wärst der Letzte, der mich als Fuckboy beschimpfen würde, aber entschuldige, dass ich ein aktives Sexleben habe, auf das du offensichtlich eifersüchtig bist. Mach die Augen auf, Kumpel. Das ist deine Chance, dein Sexleben wieder zu aktivieren. Vergeude sie nicht.«

War an seinen Worten etwas Wahres dran? Hatte ich zu sehr versucht, mich an eine Frau zu klammern, die mich nicht wollte, anstatt das zu finden, was ich wirklich vom Leben wollte?

»Hast du gesehen, was Charley anhat?«, fragte er mit gesenkter Stimme, als er zu mir hinter die Bar kam.

»Bist du wirklich so ein Perversling? Sie ist Hazels beste Freundin. Sie sind noch nicht einmal–«

»Sie ist fünfundzwanzig, Hudson. Charley ist kein kleines Mädchen mehr. Und Hazel auch nicht.« Meine Augen weiteten sich, als ich zusah, wie sein Blick sich auf meine kleine Schwester auf der anderen Seite des Raumes richtete.

»Willst du mich verarschen? Hör auf, meine kleine Schwester so anzustarren.« Sein Blick verweilte auf Hazel und Charley, die an der Küchentür standen. Ich konnte immer noch nicht erkennen, was Charley anhatte, weil meine Schwester mir die Sicht auf das Kleid ihrer besten Freundin versperrte.

»Wie starre ich sie denn an? Ich habe nur durch den Raum geschaut«, sagte er und grinste mich an. Er wusste, dass ich Hazel beschützen wollte. Und mir gefiel nicht, dass seine Miene weicher wurde, wenn er sie ansah.

»Denk nicht einmal daran, verdammt. Sie ist zu jung für dich.«

»Sechs Jahre sind wohl kaum ein großer Altersunterschied«, sagte er lachend und hob dann kapitulierend die Hände, als ich ihm einen finsteren Blick zuwarf. »Ich meine ja nur. Was ist an den vier Jahren zwischen dir und Viv anders als an den sechs Jahren zwischen Hazel und mir?«

»Um das mal klarzustellen: Es gibt kein Hazel und du. Außerdem kannte ich Viv nicht, als sie in der Mittelschule war. Charley ist wie eine–« Obwohl sie wunderschön war und ich gerne so viel Selbstbewusstsein hätte wie sie, hatte ich mir nie erlaubt, Charley als etwas anderes als Hazels beste Freundin zu sehen.

»Du bist nicht blind. Charley ist verdammt heiß, und das weißt du auch. Ich habe gesehen, wie du sie von der Bar aus beobachtest. Du fühlst dich zu ihr hingezogen.«

Tat ich das? Manchmal ertappte ich mich zwar dabei, wie ich sie durch die überfüllte Bar beobachtete, aber ich wollte nur sichergehen, dass sie alles im Griff hatte. Sie war einschüchternd, aber sie war trotzdem kleiner als die meisten Männer. Wenn ich zusah, wie sie angebaggert wurde, kam ein Beschützerinstinkt in mir auf.

»Nur, weil man sich zu jemandem hingezogen fühlt, muss man noch lange nichts daraus machen. Trotz deiner Erfolgsbilanz«, stichelte ich, aber er rollte nur mit den Augen.

»Du weißt, dass ich recht habe. Sei realistisch, Mann. Es gibt viele Frauen, die gerne Vivs Platz einnehmen und dich nicht wie ein Accessoire behandeln würden.«

»Charley ist nicht an mir interessiert. Warum reden wir dann überhaupt über sie?«

Er lehnte sich gegen den Tresen und versperrte mir die Sicht auf die beiden Mädchen– Frauen, auf der anderen Seite des Raumes. »Schau dich einfach nach neuen Möglichkeiten um. Ich weiß, dass Viv bequem für dich war und du denkst, dass du sie liebst. Aber wenn sie sich von dir abwendet, weil sie in der Beziehung nicht bekommt, was sie braucht, solltest du vielleicht loslassen.«

»Ich liebe sie«, antwortete ich schwach und starrte weiterhin über seine Schulter zu der Blondine, die neben meiner Schwester stand.

Aber stimmte das überhaupt?

»WARUM ZIEHST DU DICH nicht um?« Hazel nahm mir die schwarze Rolle Krepppapier aus der Hand. Ich war damit beschäftigt gewesen, Luftschlangen in alle Türöffnungen zu hängen. Charley und Hazel dekorierten die Tische und Wände. In Gedanken war ich mit dem Plan beschäftigt und hatte nicht einmal auf die beiden geachtet. »Es sei denn, du willst so gehen.«

VERSEHENTLICHE ENTFÜHRUNG

»Was stimmt mit diesem Outfit nicht?«, fragte ich und blickte auf das schwarze, langärmelige Oberteil mit dem im Dunkeln leuchtenden Totenkopf hinunter, das ich mir heute Nachmittag übergestreift hatte, bevor ich mich auf den Weg zur Bar gemacht hatte. Das hatte ich in den letzten Jahren immer zu Halloween angezogen.

»Das ist eine Kostümparty. Du hast dir doch ein Kostüm besorgt, oder?«

Auf meinem Schreibtisch lag ein Rucksack mit dem Kostüm, das ich mir vor der Party anziehen würde. Eigentlich hatte ich mir vorgenommen, mich als der Comic-Bösewicht zu verkleiden, den Viv für mich vorgesehen hatte, aber ich hatte es mir anders überlegt, als ich in dem Kostümgeschäft in der Nähe der Uni gewesen war. Zum Glück hatten sie alles vorrätig gehabt, was ich brauchte, um meinen Plan in die Tat umzusetzen.

Da ich wusste, dass Hazel alles andere als begeistert von meinem Vorhaben sein würde, meine Ex zurückzuerobern, zuckte ich nur mit den Schultern. »Ich dachte mir, ich arbeite vielleicht auch an der Bar, falls später viel los sein sollte. Ich brauche kein Kostüm, um auszuschenken.«

»Denk nicht mal dran, verdammt. Du hast Extra-Schichten geschoben, um heute Abend freizuhaben. Amüsiere dich. Charley und ich übernehmen den ersten Ansturm und später ziehen wir unsere Kostüme an. Du musst auch mal vor der Theke stehen.«

»Ich kann das übernehmen, wenn ihr beide euch jetzt umzieht und den Abend freinehmen wollt. Wir haben schon viele Nächte mit weniger Personal durchgestanden.«

Meine Schwester packte mich gewaltsam an den Schultern und schob mich knurrend in Richtung des hinteren Büros. »Ich hab dich lieb, aber leb einfach mal dein verdammtes Leben.«

Normalerweise war meine Schwester nicht so direkt, also sollte ich mir ihren Rat vielleicht zu Herzen nehmen.

REID WAR NOCH EINMAL kurz in seinen Laden gegangen, bevor er für die Party zurück sein musste, also ging ich ins Büro und holte die Gehaltsabrechnungen heraus, die ich für die kommende Woche erledigen musste. Wenn der heutige Abend so verlief, wie ich es mir erhoffte, würde ich in den nächsten Tagen viel zu tun haben.

»Hey, Hud«, sagte eine Stimme an der Tür und ich blickte auf, wobei ich gegen den Drang ankämpfte, das Outfit zu betrachten, auf das Reid mich hingewiesen hatte. Charley trug winzige, hautenge Jeansshorts, die ihre straffen Oberschenkel zur Schau stellten, und das Tanktop bedeckte den Push-up-BH kaum, sodass ein Teil davon unter ihrem Dekolleté hervorlugte.

»Hör auf, mich Hud zu nennen«, murrte ich und konzentrierte mich wieder auf die Dateien auf meinem Laptop. Reids Kommentare schienen mir wirklich unter die Haut gegangen zu sein. Ich wollte mich nicht am Ausschnitt der besten Freundin meiner Schwester aufgeilen. Aber es war schwer, das zu verhindern.

»Soll ich dich lieber *Son* nennen? Stehst du insgeheim auf Mami-Spielchen?«, stichelte sie und beugte sich über die Rückenlehne des Stuhls, der vor meinem Schreibtisch stand. Meine Finger zuckten auf der Tastatur, als ich einen noch besseren Blick auf ihr Top bekam. Wenn sie sich noch ein bisschen weiter nach vorne beugte, würde ich vielleicht sogar ihre Nippel–

Nein, du Idiot. Hör auf, so pervers zu sein.

»Ich hasse dich«, knurrte ich und weigerte mich, sie anzusehen.

»Nein, tust du nicht. Du himmelst mich verfickt noch mal an.«

Sie hatte recht, das tat ich, aber die einst platonischen Gefühle begannen zu schwanken.

»Hör auf zu fluchen, Char.«

»Ich bin gerade fünfundzwanzig geworden, Hud. Ich kann ›verfickt‹ sagen. Und ich verrate dir ein Geheimnis«, sagte sie, ging um den Stuhl herum und stützte ihre Hände auf meinen Schreibtisch, während sie sich vorbeugte und ihre Stimme zu einem Flüstern senkte. »Ich kann es nicht nur sagen, ich kann es auch umsetzen.«

Stell dir nicht vor, wie du sie fickst. Und stell sie dir bloß nicht nackt vor. Oder wie die Papiere vom Schreibtisch schiebst, um sie hinzulegen und ihr diese winzigen Shorts auszuziehen, damit du dein Gesicht in ihrer–

»Hast du nicht einen Job zu erledigen?« Sie musste mich dringend in Ruhe lassen, denn ich konnte es mir nicht leisten, mich ablenken zu lassen. Es musste die Nervosität sein, die mich dazu brachte, diese unangemessenen Gedanken auf die falsche Frau zu projizieren. Ich wollte Viv zurückerobern, statt über die beste Freundin meiner Schwester zu fantasieren.

»Ja.« Sie hatte sich immer noch nicht von der Stelle gerührt. Ihr Dekolleté war immer noch auf Augenhöhe, aber ich weigerte mich, irgendwo anders hinzuschauen als auf den Bildschirm.

»Dann mach es doch.« *Bitte, geh weg.*

»Ja, Sir, Boss.« Ihr neckischer Tonfall ließ mich gerade noch rechtzeitig aufblicken, um zu sehen, wie sie frech salutierte, wobei ihre Brüste wackelten, als sie ihren Arm bewegte.

»Mein Name ist Hudson.« Und ich war ein Vollidiot.

»Ja, ich weiß. Bis später, Hübscher.«

Ich atmete erleichtert auf, als sie mit einem verlockenden Hüftschwung durch meine Bürotür verschwand. Ich lehnte mich nach vorne, stützte meine Ellbogen auf den Schreibtisch und vergrub mein Gesicht in den Händen, während ich den Plan noch einmal durchging. Es musste einfach klappen.

Sechstes Kapitel

Charley

»NUR NOCH ZWANZIG MINUTEN«, seufzte Hazel und lehnte sich an die Wand neben dem Küchenfenster, wo ich versuchte, wieder zu Atem zu kommen. Seit wir eröffnet hatten, war die Hölle los, und die Türsteher mussten Leute wegschicken, weil wir die volle Kapazität erreicht hatten.

»Es ist verdammt heiß hier drin«, stöhnte ich und steckte mir die aus meinem Pferdeschwanz entflohenen Haare hinter die Ohren. Gott sei Dank gab es Trockenshampoo, denn ich würde mich ein wenig auffrischen müssen, bevor ich mein Kostüm anzog. Es unterschied sich nicht sonderlich von meinem eigenen Outfit. Ich würde mir einfach ein T-Shirt anziehen, meine Haare zu Zöpfen zusammenbinden, dann die Spitzen mit türkiser Farbe besprühen, in meine kniehohen Stiefel schlüpfen und mir meine Maske aufsetzen.

So verrückt es auch war, ich musste heute Abend etwas Dampf ablassen und aufhören, an Hudson zu denken. Er war in den letzten Tagen sehr launisch gewesen, seit Vivienne Schluss gemacht hatte. Reid hatte behauptet, sie würden nur eine Pause machen, aber nach so etwas funktionierte die Beziehung selten gut.

Hudson war diesbezüglich sehr wortkarg gewesen. Ich wusste das ohnehin nur, weil sein bester Freund ziemlich schlecht darin war, Geheimnisse zu bewahren. Und ich konnte Hudson gut verstehen. Er hatte das Recht, traurig zu sein, dass seine vierjährige Beziehung zu Ende gegangen war. Aber er Besseres verdient.

Nicht, dass ich mich ihm jetzt an den Hals werfen würde, aber jetzt kamen die alten Gefühle, die ich verdrängt hatte, wieder an die Oberfläche. Selbst wenn er mürrisch war und keinen Spaß verstand, wollte ich in seiner Nähe sein. Ich wünschte, er würde in mir etwas anderes sehen als ›Hazels beste Freundin‹.

»Bestellung fertig!«, rief der Koch durch das Fenster. Hazel und ich warfen uns Blicke zu und drehten uns dann um, um die Teller mit dem fettigen Essen von der Theke zu nehmen. Nur noch zwanzig Minuten und ich würde mir einen süßen jüngeren Typen suchen, um Hudson aus meinem Kopf zu verdrängen. Das war mein Bewältigungsmechanismus, um mit chaotischen Gefühlen umzugehen, die ich nicht haben sollte. Hudson war die ultimative verbotene Frucht und ich wollte unbedingt einen Bissen nehmen.

Als ich zurück in die Wohnung ging, um mich umzuziehen – eine Stunde später als ich gehofft hatte – war ich schon fast versucht, mich mit dem Gesicht voran auf die Matratze fallen zu lassen und die Party einfach zu vergessen. Ich hatte noch eine Hausarbeit zu schreiben, und wenn ich morgen verkatert war, würde ich keinerlei Motivation haben, sie an meinem freien Tag abzuschließen.

Ich wollte ohnehin nur hingehen, weil ich schon seit Wochen nicht mehr richtig Stress abgebaut hatte. Ich war so frustriert, dass mir selbst die Spielzeuge in meiner Nachttischschublade mir nicht mehr helfen würden.

Ich zog meine verschwitzte Kleidung aus und machte mich auf den Weg ins Bad. Ich würde mich einfach schnell abduschen, denn ich roch nach fettigem Essen und das war ganz bestimmt nicht attraktiv, auch wenn vielleicht manche Typen darauf standen. Nachdem ich mich schnell gewaschen hatte, lehnte ich meine Stirn kurz gegen die kühlen Fliesen und versuchte, mich zu entspannen.

Der Spagat zwischen meinen Gastgewirtschaft-Kursen und meinem Job in der Bar war in letzter Zeit ziemlich anstrengend gewesen, und ich konnte es kaum erwarten, bis das aufhörte. Zum Glück hatte ich nur noch ein Semester vor mir. Sobald ich den Abschluss in der Tasche hatte, würde der Übergang zu einem normalen Job viel einfacher sein, aber irgendwie machte der Gedanke an etwas Neues mir trotzdem Angst.

Ich versuchte mir einzureden, dass es daran lag, dass Hazel mich brauchte und ich mich einfach nicht von meiner besten Freundin trennen wollte, aber vielleicht hatte es einen ganz anderen Grund. Vielleicht wollte ich die kindische Schwärmerei, die ich seit über einem Jahrzehnt für Hudson hegte, einfach nicht aufgeben. Vor allem jetzt, da er wieder so gut wie Single war, würde sich das schwierig gestalten. Ich sollte mich auf nichts anderes als meine Zukunft konzentrieren, und die würde sich in einer anderen Stadt abspielen, wo meine Tante und mein Onkel einen Job für mich bereithielten. Das Letzte, was ich im Kopf haben sollte, war ein Typ, von dem ich schon seit der Pubertät fantasierte.

VERSEHENTLICHE ENTFÜHRUNG

Ich wollte nicht von zu Hause weggehen, aber ich konnte auch nicht den Rest meines Lebens damit verbringen, Studenten in die Schranken zu weisen. Hudson hatte nicht gezögert, mir einen Job zu geben, damit ich meinen Lebensunterhalt bestreiten konnte. Dann hatte er Hazel und mir angeboten, über der Bar einzuziehen, wo wir so gut wie gar keine Miete bezahlten. Die Bar war sein Leben, aber ich wollte etwas Neues.

»Bist du bereit?«, rief Hazel aus dem Flur und ich spülte mir schnell das Duschgel ab.

Während ich die Dusche ausschaltete, rief ich meine Antwort zurück und tat so, als würde ich mich auf die Party freuen. Ich musste wenigstens so tun, als wäre ich genauso enthusiastisch wie die anderen. »Fünf Minuten, dann können wir los.«

Ich öffnete meine Kommode und fluchte vor mich hin, als mir bewusst wurde, dass ich keine saubere Unterwäsche mehr hatte. Mein Wäschekorb war seit einer Woche randvoll, weil ich keine Zeit gehabt hatte, sie in die Wäscherei am anderen Ende der Stadt zu bringen. Und ich wollte es auf keinen Fall so wie Hazel machen und sie zu Hudsons Haus fahren.

»Warum brauchst du denn so lange?«, fragte Hazel, als sie in ihrem Engelskostüm in meiner Tür auftauchte. Mit ihren rotbraunen Haaren und den großen blauen Augen wirkte sie niedlich und unschuldig. Aber sie sah definitiv nicht aus wie ein Engel, wenn ihr Rock so kurz war, dass er den Großteil ihrer Oberschenkel enthüllte.

Hudson würde mir die Schuld geben und behaupten, ich hätte sie dazu angestiftet, so etwas zu tragen, aber dieses Kostüm hatte sie sich selbst ausgesucht. Und ehrlich gesagt, war ich stolz auf sie. Meine einst schüchterne beste Freundin hatte sich von einem Mauerblümchen in eine selbstbewusste Frau verwandelt, die wusste, wie attraktiv sie war. Und das Funkeln in ihren Augen zeigte, dass sie sich auch nicht davor scheuen würde, ihre Reize einzusetzen.

»Das ist alles, was ich an sauberer Unterwäsche habe.« Ich hielt Boxershorts hoch, die ich nur dann trug, wenn ich meine Tage hatte.

»Willst du dir einen Slip von mir ausleihen?« Ich wusste das Angebot zwar zu schätzen, aber ich war ein bisschen fülliger als meine beste Freundin, also würde ihre Unterwäsche mir viel zu klein sein. Das würde nicht sonderlich sexy aussehen und mir wahrscheinlich auch den Blutkreislauf abschneiden. Ich verdiente mir meine blauen Flecken lieber auf eine viel perversere Art und Weise.

»Nein, ich komme schon zurecht.« Ich warf meine selbst abgeschnittenen Shorts auf das Bett und betrachtete sie einen Moment lang, um sicherzugehen, dass sie eng genug waren, um alles von mir zu bedecken.

»Du bist so eine Schlampe«, sagte sie und lachte, als ich die Shorts anzog und mich vergewisserte, dass auf der Tanzfläche nichts zum Vorschein kommen würde.

»Es ist ja nicht so, als würde mein Halloween-Kostüm nur aus Unterwäsche bestehen, wie es bei so manch anderen Leuten der Fall ist«, stichelte ich und warf einen demonstrativen Blick auf den fast durchsichtigen Spitzenbody, den Hazel unter ihrem winzigen Röckchen trug.

»Wir müssen Hudson einfach aus dem Weg gehen. Er wird ausrasten, wenn er mich so sieht.«

Hudson war schon immer überfürsorglich gewesen, vor allem, weil Hazel immer zu vertrauensselig war. In der Highschool und auf der Uni war ich die Rücksichtslose und sie das brave Mädchen gewesen. Im Laufe des letzten Jahres hatte ich es endlich geschafft, sie ein wenig aus ihrem Schneckenhaus herauszuholen, aber er behandelte sie weiterhin wie eine mittelalterliche Jungfrau. Und obwohl sie mir das nie offiziell bestätigt hatte, vermutete ich, dass sie ihre Jungfräulichkeit noch nicht verloren hatte.

»Er kann mich mal am Arsch lecken. Du siehst heiß aus und ich kann dir garantieren, dass du trotzdem noch wesentlich mehr anhast, als die meisten Frauen auf dieser Party.« Wir hatten heute Abend schon einige Kostüme gesehen, die so knapp waren, dass ab und zu mal intime Stellen herauslugten.

»Hast du die eine gesehen, mit der Reid getanzt hat?«

»Ich kann nicht behaupten, dass ich ihn im Auge behalten habe, aber du natürlich schon.«

Sie errötete, strich sich eine Locke hinters Ohr und wandte den Blick ab. Hazel war schon seit Jahren in Reid verknallt, aber seit dem Vorfall im Lagerraum war sie ihm aus dem Weg gegangen. Das hieß aber nicht, dass sie ihn nicht weiterhin aus der Ferne anhimmelte. Ihre Schwärmerei war viel offensichtlicher als meine für ihren Bruder. Zumindest für alle außer Reid.

»Wenn wir erst einmal unsere Masken aufgesetzt haben, werden sie sowieso nicht mehr wissen, wer wir sind.«

Zumindest hoffte ich das. Heute Abend wollte ich anonym bleiben. Ich wollte nicht Hazels beste Freundin sein, und vor allem wollte ich nicht Charley sein, die aufmüpfige Kellnerin. Ich hatte den Ruf, dass ich jeden aus der Bar warf, der zu handgreiflich wurde, aber das war genau das Gegenteil von dem, was ich heute Abend ausstrahlen wollte. Ich wollte jemanden finden, der nicht anders konnte, als mich überall anzufassen. Ausnahmsweise würde ich dem auserwählten Typen einmal nicht drohen, ihm den kleinen Finger auszurenken, wenn er mir an den Arsch fasste.

Außerdem ging es mir bei so etwas nicht um die Berührung selbst. Es ging darum, dass diese Typen normalerweise nicht nach Erlaubnis fragten. Aber wenn ein Mann mit Zustimmung jeden Zentimeter meines Körpers berührte, dann war das verdammt sexy. Von irgendeinem sturzbetrunkenen Idioten angegrapscht zu werden hingegen nicht.

»Wenn du schon so weit bist, warum gehst du dann nicht gleich nach unten? Ich komme nach, sobald ich meine Frisur gemacht und mein Trinkgeldprotokoll in den Safe gelegt habe.«

»Du weißt, dass er sich die nächsten Tage freinimmt, also kann das bis morgen warten.«

»Ich weiß«, seufzte ich. Unter normalen Umständen war Hudson zwar akribisch mit seiner Buchhaltung, aber er war bis Montag weg. Nach den vielen Überstunden, die er hinter sich hatte, verdiente er eine Pause. Auch wenn ich wusste, dass er sich so gut wie immer zurückzog, wenn er gestresst war, machte ich mir Sorgen um ihn. »Nach der Woche, die er hinter sich hat, braucht er das definitiv.«

Auch wenn ich die meisten Tage nicht einmal mit ihm sprach, war es beruhigend zu wissen, dass er im selben Gebäude war.

»Ich schwöre bei Gott, wenn Viv da unten ist, kann ich für nichts garantieren. Wer weiß, vielleicht kippe ich ihr ja *aus Versehen* meinen Drink über? Am besten etwas Klebriges, das Flecken macht. Ich bin sicher, die Köche würden mir helfen, etwas Geeignetes zu finden.«

»Ich liebe deine kleinliche Seite«, antwortete ich grinsend und scheuchte sie mit einer Handbewegung aus meinem Zimmer. »Versuch deine Rachegelüste zu unterdrücken, bis ich da bin, um dir zu helfen.«

Aber wenn ich da ein Wörtchen mitzureden hätte, würde sie mehr zu befürchten haben als nur ein beflecktes Kostüm. Wenn es nach mir ginge, würde sie nie wieder einen Fuß in dieses Gebäude setzen.

»Wünsch mir Glück.« Sie drehte sich im Kreis und ihr kurzer Rock schwang um ihre Taille. »Ich habe Lust, mir meinen Lippenstift an einem süßen Studenten zu ruinieren.«

»Ich auch.« Aber wenn ich ehrlich zu mir selbst war, stellte ich mir nicht vor, von einem Studenten geküsst zu werden. Stattdessen hatte ich es auf einen ganz bestimmten Mann abgesehen, den ich nicht haben konnte.

Siebtes Kapitel

Hudson

SETZ SIE EINFACH AUF. Setz die Maske auf und atme tief durch. Du schaffst das. Genau das will sie. Du wirst ihr nachjagen, sie zu dir nach Hause schleppen und sie dann daran erinnern, wie gut ihr zusammenpasst.

Und was dann? Eine heiße Nacht und sie stimmt zu, die Dinge wieder in Ordnung zu bringen? Die Maske war kein Beziehungspflaster, das ewig halten würde, und als ich sie aus meinem Rucksack hervorstehen sah, überkam mich eine gewisse Unruhe.

»Was machst du noch hier drin?«

Ich zuckte zusammen, als ich die Stimme aus der Bürotür hörte.

»Ich dachte, du wärst schon lange da draußen, um Frauen aufzureißen, die Bad Boys mögen?« Reid hatte sich immer noch kein Oberteil angezogen. Stattdessen lehnte er lässig im Türrahmen, den Motorradhelm unter dem Arm geklemmt. Plötzlich wünschte ich, ich hätte auch nur halb so viel Selbstvertrauen wie er.

Der lauten Musik und den Stimmen nach zu urteilen, die von der anderen Seite des Gebäudes zu hören waren, hatte die Party bereits begonnen, während ich mich in meinem Büro versteckt hatte. Eigentlich wollte ich mich nicht ins Chaos stürzen, aber da der Türsteher mir noch nicht geschrieben hatte, dass Viv da war, hatte ich die Zeit genutzt, um meinen Papierkram zu erledigen. Es war so lange her, dass ich mir Gedanken darüber hatte machen müssen, wie ich die Aufmerksamkeit einer Frau auf mich ziehen konnte, dass ich vergessen hatte, wie das funktionierte. Und ich hatte ziemliches Lampenfieber.

»Und genau das solltest du auch tun,« sagte er grinsend. »Aber es scheint, als hättest du hier drinnen eine Existenzkrise, so ganz in Schwarz gekleidet, als würdest du die Bude gleich ausrauben, anstatt da draußen charmant zu sein, damit du endlich jemanden abschleppen kannst, der dich nicht verändern will.«

Jetzt, wo die Dinge zwischen Viv und mir ins Wanken geraten waren, hatte er nicht gezögert, seine Meinung über sie zu äußern. Tief im Inneren hatte ich gewusst, dass er sie nicht mochte, vor allem, weil sie meine Entscheidungen nicht zu respektieren schien, aber er kannte sie nicht so gut wie ich.

Sie war klug und leidenschaftlich, und als wir uns kennengelernt hatten, war sie genauso waghalsig und abenteuerlustig gewesen wie ich einst.

»Was genau soll das für ein Kostüm sein? Eine schwarze Wolke?«

Es fühlte sich durchaus an, als würde gerade eine über mir schweben. »Nein, das ist nicht das ganze Kostüm«, sagte ich und deutete auf den Rest.

»Ah, wie ich sehe, hast du dir meinen Ratschlag über maskierte Männer zu Herzen genommen. Vielleicht bist du heute Abend ja doch auch auf der Suche nach ein bisschen Action von einem Mädchen, das auf Bad Boys steht. Ich hoffe nur, du gerätst nicht an die Falsche.«

Das hoffte ich auch.

»Lass mich das Geld nur schnell in den Safe legen und dann komme ich.«

»Das will ich hoffen. Denn so erschreckend es auch ist, heute Abend werde ich die Stimme der Vernunft sein. Ich glaube, du brauchst ein wenig Hilfe.«

Er könnte recht haben, aber ...

»Hey, ist er da drin?«, fragte eine vertraute Stimme aus dem Flur. Mein Herz schlug höher und plötzlich begann ich zu schwitzen.

»Ja, er macht sich gerade fertig, aber ich kann ihm das geben, wenn du willst.«

»Danke«, antwortete Charley und ich beobachtete, wie sie ihm ein paar Quittungen und ihren Anteil am Trinkgeld überreichte.

Sie stand zu weit weg vom Türrahmen, als dass ich sie sehen könnte, was schade war, da ich ihr Kostüm gerne gesehen hätte. Aber sie war nicht die Frau, auf die ich mich im Moment konzentrieren sollte.

Letztes Jahr war sie als sexy Teufelin verkleidet gewesen und ich erinnerte mich daran, dass ich mich den ganzen Abend davon hatte abhalten müssen, sie anzustarren. Schließlich wäre es nicht nur unfair gegebüber Viv gewesen, ständig darüber nachzudenken, wie heiß sie war, sondern auch ziemlich unangemessen, weil sie Hazels Freundin war.

»Triff da draußen gute Entscheidungen«, neckte er und strich mit seinem Daumen über ihren Handrücken, als sie ihm das Geld gab. »Lass niemanden, der dich nicht verdient hat, unter diese unglaublich kurzen Shorts.«

»Du scheinst mich mit jemandem zu verwechseln«, kicherte sie und stupste ihm mit dem Finger in die Brust. »Wir wissen beide, dass ich diejenige bin, die einen ahnungslosen Studenten um den Finger wickeln wird.«

»Komm zu mir, wenn du willst, dass ich dir die Verehrer vom Hals halte.« Seine Hand bedeckte ihre nun ganz, was einen irrationalen Anflug von Eifersucht in mir auslöste.

»Ich kann auf mich selbst aufpassen, aber es gibt da draußen einen Engel, der deine Dienste gebrauchen könnte.«

Sein Blick wanderte von der verborgenen Frau im Flur zu mir und er hob die Augenbrauen. Ich war mir nicht sicher, von wem sie sprach, aber mein Handy vibrierte in meiner Hosentasche und lenkte mich ab.

> Mikey: Viv ist hier. Halte nach gefärbten Zöpfen und rosa Stiefeln Ausschau.

Reid runzelte die Stirn und schüttelte den Kopf, als wüsste er genau, was in der Nachricht stand. »Geh und hab Spaß, Char. Ich glaube, ich werde mit Hudson alle Hände voll zu tun haben. Ich muss ihn erst einmal auf diesem Büro schleifen und ihn zwingen, wieder zu lernen, was es heißt, Spaß zu haben.«

»Viel Glück dabei«, sagte sie mit einem Lachen und ich schloss meine Augen, um meine Nerven zu beruhigen.

»Du entscheidest, was heute Abend passiert.« Er kam auf mich zu, drückte mir Charleys Trinkgeld in die Hand und ging leicht in die Knie, bis ich ihm in die Augen sah. »Also versaue es nicht. Nur weil etwas bequem ist, heißt das nicht, dass es auch richtig ist. Du musst niemandem etwas beweisen, außer dir selbst.«

»Danke für die aufmunternden Worte«, sagte ich sarkastisch und er verengte die Augen.

»Setz die Maske auf und such dir jemanden, der diese Seite von dir verdient.« Er drehte sich um und stolzierte durch meine offene Tür. Ich wusste, dass er mich unterstützen wollte, aber ich war mir nicht einmal sicher, was ich im Moment verdiente.

War ich nicht ein beschissener Freund gewesen?

Hatte ich Viv nicht etwas zu beweisen?

Ich war mir nicht sicher, was die richtige Antwort war, aber ich durchquerte den Raum, zog die Maske aus dem Rucksack und fuhr mit dem Daumen über die längliche schwarze Form, die den Mund darstellen sollte.

»Versau das nicht, du Idiot«, murmelte ich vor mich hin und zog sie mir über den Kopf, wobei ich den Stoff mit zitternden Händen in den offenen Kragen meines Hoodies steckte.

Es war an der Zeit, nicht mehr auf Nummer sicher zu gehen.

Achtes Kapitel

Charley

NACHDEM ICH MEIN TRINKGELD abgegeben hatte, herrschte in der Bar das reinste Chaos. Es waren so viele Leute da, dass sie sich schon im Flur tummelten, wo die Toiletten waren. Die meisten waren schon halb betrunken und bereit, Unfug zu treiben. Und ich war dabei, mich ihnen anzuschließen.

Ich hätte sie kommen sehen sollen, aber ich war zugegebenermaßen überrascht, dass sie sich erlaubte, so grob zu sein. Vivs lange Nägel bohrten sich in meinen Unterarm und sie riss mich herum. Beinahe hätte ich vergessen, dass ich gerade nicht im Dienst war, und sie aus der Bar geworfen.

»Was zum Teufel soll das für ein Kostüm sein?«, zischte sie und drängte mich gegen die Wand.

Ich hatte zwar gewusst, dass die Möglichkeit bestand, sie heute Abend zu sehen, aber irgendwie hätte ich nicht gedacht, dass sie tatsächlich auftauchen würde. Reid hatte mir so viele Details erzählt, wie Hudson ihm gestanden hatte, aber eines war klar gewesen. Viv hatte Hudson abserviert, ihm aber die gute alte ›Ich will mit dir befreundet bleiben‹-Masche aufgetischt, um ihn bei der Stange zu halten.

Sie hatte einen verrückten Blick in den Augen, ihre Haut war weiß geschminkt und ihre Wangen mit kleinen Diamanten verziert. Sie hatte offensichtlich nicht mitbekommen, dass es sich um eine Maskenparty handelte, aber ohne ihre stechend blauen Augen hätte ich sie nicht sofort erkannt. Sie waren eisig wie ihre Seele, sorgten aber auch dafür, dass wir uns nicht allzu ähnlich sahen.

»Warum spielt es eine Rolle, was ich für ein Kostüm anhabe?«, fragte ich und betrachtete den Rest ihres offensichtlich etwas kostspieligeren Kostüms.

Sie trug eine rote Lederjacke, ein enges weißes T-Shirt, das mit Kunstblut bespritzt war, und kurze Glitzershorts, die eher wie eine Bikinihose aussahen. Zerrissene Netzstrümpfe verschwanden in ihren pinken Stiefeln und ein Hundehalsband mit Stacheln vervollständigte den Look.

»Weil du gerade wie die billige Version meines Kostüms aussiehst und ich wissen will, warum du dich überhaupt so angezogen hast, wo du doch wusstest, dass ich und Hudson in einem Partnerkostüm kommen.«

»Hudson hat vor, Glitzershorts zu tragen?« Ich lachte und erfreute mich an dem wütenden Kräuseln ihrer Lippen. Es war so einfach, sie zu verärgern. Sie mochte Hazel Angst einjagen, aber mich schüchterte sie nicht ein. »Bist du sicher, dass seine Beine darin gut aussehen werden?«

»Nein, du dumme Kuh. Er kommt als Joker. Ich habe das Kostüm vorhin bei ihm zu Hause vorbeigebracht und ihm geschrieben, dass er mich hier treffen soll. Aber ich habe den ganzen Tag nichts mehr von ihm gehört. Du musst sein Kostüm gesehen und dann improvisiert haben, damit du mit ihm abhängen kannst.«

Der Gedanke, ihr einen Strich durch die Rechnung zu machen, war zwar verlockend, aber ich hatte dieses Kostüm schon länger geplant. Harley Quinn war ein missverstandener Charakter, weshalb ich mich irgendwie mit ihr identifizieren konnte. Aber um mich als Harley Quinn auszugeben, musste ich nicht herumlaufen wie ein echter Clown. Denn genau so sah sie aus. Aber der Gedanke, die ganze Nacht einen Baseballschläger mit mir herumzutragen, war verlockend.

»Soweit ich weiß, war er letzte Nacht nicht zu Hause.«

Sie knurrte regelrecht und meine Augen weiteten sich, als sie ihre Hand gegen mein Brustbein stieß. »Und wo zur Hölle war er?«

»Warum interessiert dich das überhaupt? Ich dachte, du hättest mit ihm Schluss gemacht. Solltest du nicht auf irgendeiner Party in der Stadt sein, um dir einen Sugar-Daddy zu angeln?«

»Halt dich verdammt noch mal von ihm fern«, zischte sie und stupste mich bei jedem Wort mit ihren künstlichen Fingernägeln an.

Ich verstand nicht, warum sie dachte, ich wäre eine Bedrohung für sie. Hudson kannte mich doppelt so lange wie sie, und er hatte sich trotzdem für sie entschieden. In seinen Augen war ich nichts als die beste Freundin seiner kleinen Schwester, und ich hatte mich damit abgefunden. Mit ein bisschen Abstand würde ich sicher auch irgendwann über diese Schwärmerei hinwegkommen.

»Geh nach Hause, Viv. Keiner will dich hier haben. Ich denke, du hast bereits bewiesen, dass du dich auch mit Leuten abgeben kannst, du ja angeblich weit unter deiner Würde sind. Aber bei diesen Leuten hat das leider nicht so gut funktioniert, und wenn ich ehrlich bin, halten wir dich alle für eine oberflächliche Schlampe.«

»Wie bitte?«

Ich hob den pinken Baseballschläger auf, der zu meinem Kostüm gehörte, stieß sie mit meinem Knie von mir weg und klatschte ihn dann auf meine Handfläche. Ich hatte es satt, mich von ihr schikanieren und über Hudson ausquetschen zu lassen. Dieses Privileg hatte sie verloren. Sie waren nicht mehr zusammen und ich ließ nicht zu, dass jemand so mit mir sprach.

»Geh nach Hause, Viv. Ist das so schwer zu begreifen?«

»Sonst was?«, fauchte sie und grub ihre Krallen wieder in meine Schultern.

»Oder ich schiebe dir diesen Schläger in den–«, knurrte ich, aber ein Körper schob sich zwischen uns und drängte Viv zurück, während ich an die Wand gepresst wurde.

Reids vertraute Rückentattoos beschwichtigten einen Moment lang, aber ich war immer noch nicht bereit, ihr den Kopf abzureißen.

»Beruhige dich, Killerin«, stichelte er und lächelte mich durch das offene Visier seines Motorradhelms an. »Ich schaffe sie hier raus. Geh du dich amüsieren.«

»Aber ...« Ich wollte diejenige sein, die sie vor die Tür setzte.

»Ernsthaft, geh. Du weißt, dass Hudson nicht wollen würde, dass du eine Szene machst.«

»Wo ist er?«, kreischte Viv und kämpfte gegen Reids ausgestreckte Hand an, während dieser versuchte, sie daran zu hindern, mich zu erreichen.

»Das geht dich einen Scheißdreck an«, knurrte er und drehte sich wieder zu ihr um. Er griff hinter sich, schob mich in Richtung der Bar und schubste sie in die entgegengesetzte Richtung. »Du hast kein Recht mehr, das zu wissen.«

Er mochte sie fast genauso wenig wie ich, also wusste ich, dass er sie entweder rausschmeißen oder dazu bringen würde, sich zu beruhigen und sich zu benehmen.

Ich schwang den Schläger in meiner Hand, holte tief Luft und riss mich zusammen. Ich war nicht hier, um mich um Viv zu kümmern. Ich hatte heute Abend eine eigene Mission.

Es HATTE ETWAS AUFREGENDES an sich, mit einer Maske durch einen dunklen Raum voller Fremder zu gehen.

Jede einzelne Person in diesem Raum spielte heute Abend eine Rolle.

Ich hatte mich noch nicht für eine entschieden.

Das Adrenalin der Vorfreude pulsierte durch meine Adern, als ich den Raum musterte und beobachtete, wie die anderen anonymen Partygäste in die von ihnen gewählten Rollen schlüpften.

Die kichernden Studentinnen drängelten sich mit ihren sexy Tier-Kostümen um einen Stehtisch und klimperten mit ihren falschen Wimpern zu einem Tisch mit Uni-Baseballspielern hinüber. Sie hatten sich für die originelle Strategie entschieden, ihre Uniformen als Kostüme zu tragen.

Die älteren Gäste trugen meist klassischere Optionen wie Hexen- und Geisterkostüme, um sich von den jungen Leuten abzugrenzen, die einen Paarungstanz zu vollführen schienen.

Ich entdeckte meine Engels-Freundin am Rande der Tanzfläche, wo sie mit einem als Teufel verkleideten Mann flirtete. Dann blieb mein Blick an einem halbnackten Mann mit Motorradhelm hängen, der sie über den Kopf seiner neuesten Eroberung hinweg beobachtete. Reid war Viv schneller losgeworden, als ich erwartet hatte. Und er hatte offensichtlich vor, Haz die ganze Nacht lang im Auge zu behalten.

Eigentlich hatte ich geplant, nicht von Haz' Seite zu weichen, aber als sie ihre Hand auf die des Teufels legte, wurde mir klar, dass ich damit nur zum fünften Rad am Wagen werden würde. Ich war beleidigt gewesen, als mir gesagt worden war, dass ich meinen Baseballschläger hinter der Bar lassen musste, aber noch schlimmer war, dass ich ihn nicht benutzen durfte, um Vivienne den Spott aus dem Gesicht zu schlagen.

Mein Kostüm war mein Alter Ego. Sie war stark, dreist, sexy und unabhängig. Auch wenn sie ein bisschen verrückt war. Heute Abend wollte ich außerhalb der Zwänge funktionieren, die das Leben mir auferlegt hatte.

Ich wollte wild sein.

Ich wollte sinnlich sein.

Ich wollte vergessen, wen ich nicht haben konnte und mir von jemand anderem das Gefühl geben lassen, begehrenswert zu sein. Rücksichtslos.

Ich wollte von einem dieser maskierten Männer gefickt werden.

Die Frage war nur, von welchem?

Ich ließ meinen Blick über die Menschen um mich herum schweifen und wandte mich der wogenden Menge zu. Mein Körper erhitzte sich, als die Musik durch meine Glieder vibrierte.

Ich streckte die Hände über den Kopf und ließ mich vom Beat mitreißen, während die Leute um mich herum tanzten. Die sexuelle Energie pulsierte durch die Bar und ich schloss meine Augen, um sie zu genießen.

VERSEHENTLICHE ENTFÜHRUNG

»Wenn du so verführerisch aussiehst, ist es gefährlich, nicht auf deine Umgebung zu achten«, knurrte eine tiefe Stimme in der Nähe meines Ohrs, als eine große Hand über die freiliegende Haut meiner Taille fuhr und sich auf meinem Bauch niederließ, bis mein Rücken an einen warmen Körper geschmiegt war. Ich atmete scharf ein, als mir klar wurde, wer mich berührte. Trotzdem lehnte ich meinen Kopf an seine starke Brust und schmiegte mein Gesicht an seinen Hals.

»Es ist gefährlich, eine Frau ohne ihre Zustimmung zu berühren, wenn sie Stiefel mit einem zwölf Zentimeter hohen Absatz trägt«, antwortete ich und seine Finger gruben sich noch ein bisschen tiefer in meine Haut.

»So eine wilde kleine Kreatur.« Seine Stimme war rau und wenn ich nicht jeden Tag den ganzen Tag in seiner Nähe wäre, hätte ich Schwierigkeiten gehabt, sie einzuordnen. Aber ich kannte diese Stimme und diesen Geruch. Entweder halluzinierte ich oder Hudson hatte keine Ahnung, dass er mich berührte.

»Du hast ja keine Ahnung«, antwortete ich.

Als die Musik wechselte, ein verführerischer Beat durch die Bar donnerte und die Luft mit sexueller Spannung auflud, trat Hudson noch näher heran und schob einen kräftigen Schenkel zwischen meine Beine. Jetzt tanzten wir miteinander und es blieb keinerlei Abstand zwischen uns übrig.

Ich schloss die Augen wieder, hob meine Arme und ließ mich vom Rhythmus des Songs tragen. Seine starken Hände umklammerten meine Taille und drückten mich an ihn, während seine Hüften meinen Bewegungen folgten und sich an mir rieben, bis mir die Luft wegblieb. Ich hatte schon immer eine unterschwellige sexuelle Anziehung zwischen uns beiden gespürt, aber ich hätte nie gedacht, dass es sich so unglaublich anfühlen würde, seine Hände auf mir zu spüren. Sie strichen meine Seiten hinauf und er verschränkte seine Finger mit meinen, bevor er mich zu sich umdrehte.

»Sieh mich an.«

Diese tiefe, raue Stimme würde mich noch umbringen. Widerwillig tat ich, wie mir befohlen, und begegnete seinen tiefbraunen Augen. Nicht einmal der relativ dunkle Raum konnte die Hitze in seinem Blick verschleiern.

Seine Augen trafen meine durch die bedrohlichen Schlitze in seiner Maske und ein Kribbeln lief mir über den Rücken. Er musterte mich, als wollte er mich verschlingen. Ich hatte mir schon unzählige Male vorgestellt, wie er mich bewunderte, aber nur wenn ich allein in meinem Bett war und die Hände zwischen den Beinen hatte.

»Verdammt perfekt«, raunte er und beugte sich vor. Hätte er nicht diese Maske auf, hätten seine vollen Lippen in diesem Moment garantiert an meinem Kiefer entlang gestrichen. »Du bist so ein freches Mädchen. Du wolltest mich dazu verleiten, schlimme Dinge zu tun, stimmt's?«

Seine Hände umfassten meinen Hintern und zogen mich zu sich heran. Mein Puls beschleunigte sich, als ich seinen harten Schwanz in seiner Jeans spürte. Nie im Leben hätte ich gedacht, dass ich Hudson Rivera so hart machen könnte.

Ich wollte ihn fühlen ...

Ihn streicheln ...

Ihn lecken ...

Saugen ...

Würgen ...

Reiben ...

Aber mehr als alles andere wollte ich ihn sehen. Den körperlichen Beweis sehen, dass er mich genauso attraktiv finden könnte wie ich ihn. Dass er mich auch nur annähernd so sehr begehrt wie ich ihn über die Jahre hinweg. Die Sehnsucht, die ich so lange verborgen hatte, durchströmte mich und erzeugte das primitive Bedürfnis, ihn zu markieren.

Ich schlang meine Arme um seine Taille, schob meine Hand unter seinen Kapuzenpulli, grub meine Nägel in seinen heißen Rücken und genoss das Stöhnen, das in meinem Nacken vibrierte.

»Sei vorsichtig. Ich weiß nicht, ob dir gefallen wird, was passiert, wenn du mich provozierst.«

Aber das würde es. Auch wenn diese Interaktion völlig unerwartet gewesen war und ich das Gefühl hatte, dass er mich für jemand anderen hielt, wollte ich ihn um den Verstand bringen.

Ich kratzte mit den Nägeln, die ich vorher pink lackiert hatte, über seinen Rücken und keuchte, als seine Finger sich in meine Shorts gruben und mich festhielten – fast schmerzhaft, aber mit so viel Lust, dass er gegen meine Schulter stöhnte. Das Plastik seiner Maske schabte an meiner Wange und bei all der Hitze musste er doch in seinem Kostüm verbrennen. Aber ich schmiedete einen Plan, um ihn da rauszuholen. So schnell wie möglich.

»Bring mich irgendwohin, wo es ruhiger ist«, forderte ich und presste meine Lippen auf den kratzigen Stoff der schwarzen Kapuze, die seine Maske an Ort und Stelle hielt. »Bitte.«

»Seit wann hast du hier das Sagen?«, gluckste er, lockerte seinen Griff und nahm meine Hand. »Aber da du so nett gefragt hast—«

Ich versuchte stolpernd, mit ihm mitzuhalten, und hielt seine Finger fest umklammert, während er mich durch die Menge zum hinteren Flur führte. Das war die andere Seite des Gebäudes, gegenüber von dem Flur, auf dem Viv mich konfrontiert hatte – und hoffentlich war sie schon lange weg.

Auf genau diesem Flur hatte ich schon unzählige Paare beim Ficken erwischt, weil sie es scheinbar nicht erwarten hatten können. Jetzt verstand ich ihre Verzweiflung. Als wir an der Hintertreppe vorbeikamen, die zu meiner Wohnung führte, überlegte ich, ob ich ihn einfach in mein Bett schleppen sollte, anstatt mich den Plänen hinzugeben, die er für mich hatte.

Aber ich wollte nicht kaputt machen, was gerade passierte. Denn dies könnte das einzige Mal sein, dass Hudson mich wollte. Ich wollte heute Abend nicht die Führung übernehmen. Ich wollte mich ihm fügen. Ich wollte, dass er mich kontrollierte. Ich wollte das Gefühl haben, seine volle Aufmerksamkeit zu haben. Unwiderstehlich zu sein. Er hatte damit angefangen, nicht ich, und noch aufregender war, dass dieses zickige Miststück ernsthaft dachte, sie hätte ihn noch unter ihrer Fuchtel.

Plötzlich hielt er inne, zog mich in den Rahmen seiner geschlossenen Bürotür, ergriff meine andere Hand, hob sie über meinen Kopf und hielt meine Handgelenke mit einer Hand an der Tür fest.

»Hübsches Oberteil, du freches Mädchen«, raunte er und ließ seinen Blick über die Worte schweifen, die auf den Stoff gedruckt waren. Ich hatte mich für ein kurzärmeliges Raglan-T-Shirt mit pinken Ärmeln und eine enge, abgeschnittene Shorts entschieden.

»Mamis. Kleiner. Teufel.« Die Worte waren tief und langgezogen – in dieser dominanten Stimme, die er sich angeeignet hatte. Allein diese Tonlage erzeugte eine Gänsehaut. »Wäre ›Daddys kleines Monster‹ nicht zutreffender?«

Ich zuckte mit den Schultern, so gut es ging, während ich die Arme über dem Kopf hatte. Die Aufregung über dieses unerwartete Rollenspiel erfasste mich. Ich senkte meine Stimme, um sie sinnlicher klingen zu lassen. »Ich habe keinen *Daddy*, für den ich ein Monster sein kann. Bist du interessiert an der Rolle?«

»Das würde dir wohl gefallen, was? Du versuchst, mir etwas vorzuspielen. Aber vielleicht bin ich ja das Monster, vor dem du dich in Acht nehmen solltest.«

»Du machst mir keine Angst, Hu–« Ich unterbrach mich selbst, als ich fast seinen Namen gesagt hätte. »Das ziehst du nicht durch.«

»Das werden wir ja sehen.«

Der Griff um meine Handgelenke wurde kurz fester, bevor er mich losließ und einen Schritt zurücktrat. Ehe ich mich bewegen konnte, packten seine

Hände meine Hüften und drehten mich in Richtung Flur, wobei seine große Handfläche meinen Nacken zwischen meinen schwingenden Zöpfen umfasste. Er führte mich zur Hintertür und griff um mich herum, um den eingezäunten Bereich zu enthüllen, in dem er normalerweise sein Motorrad aufbewahrte.

Die Temperatur war gesunken, seit ich vom Unterricht nach Hause gekommen war, und die frische Spätherbstluft stach auf der nackten Haut, die nicht von meinem relativ knappen Kostüm bedeckt wurde. Ich erschauderte und sein Griff wurde fester, was einen Adrenalinstoß durch meinen Körper schickte. Ich würde ja behaupten, dass es die Kälte war, die meine Nippel steif machte, aber in Wirklichkeit war es der gebieterische Umgang, mit der er mich an den Rand des Parkplatzes führte, wo der Schotter endete und der dunkle Wald begann.

Ich keuchte und mein warmer Atem schwebte in einer Wolke zu den Bäumen hinauf. Ich zitterte, als den Griff in meinem Nacken nachließ und seine raue Handfläche nach vorne wanderte, um meine Kehle zu umschließen.

»Jetzt bist du nicht mehr so mutig, was?«

Ohne den chaotischen Lärm der Tanzfläche verursachte sein bedrohlicher Ton eine noch intensivere Gänsehaut. Was auch immer er vorhatte, ich war dabei.

»Fick dich!«

Sein Griff wurde fester und bei jedem anderen wäre ich zu misstrauisch gewesen, um mich in eine so verletzliche Position zu begeben. Aber als sich ein tiefes Brummen – fast ein Knurren – in seiner Kehle bildete, wusste ich, dass es richtig war, mitzuspielen.

»Hmm. Vielleicht später, wenn du brav bist. Jetzt will ich, dass du etwas für mich tust. Hörst du mir zu?«

»Mmhmm«, brummte ich, während mich die Vorfreude durchströmte.

»Lauf, kleine Teufelin. Lauf.«

Der Mund, der diese Worte aussprach, war mir vertraut, aber der Tonfall war es nicht. Hudsons sonst so zurückhaltende Stimme war stark und kommandierend. Er zögerte kein bisschen und meine Augen weiteten sich, als er sich von mir entfernte und zu zählen begann.

»Zehn ... neun ... acht ...«

Neuntes Kapitel

Hudson

»Du solltest besser loslaufen, bevor dir die Zeit davonläuft.«

Sie zögerte und ihre Finger zuckten, als ich einen Schritt zurücktrat und mich von ihrem verlockenden Körper entfernte. Ich konnte mich nicht daran erinnern, dass sie sich in meinen Armen jemals so gut angefühlt hatte.

»Sieben ... Du bewegst dich immer noch nicht. Es ist, als wolltest du gar nicht spielen.«

Das war ihre Idee gewesen, und jetzt, wo ihr der Wunsch erfüllt wurde, blieb sie wie ange entwurzelt stehen.

»Sechs ... Du machst das nicht sonderlich unterhaltsam. Ich dachte, du wolltest etwas Aufregung.«

Das schien sie aus ihrer Trance zu reißen. Ich sah zu, wie ihre blaugrünen Zöpfe wippten, als sie in den Wald flüchtete.

Das Blut rauschte in meinen Ohren, als ich ihr zu folgen begann. Mein Atem erhitzte den Innenraum der Maske. Das Ding war verdammt stickig, aber bei den niedrigen Temperaturen war es nicht ganz so schlimm.

Auf der Tanzfläche hatte ich hingegen fast schon unter Klaustrophobie gelitten, vor allem, als sie ihre Arme um mich geschlungen und mir mit ihren Nägeln über den Rücken gekratzt hatte. Das hatte sie noch nie getan. Und der scharfe Schmerz hatte etwas Unbekanntes in mir ausgelöst. Etwas, das ich noch einmal wollte. Nein, noch einmal brauchte.

Laub knirschte unter meinen Sneakers und ein kühler Wind heulte in der Ferne, als er durch die Schlucht zog, in der ein Bach die Stadt von dem Grundstück trennte, das meiner Familie gehörte.

Ein mulmiges Gefühl durchströmte mich, als mir bewusst wurde, dass sie einen zehn Meter tiefen Abhang hinunterstürzen könnte, bevor ich sie erreichte, wenn sie nicht aufpasste.

»Ich dachte, du würdest mich verfolgen.« Ihre verspielte Stimme wurde vom Wind getragen und ich wandte mich ihr zu, woraufhin sich die Anspannung löste und das Adrenalin einsetzte.

»Fünf ...«, rief ich und ein Kribbeln durchfuhr mich, als ein naher Schrei ertönte.

»Vier ...«

»Du bist verdammt langsam!«, kicherte sie und ein Teil von mir freute sich, dass sie dieses Spiel zu genießen schien. Vorhin war ich noch besorgt gewesen, dass das eine schlechte Idee gewesen war. Ich hatte Angst, etwas Falsches zu tun oder zu sagen und sie damit für immer zu vergraulen.

»Drei ...«

Ein Zweig knackte hinter einem Baum zu meiner Rechten und ich hielt inne, um zu lauschen.

Als ich durch die Augenlöcher meiner Maske blinzelte, entdeckte ich einen rosafarbenen Fleck neben dem Baumstamm – ihre Stiefel. Das Mondlicht schimmerte auf der weißen Maske, die ihr Gesicht halb verdeckte. Sie sah fast überirdisch aus, als sie hinter dem großen Baumstamm hervorlugte. Sie quiekte, als sie sah, dass ich ihr näher war, als sie offensichtlich erwartet hatte, und hielt sich den Mund zu, bevor sie sich wieder aus meinem Blickfeld duckte.

»Zwei ... Du bist wirklich schlecht darin, dich vor mir zu verstecken.«

Sie kicherte wieder und ich folgte dem Geräusch. Möglichst leise pirschte ich mich von dem Pfad und hielt nach Rosa Ausschau, während ich meine Schritte beschleunigte.

»Eins ... Ich komme ...«

Eine kleine Hand schoss hinter einem Baum hervor, als ich an ihm vorbeiging. Sie drückte mich gegen den Stamm und ich grollte angesichts des Aufpralls, während sie zu mir aufblickte.

»Noch bist du nicht gekommen«, flüsterte sie, presste ihren Körper an meinen und die Handfläche gegen die Vorderseite meiner Jeans. »Aber ich wette, du wirst es bald.«

Das kleine Monster hatte den Spieß umgedreht und das gefiel mir. Ihr Griff wurde fester und verursachte einen Druck, der Endorphine in mir ausschüttete und ein Gefühl in meinem Körper auslöste, das ich noch nie zuvor gehabt hatte.

Wir hatten im Laufe der Jahre oft intensiven Sex gehabt, aber das Vorspiel war noch nie so primitiv gewesen, dass ich sie unbedingt beanspruchen wollte.

»Du hast dich nicht sonderlich bemüht, von mir wegzukommen. Hattest du keine Angst, dass der Fremde, der dich durch den Wald jagt, dir etwas Schlimmes antun könnte?«

Ihr Blick bohrte sich in den meinen und hielt mich gefangen, während ihre Finger sich an meinem Gürtel zu schaffen machten, ihn öffneten und meinen

Reißverschluss heruntergezogen. Ich pochte gegen den Stoff meiner Boxershorts und sehnte mich nach ihren Berührungen.

»Vielleicht wollte ich stattdessen etwas Schlimmes mit ihm anstellen.«

Von diesem Teil ihrer Fantasie hatte sie mir nichts erzählt. Ich hatte nicht einmal gewusst, dass sie so spielerisch und dominant sein konnte. Sie hatte mir immer die Führung überlassen. Ich war immer derjenige gewesen, der etwas angezettelt hatte, derjenige, der die Oberhand hatte. Die Kontrolle.

»Und was willst du mit ihm machen?«

Sie grinste und ihre Lippen lugten unter der Maske hervor. Gebannt beobachtete ich, wie ihre Zähne sich in ihre Unterlippe gruben. Und dann glitten ihre Finger in meine Boxershorts, um mich zu umschließen.

»Er wird es gleich herausfinden ...«

»Mmm«, brummte ich und lehnte meinen Kopf gegen die raue Rinde des Baumes. Der dicke Stoff meiner schwarzen Kapuze schützte mich davor, aber ein Teil von mir wollte den leichten Schmerz der harten Oberfläche spüren, als sie mich berührte. Ich wollte die Qual mit dem Verlangen vereinen, das ihre Berührung auslöste.

»Aber erst muss er mich fangen.«

Ihre Finger drückte noch einmal kurz zu, bevor sie mir einen frechen Luftkuss zuwarf und sich auf ihren hohen Schuhen umdrehte. Es war erstaunlich, wie schnell sie mit so hohen Absätzen durch den Wald rennen konnte.

Ich beschloss, ihr Spielchen mitzumachen, zog vorsichtig den Reißverschluss meiner Hose zu und machte mich auf die Jagd. So leise wie möglich näherte ich mich dem großen Baum, hinter dem sie verschwunden war, und achtete auf jedes Geräusch.

Mit rasendem Herzen lauschte ich ihren Schritten in der Ferne. Es hörte sich an, als würde sie im Zickzack durch die Bäume huschen. Angestrengt versuchte ich, herauszufinden, wo sie hin war. Sie hatte recht gehabt. Die Jagd war aufregend. Und jetzt erkannte ich, wie reizvoll es war, ab und zu mal etwas anderes zu machen.

Je länger es dauerte, bis ich sie einholte, desto mehr Adrenalin floss durch meine Adern, um mich auf den Moment vorzubereiten, in dem ich sie endlich erwischte. Der unheimliche Teil in mir wollte sie dafür bestrafen, dass sie mich geärgert hatte. Dafür, dass sie ihre kleine, weiche Hand um meinen Schwanz geschlungen und mich dazu gebracht hatte, sie unbedingt ficken zu wollen.

Ich wollte sie auf die Knie zwingen und mich in ihren Mund zwingen, um mich an ihrem süßen Würgen zu erfreuen, während sie meinen Schwanz nahm.

VERSEHENTLICHE ENTFÜHRUNG

Ich hielt hinter einem Baum inne und lauschte. Ein Rascheln kam immer näher. Ihr hörte ihre schweren Atemzüge, als sie ein paar Meter entfernt durch eine Lichtung schlich. Ich ballte meine Fäuste, um mich zurückzuhalten und mein Versteck nicht zu verraten.

Von meiner unbeweglichen Position aus kam ihr Körper in Sichtweite. Der Vollmond schien so nah zu sein, dass sein Licht einen bedrohlichen Schimmer auf den Waldboden zwischen uns warf. Es war leicht, sie auszumachen, während sie durch Bäume und Sträucher schlich. Ihre Bewegungen waren fesselnd. Einen Moment lang sah ich einfach nur zu, wie ihre Beinmuskeln sich anspannten, während sie sorgfältig durchdachte Schritte machte. Bei jedem Atemzug rutschte ihr kurzes T-Shirt ein wenig nach oben. Sogar die leicht errötete Haut ihres Halses war von hier aus zu sehen.

Ich war mir nicht sicher, ob es an der Kälte oder der Erregung lag, aber ich würde alles dafür tun, um diese Röte noch zu verstärken. Es würde ausreichen, meine Hand um ihren zierlichen Hals zu schlingen.

Sie wollte diese Fantasie, und ich war entschlossen, sie ihr zu geben. Ich wollte versuchen, das zu sein, was sie brauchte.

Leise schlich ich ihr hinterher und achtete darauf, mich verborgen zu halten. Es war berauschend, zu wissen, was ich mit ihr vorhatte, wenn ich sie erwischte. Sie hatte mich zwar geneckt, aber ich würde die Führung wieder an mich reißen.

Sie hielt inne, stützte sich mit den Händen an einem dicken Baumstamm ab und sah sich vorsichtig nach mir um.

Nur einen kurzen Schritt entfernt knackte ein Ast unter meinem Schuh und sie zuckte zusammen. Sie versuchte zu fliehen, aber ich war schneller. Meine Hand schnellte hervor und schloss sich um ihre Kehle.

»Nicht so schnell, kleine Teufelin. Ich glaube, wir haben noch eine Rechnung offen.« Sie zitterte angesichts des tiefen, bedrohlichen Tonfalls, von dem ich bis zu diesem Moment nicht einmal gewusst hatte, dass er in mir steckte. Ich fragte mich, ob ihr Herz gerade genauso schnell schlug wie meines.

»Was? Keine frechen Sprüche mehr? Ich dachte, du stellst meine Geduld gerne auf die Probe?«

Meine Finger verkrampften sich leicht, als ich meine Brust gegen ihren Rücken drückte und sie vorwärts drängte, bis sie nur noch eine Haaresbreite davon entfernt war, gegen die raue Rinde gepresst zu werden. Auch wenn ich wahnsinnig erregt war und kurz davor stand, die Kontrolle zu verlieren, wollte ich ihr nicht wehtun.

»Ich ...«, quiekte sie, aber ich zog ihren Kopf grob zurück und beugte mich zu ihr herunter, um ihr direkt ins Ohr zu flüstern.

Das Plastik der Maske schmiegte sich in ihr Haar und machte ein prickelndes Geräusch.

»Jetzt ist es zu spät. Ich habe etwas anderes mit diesen Lippen vor.«

Ihr Körper zitterte, aber ich hielt sie weiterhin fest. Natürlich hoffte ich, dass sie keine Angst hatte, aber das Ganze war zu weit fortgeschritten, um jetzt darüber nachzudenken.

»Auf die Knie.«

Ich lockerte meinen Griff um ihren Hals, legte meine Hand auf ihre Schulter und drängte sie auf den moosbewachsenen Untergrund.

Ich hätte meinen Kapuzenpulli ausziehen und ihn auf den Boden legen sollen, um ihre Knie zu schützen, aber mein eigener Teufel saß auf meiner Schulter und erinnerte mich daran, dass ich die Kratzer auf ihren Knien später sehen wollte. Ich wollte, dass die Erinnerung an diesen Moment auf ihrer Haut zu sehen waren.

»Hud−«, keuchte sie, als ich sie mit meiner Hand umdrehte, sie vor mir auf die Knie zwang und einen Schritt nach vorne machte, bis ihr Hinterkopf gegen den Baumstamm stieß. Ihre blonden Zöpfe und die weiße Maske schimmerten im Mondlicht und sie hätte fast engelsgleich ausgesehen, wenn sie sich nicht auf die Lippe gebissen hätte.

»Du wolltest spielen. Jetzt hast du die Chance dazu. *Nimm. Meinen. Schwanz.*« Meine Forderung endete in einem rauen Knurren und ich beobachtete, wie der Gesichtsausdruck hinter ihrer Maske die Vorfreude zeigte.

Es war Jahre her, dass sie meinen Schwanz mit Enthusiasmus gelutscht hatte und ich wollte diese Gelegenheit nicht verpassen.

Ich packte einen langen Zopf in meiner Faust und zog sie nach vorne, bis ihre Nase gegen meine Jeans gedrückt war und sie wahrscheinlich spüren konnte, wie mein Schwanz hinter dem Stoff pochte.

»Das hast du in mir ausgelöst. Jetzt kümmere dich verdammt noch mal darum.«

Ihre Finger zitterten, als sie den Reißverschluss öffnete, und mein Gürtel klirrte, als sie den Stoff herunterzog. Ihre Nägel streiften über meine Oberschenkel, als sie ihre Finger unter den Bund meiner Boxershorts schob und sie herunterzog. Sofort wippte mein Schwanz ihr ins Gesicht.

»Mund auf«, forderte ich und benutzte ihren Zopf, um sie zu führen. Ich stöhnte auf, als sie gehorchte, ihre Lippen öffnet und meine Eichel in ihren Mund gleiten ließ. »Verdammt ...«

»Mmm«, murmelte sie und umspielte meine Spitze mit ihrer Zunge. Sie fuhr mit ihren Fingernägeln über meine Oberschenkel und grub sie in meine Haut, während sie sich nach vorne beugte und mir ein gequältes Keuchen entlockte, als ihre Zähne leicht über meine Länge strichen.

»Sei. Brav«, knurrte ich und drehte mein Handgelenk, um ihren Zopf um meine Handfläche zu wickeln und sie daran nach hinten zu ziehen, bis mein Schwanz knapp außerhalb ihrer Reichweite war.

»Nein«, flüsterte sie. »Dieser Schwanz will kein braves Mädchen. Er will nicht, dass ich lieb und nett bin. Und du auch nicht.«

»Verdammt«, stöhnte ich, als sie mich vollständig in sich aufnahm und würgte, sobald ich ihren Rachen erreichte.

Ich versuchte, nicht zu stoßen. Das tat ich wirklich, da ich sie nicht verletzen wollte. Aber leider entglitt mir die Kontrolle, als ihre Nägel sich weiter in meine Haut bohrten.

»Du willst also Spielchen spielen, was?«, stöhnte ich und stieß dann gnadenlos zu, während das Mondlicht den Speichel in ihren Mundwinkeln funkeln ließ. Selbst mit der Maske konnte ich sehe, wie ihre Augen tränten, während sie um mich herum würgte und stöhnte.

Normalerweise freute ich mich, wenn eine Frau mir einen blasen wollte, also war ich respektvoll dankbar, anstatt mich wie ein hirnloses Tier aufzuführen, aber sie machte das unmöglich. Jedes Mal, wenn ich versuchte, ihren Kopf zurückzuziehen, um ihr etwas Luft zum Atmen zu geben, kämpfte sie gegen mich an und bestand darauf, meinen Schwanz tief in sich aufzunehmen. Und genau deshalb war es nicht aufzuhalten, als ich spürte, wie die Mutter aller Orgasmen auf mich zukam.

Als ich die Augen schloss und unseren intensiven Blickkontakt unterbrach, stellte ich mir das schmutzige Geräusch vor, das sie machen würde, wenn sie an meinem Sperma erstickte.

Mein Schwanz pulsierte auf ihrer Zunge und ich biss die Zähne zusammen, um mich zu beherrschen und die heftige Lust hinauszuzögern, die sich nur noch schwer zurückhalten ließ, wenn ich ihr Gesicht so brutal fickte.

Das Geräusch der verzweifelten Atemzüge, die aus ihrer Nase drangen, vermischte sich mit den schmutzigen, feuchten, schlürfenden und würgenden Geräuschen. Ich stieß ein letztes Mal nach vorne und warf den Kopf in den

Nacken, als ich ihren versauten kleinen Mund ausfüllte und in die Nacht hinaus brüllte.

Als das Sperma versiegte, ließ ich ihre Haare los und beobachtete, wie sie versuchte, wieder zu Atem zu kommen, nachdem mein Schwanz aus ihren glänzenden roten Lippen gerutscht war. Lippen, die ich küssen wollte, Lippen, die ich noch einmal ficken wollte, nur um dann gebannt zuzusehen, wie das Sperma aus ihnen heraustropfte.

Als sich ihre Atmung beruhigt hatte, umfasste ich ihr Kinn und strich mit dem Daumen über ihre Unterlippe, um die Feuchtigkeit zu verteilen.

»Die werde ich wieder ficken«, versprach ich. »Aber das kann warten. Jetzt bist du dran.«

Erregung funkelte in ihren Augen und ihre Zunge fuhr über meine Daumenkuppe, was mir ein weiteres gequältes Stöhnen entlockte. Mein erschöpfter Schwanz zuckte und ich wusste, dass ihr geiler Anblick meine Regenerationszeit verkürzen würde. Schließlich konnte er nicht einfach schlaff bleiben, wenn sie schwer atmend vor mir auf den Knien kauerte und gerade eben noch an meinem Schwanz erstickt war. Trotzdem steckte ich ihn widerwillig zurück in meine Boxershorts.

Mit hungrigem Blick beobachtete sie, wie ich den Reißverschluss meiner Jeans und meinen Gürtel schloss. Dann wies ich sie mit meinen Fingern an, aufzustehen. Blätter hafteten noch immer an ihren Knien, als sie mir gehorchte, und ich kreiste mit dem Zeigefinger, damit sie sich umdrehte und sich dem Baum zuwandte.

Ihre Schultern zitterten, als ich mich ihr langsam näherte und mein Gesicht an ihren Hals schmiegte, während meine Brust ihren Rücken berührte. »Du solltest dich vielleicht festhalten.«

Sie gluckste, als sie ohne zu zögern die Hände ausstreckte. Ihre pinken Fingernägel bildeten einen starken Kontrast zu der dunklen Rinde unter ihren Fingern.

»Mmmm«, flüsterte ich und fuhr mit dem Handrücken über ihren weichen Bauch, während ich nach dem Knopf ihrer kurzen Shorts griff. Mühelos öffnete ich ihn und versuchte, meine Stimme etwas weniger bedrohlich klingen zu lassen. »Du zitterst. Vor Aufregung oder vor Kälte?«

Sie zögerte, aber als ich sah, wie ihr Atem die kalte Luft färbte, hatte ich meine Antwort.

»Bleib so«, befahl ich und trat weit genug zurück, um meinen Hoodie auszuziehen, während ich ihre Finger dabei beobachtete, wie sie sich aufgeregt in den Baumstamm krallten. Ich näherte mich ihr wieder, ergriff ihren Arm und schob ihre Hand in den weichen Stoff, bevor ich den Vorgang mit ihrem anderen Arm wiederholte und ihre Hände wieder auf der Ringe platzierte. »Jetzt spreize deine Beine.«

Sie tat, wie ihr geheißen, und streckte mir ihren Hintern entgegen, während ich meine Hände um ihre Hüften schlang. »Halte dich nicht zurück, wenn ich dich zum Kommen bringe. Ich will dich schreien hören.«

Zehntes Kapitel

Charley

MEINE SEXUELLE VERGANGENHEIT WAR nicht gerade langweilig gewesen. Ich hatte mich in die perversere Seite des Lebens gewagt und mich gelegentlich auf dominante Männer eingelassen. Es war aufregend gewesen, die Kontrolle abzugeben, und als ich diese Seite von Hudson sah, machte mich das noch wilder.

Er übernahm eindeutig das Kommando und ließ nur kurz zu, dass ich ihn neckte. Ich hatte keine Ahnung gehabt, dass er so war. Hätte ich das gewusst, wäre meine Zurückhaltung schon lange verpufft. Als er das letzte Mal Single gewesen war, hatte ich noch studiert.

Wenn ich damals die Initiative ergriffen hätte, wäre er dann an mir interessiert gewesen? Wäre ich bereit gewesen, mich auf diese Seite von ihm einzulassen?

»Es hat dir gefallen, meinen Schwanz im Mund zu haben, oder?« Das raue Plastik seiner Maske streifte meinen Hals und ich erschauderte unter der Macht seines viel größeren Körpers.

Sein Hoodie war warm und die langen Ärmel schützten meine Handflächen vor der rauen Baumrinde, allerdings nicht vor seinen rauen Fingerspitzen, die über meinen Bauch strichen.

»Ich wette, dein Höschen ist ganz durchnässt. Ich kann es kaum erwarten, zu spüren, wie du kommst und mich mit deiner engen Muschi melkst. Mein Schwanz kann es verdammt noch mal kaum erwarten«, murmelte er und drückte seine Hand gegen meine Jeansshorts, bis der Reißverschluss sich in meine nackte Haut grub. Instinktiv stemmte ich meine Hüften gegen die Reibung und keuchte, als der raue Jeansstoff an meiner Klitoris rieb. Zu behaupten, dass ich erregt war, wäre untertrieben, aber das war seine Show. Ich war nur eine Zuschauerin.

Sein Handballen machte meine Bewegungen mit und brachte mich zum Wimmern. Meine Reaktionen schienen ihn zu motivieren, den er schmiegte sich in stoßenden Bewegungen von hinten an mich.

»Diese verdammten Geräusche machen mich verrückt. Ich habe dich noch nie so verzweifelt gehört. Bist du bereit, zum Orgasmus gebracht zu werden?«

»Ja«, keuchte ich und lehnte mich an ihn, während er den Reißverschluss meiner Shorts herunterzog.

Seine Hand verschwand unter dem Stoff und er hielt inne, als seine Finger auf meine Haut trafen. »Du bist glatt rasiert«, knurrte er und seine rauen Fingerspitzen strichen ungehalten über meine feuchte Haut. Meine Muschi pochte gegen seine Berührung und ich war so überreizt, dass es nicht mehr viel brauchte, um mich zu erregen. »Du wusstest, dass mich das verrückt machen würde, nicht wahr?«

Ich hatte es nicht gewusst. Denn das hier hätte ich mir nicht in meinen kühnsten Träumen ausmalen können. Obwohl es durchaus sein konnte, dass ich während meines Waxing-Termins an ihn gedacht hatte, um den Schmerz zu verdrängen.

Mein Körper vibrierte förmlich, als seine Finger mit dem dünnen Streifen sauber getrimmter Haare spielten. »Du hast dich noch nie für mich enthaart. Ich will dich immer so haben. Wenn ich dich erst einmal dort habe, wo wir später hinfahren, werde ich mein Gesicht in dieser weichen Muschi vergraben und kein einziges Mal Luft holen.«

»Oh, Gott«, wimmerte ich und versuchte, mich zu beherrschen, als seine Finger weiter nach unten glitten und die nackte Haut zwischen meinen Schenkeln ertasteten, bevor er langsam in mich eindrang. Er hielt nicht inne, bis ich mich in seinen Armen wand und stöhnte. »Verdammt. Ja, genau da. Hör nicht auf.«

»Das habe ich auch nicht vor«, raunte er und drehte seine Fingerspitzen, während er mich mit seiner Hand fickte. Seine Bewegungen waren fast verzweifelt und sein Keuchen hallte durch die Maske, die er immer noch trug. »Ich will, dass du dich genauso gut fühlst, wie ich mich in deinem Mund gefühlt habe.«

»So gut«, murmelte ich und verkrampfte mich, als ich spürte, wie der Orgasmus nahte.

»Scheiße. Ich wünschte, ich könnte dich besser sehen. Diese verdammte Maske hält mich davon ab, dich so zu küssen, wie ich es will. Ich will deine Haut an meinen Zähnen spüren. Ich will in deine Nippel beißen, bis sie rot sind. Dein Gesicht beobachten, während ich diese süße Muschi verschlinge.«

»Oh, verdammt. Ich komme«, wimmerte ich und er zog mich grob nach hinten, um seine Finger tief in mir zu vergraben und sie nach vorne zu krümmen, bis ich Sterne sah und meine Beine fast nachgaben, als der Höhepunkt mich erfasste.

»So ist es gut, Baby. Fick meine Hand, zieh die Lust in die Länge.«

Ich rieb mich an ihm, ließ meine Hüften kreisen und tat mein Bestes, um das noch länger zu genießen, aber ich war völlig überreizt. Das bedeutete jedoch nicht, dass er mich losließ. Und das wollte ich auch nicht.

»Atme. Atme tief durch. Spürst du, wie die Lust zurückkehrt? Ich glaube, du bist noch nicht fertig«, sagte er sanft und gluckste finster, als ich versuchte, mich aus seinem Griff zu befreien. Die Stöße waren zu stimulierend, aber ich war so feucht, dass ich seine Hand bereits durchnässt hatte. »Ich kann es spüren. Ich kann spüren, dass du unbedingt wieder kommen willst. Soll ich dir dabei helfen?«

»Ja, bitte«, keuchte ich, als ich mich nach vorne neigte und meine Wange über die Baumrinde kratzte, während ich heftig kam und mein ganzer Körper zitterte.

»Ja, verdammt«, stöhnte er, verlangsamte seine Stöße und zog seine nassen Finger langsam aus meinen Shorts, um sie unter den Saum meines engen Crop-Tops zu schieben. »Und das nächste Mal, wenn du für mich kommst, wird mein Mund auf deinen hübschen Titten sein. Ich wette, das würde dir gefallen, nicht wahr?«

Ich nickte und keuchte, als Sterne in meinem Blickfeld aufblitzten. Hudson hatte mich schneller zum Orgasmus gebracht, als jeder andere Typ, mit dem ich je zusammen gewesen war. Und wir hatten noch nicht einmal Sex gehabt. Würde ich ohnmächtig werden, wenn er mich fickte? Der Gedanke war ziemlich verlockend.

»Nicht wahr?«, knurrte er mit Nachdruck, während seine Finger unter die Bügel meines BHs glitten und mich grob in die Brustwarze zwickten.

»Ja.«

»Und ich wette, du würdest es mögen, wenn ich mich nicht beherrschen könnte. Wenn es so gut wäre, dass ich mich nicht zurückhalten könnte und dich mit meinem Sperma bedecken würde. Ich freue mich schon darauf, meine Wichse auf deine weiche Haut zu spritzen. Du würdest so versaut und hübsch aussehen. Als könntest du es kaum erwarten, von mir gefickt zu werden.«

Ich hatte keine Ahnung, wie ihm diese ganzen Worte einfallen konnten, denn er hatte Dirty-Talk perfektioniert. Wie hätte sie jemals mit ihm Schluss machen können, wenn er zu so etwas fähig war?

Verdammt.

Mein Herz raste, als mich ein flüchtiger Gedanke erfasste.

Was, wenn er mich mit *ihr* verwechselte? Was, wenn Hudson dachte, ich sei Viv?

Ein Teil von mir ekelte sich vor dem Gedanken, dass man mich jemals mit ihr verwechseln könnte. Aber heute Abend war es in der Bar ziemlich dunkel gewesen. Außerdem sahen wir uns selbst an einem normalen Tag unheimlich ähnlich. Wir waren fast gleich groß, hatten die gleiche Haarfarbe – obwohl ich mir meine Haare in allen Farben des Regenbogens färbte, seit er mit ihr zusammengekommen war – und wir hörten uns sogar gleich an. Der einzige wirkliche Unterschied war, dass ich haselnussbraune Augen hatte und sie eisblaue.

Reid hatte mehr als einmal zu mir gesagt, dass es ein bisschen verrückt sei, wie ähnlich wir uns sähen, obwohl wir nicht unterschiedlicher sein könnten. Genau deshalb war ich immer davon ausgegangen, dass Hudson sich nie für mich interessieren würde.

Er war einfach nicht an meiner Persönlichkeit interessiert. Ich war nicht sein Typ. Vielleicht war ich das immer noch nicht.

»Geht es dir gut?«, flüsterte er und strich mit dem Daumen über meine Brust, woraufhin ich erzitterte.

»Mir geht es gut«, flüsterte ich. Aber das stimmte nicht.

Sollte ich das hier beenden? Sollte ich die Maske abnehmen und mich umdrehen? Um sicherzugehen, dass er immer noch weitermachen wollte, wenn er wusste, dass ich es war?

»Nein, dir geht es nicht gut«, murmelte er und kraulte meine Wange. »Dir ist kalt. Willst du, dass ich aufhöre?«

Ich schüttelte den Kopf, lehnte mich an ihn und atmete tief ein. »Mach weiter.«

Er nickte und drückte mich noch fester an sich, bevor seine Stimme wieder in seine Rolle zurückfiel.

»Du bist so ein braves Mädchen. Wie süß du auf meiner Hand gekommen bist. Ich weiß, dass die das gefallen hat. Dass ein Fremder deine süße Muschi mit seinen Fingern gefickt hat, nachdem du seinen Schwanz gelutscht hast. So ungezogen. Sag mir, wie ungezogen du bist ...« Er zog seine Hand aus meinem BH und schlang seine Finger um meine Kehle. Er schnitt mir zwar nicht die Luft ab, aber ich mochte den besitzergreifenden Druck seiner Finger auf meinem Kiefer. »Sofort.«

»Ich bin ...« Ich stöhnte, als er seine Hüften gegen meine drückte und ich spürte, wie hart er wieder war. Ich keuchte und schloss die Augen, während ich mich in seinen festen Griff lehnte. »Ungezogen ...«

Er grollte und er erhöhte den Druck bis mein Kiefer schmerzte. »Ja, das bist du. So verdammt ungezogen. Aber jetzt habe ich dich gekostet und ich habe nicht vor, dich wieder gehen zu lassen.«

Bevor ich reagieren konnte, ließ Hudson mich los, trat einen Schritt zurück, packte meine Handgelenke und hielt sie fest. »Halt still und ich werde versuchen, dir nicht weh zu tun.«

Das Geräusch eines sich schließenden Kabelbinders erschreckte mich, und er glückste so tief, dass ich allein davon eine Gänsehaut bekam.

»Aus meiner Sicht hast du zwei Möglichkeiten. Du kommst brav mit mir und bist mein kleiner Engel.« Seine Stimme war tief und eindringlich, fast spöttisch, als er das Wort ›Engel‹ sagte.

»Oder ich gebe dir einen Vorsprung, um zu sehen, ob du mir entkommen kannst. Aber wenn ich dich erwische, bist du für die Nacht meine ungezogene kleine Teufelin. Vielleicht sogar noch länger.«

Ich wusste bereits, für welche Variante ich mich entscheiden würde. Ein kleiner, untätiger *Engel* zu sein, entsprach vielleicht der Persönlichkeit seiner Ex, aber ganz sicher nicht der meinen. Das Adrenalin durchflutete meinen Körper und die Entspannung, die seine langen, begabten Finger mithilfe von Orgasmen in mir ausgelöst hatten, verschwand.

»Also, für welche Variante entscheidest du dich? Willst du ungezogen oder brav sein? Denn deine Entscheidung wird darüber entscheiden, was ich noch mit dir machen werde.« Ich konnte es kaum erwarten. Wenn das nur ein Vorgeschmack auf den Rest des Abends gewesen war, wollte ich unbedingt an den Ort gehen, den er geplant hatte. Nicht, dass die Vorstellung, von ihm gegen die raue Rinde gefickt zu werden, nicht verlockend wäre, aber ich wollte alles von ihm sehen. Und ich wollte, dass er alles von mir sah.

»Welches von beidem willst du?«, fragte ich und ertappte mich dabei, wie ich meine Stimme verstellte.

»Ich bin mit beidem einverstanden. Beide Optionen werden gleich enden. Ich dringe in diese Muschi ein und bringe dich so oft zum Höhepunkt, bis du es nicht mehr aushältst. Dann ficke ich dich hart, bis ich dich mit meinem Sperma ausfülle.«

Nach diesem schmutzigen Versprechen gab es kein Zögern mehr. »Ungezogen ...«

»Das ist ein Mädchen. Je mehr du dich wehrst, desto stärker wirst du bestraft.«

Und auf genau diese Bestrafung war ich scharf.

»Und ich werde es genießen, dich zu bestrafen.«

Ich auch. Er hatte keine Ahnung, dass ich es liebte, versohlt zu werden. Aber das würde er noch früh genug herausfinden.

Elftes Kapitel

Charley

ICH WAR GESPANNT DARAUF, was er als Nächstes tun würde. »Du hast Zeit, bis ich bis fünf zähle, dann komme ich dich holen. Und dieses Mal werde ich dich nicht mehr gehen lassen.«

»Was ist mit zehn passiert?«, stichelte ich und versuchte mich umzudrehen, aber er packte mich im Nacken und drückte mich nach vorne, bis meine Wange nur noch Millimeter von dem Baum vor mir entfernt war.

»Treib es nicht zu weit.«

»Aber ich glaube, du magst es, wenn ich das tue«, säuselte ich und versuchte, so verführerisch wie möglich zu klingen.

Er knurrte, riss mich grob zur Seite und lenkte mich auf den Pfad, der durch den Wald zurück zur Bar führte. »Du solltest jetzt besser rennen.«

Als er mich dieses Mal losließ, rannte ich durch das Unterholz und konnte nur noch mein pochendes Herz hören.

Hudsons Stimme wurde immer leiser, während ich den Pfad entlang rannte, und plötzlich verstummte sie, als er zu Ende gezählt hatte. Ich wusste, warum er nur bis fünf gezählt hatte. Er hatte einfach keinen Zweifel, dass er mich finden würde. Denn ich wollte nicht entkommen.

Um zu sehen, wie hart er mich dafür bestrafen würde, fing ich an zu schreien, nachdem ich die Rückseite des Gebäudes nach Zeugen abgesucht hatte.

»Hilfe! Er kommt! Helft mir!«

Starke Arme raubten mir den Atem, als Hudson sie um meine Taille schlang und mich fest an seine starke Brust drückte. Seine raue Handfläche bedeckte meinen Mund und meine panischen Atemzüge vernebelten die Luft vor meinem Gesicht, während er mich zur Seite des Gebäudes trug, wo er sein Auto geparkt hatte.

Er fuhr selten mit dem Auto zur Arbeit, es sei denn, es war schlechtes Wetter, was an diesem Tag nicht der Fall war. Es schien also, als hätte er dieses kleine Szenario geplant.

Ein Anflug von Eifersucht durchströmte mich, als mir bewusst wurde, dass er es wahrscheinlich für sie geplant hatte, aber dann grinste ich gegen seine Handfläche. Zu schade, dass Viv im Moment nicht hier war.

Zur Hölle mit dieser zimperlichen, durchgeknallten, kleinen Plastikpuppe. Ich war so chaotisch, wie man nur sein konnte. Das Gegenteil von ihr, auch wenn ich nicht so aussah.

Und ich hatte nicht die geringste Lust, das hier zu beenden. Morgen würde das vielleicht Konsequenzen haben, aber heute Nacht ...

Heute Nacht gehörte Hudson mir.

»Mach dir nicht die Mühe, zu schreien. Die Musik ist zu laut, als dass dich jemand hören könnte«, mahnte er, als er die Hand ein wenig von meinem Mund löste. »Bleib ruhig, oder ich bringe dich zum Schweigen. Andererseits glaube ich, dass du es magst, den Mund voll zu haben.«

Ich nickte und atmete schwer, als ich darauf wartete, dass er seine Hand wegnahm.

Als er sie sinken ließ, stürmte ich los und stieß einen lauten Schrei aus, wobei ich inständig hoffte, dass ich niemand hören würde. Ich wollte nicht, dass Hudson für meine Entführung verhaftet wurde, aber gleichzeitig wollte ich seine Grenzen austesten.

»Du hast es so gewollt.« Er gluckste tief und schlang einen starken Unterarm um meinen entblößten Bauch, bevor er mir ein Stück Stoff auf den Mund presste und es an meinem Hinterkopf festband.

Hudson drehte mich um und blickte wild auf mich herab, bevor er sich bückte und mich über seine Schulter hievte.

Ich zerrte an seinem T-Shirt, kratzte mit meinen Fingernägeln über seinen unteren Rücken und versuchte, nicht zu kichern, als er vor Schmerz knurrte. »Mach ruhig weiter so, kleine Teufelin. Das wird dir noch teuer zu stehen kommen.«

In meinem Kopf drehte sich alles, als Hudson mich auf den Rücksitz seines Autos warf.

Wieder hatte ich den flüchtigen Gedanken, dass diese Situation mit jedem anderen Mann ziemlich beängstigend wäre, aber als er sich über meinen Körper beugte und sicherging, dass das Tuch, das meinen Mund bedeckte, nicht zu eng geschnürt war, fühlte ich mich so geborgen wie noch nie.

»*Bleib. Hier.* Rühr dich nicht von der Stelle.« Sein Ton war ernst, aber die Art und Weise, wie er mein Gesicht berührte, um dafür zu sorgen, dass ich es bequem hatte, machte deutlich, dass mein Einverständnis ihm wichtig war. »Wenn ich zurückkomme und feststelle, dass du versucht hast zu fliehen, werde ich es wissen. Wenn ich mich nicht darauf verlassen kann, dass du dich benimmst, muss ich dich hier lassen, anstatt dich an einen ruhigen Ort zu bringen, um mit dir Spaß zu haben.«

Ich nickte und versuchte, meine Atmung zu beruhigen, um ihm wortlos zu versichern, dass ich brav sein würde ... vorerst.

»Ich bin in ein paar Minuten zurück.«

Meine Ohren klingelten in der Stille des Autos, nachdem er die Tür zugeschlagen hatte.

Würde er mich zu seinem Haus bringen? Oder woanders hin?

Auf jeden Fall musste ich Hazel sagen, dass ich weg war. Ich hob meine Hüften an und versuchte, mein Handy aus meiner Gesäßtasche zu ziehen. Zum Glück hatte er meine Hände an meiner Vorderseite mit Kabelbinder fixiert, sonst wäre ich jetzt aufgeschmissen.

Meine Finger zitterten, als ich den Entperrcode eingab und meine Nachrichten öffnete. Offenbar funktionierte die Gesichtserkennung nicht so gut, wenn man eine Maske trug und einem der Mund zugebunden worden war.

> Charley: Bin mit Hudson gegangen. Er wird heute Abend nicht verfügbar sein. Pass auf dich auf.

Der Wind heulte außerhalb des Autos und ich konnte Hudson nicht mehr hören. Er musste zurück ins Gebäude gegangen sein, um etwas zu holen. Ich hoffte wirklich, dass er dort nicht auf Vivienne traf, denn ich freute mich schon auf den Rest dieses Rollenspiels. Und diese Zicke würde uns das nicht verderben. Hudson verdiente jemanden, der wirklich mit ihm zusammen sein wollte.

Bevor meine Gedanken weitere Worst-Case-Szenarien erfinden konnten, vibrierte mein Handy in meinen Händen.

> Hazel: Du auch, aber bitte ruf mich später nicht mit Details an. Es gibt Dinge, die ich nicht über meinen Bruder wissen muss.

Ich wollte sie fragen, woher sie wusste, dass zwischen uns etwas lief, aber das Geräusch der zuschlagenden Bartür ließ mich innehalten. Hazel hatte vom ersten Tag an von meiner Schwärmerei für ihren Bruder gewusst. Es war schwer, etwas vor jemandem zu verbergen, der einen so gut kannte wie wir uns. Aber selbst sie wusste nicht, wie stark meine Gefühle für ihn gewachsen waren, seit ich angefangen hatte, in der Bar zu arbeiten.

> Charley: Du bist nicht lustig.

VERSEHENTLICHE ENTFUHRUNG

Ihre Antwort kam sofort.

> *Hazel: Bitte, brich ihm nicht das Herz.*

Ich bezweifelte sehr, dass das nicht passieren würde. Dazu müsste ich sein Herz erst einmal erobert haben.

> *Charley: Ich mache mir mehr Sorgen um meines.*

Hazel hatte mich mehr als einmal ermutigt, ihm zu sagen, was ich für ihn empfand, aber ich hatte mich auf keinen Fall in seine Beziehung mit Viv einmischen und eine Zurückweisung riskieren wollen. Seine Freundschaft war mir wichtiger gewesen als eine unangebrachte Schwärmerei. Über ihre Faszination von Reid hatten wir aber nie gesprochen, obwohl ich wusste, dass sie etwas für den ältesten Freund ihres Bruders übrig hatte. Jedoch war ich mir nicht sicher, ob ihre Gefühle für ihn mehr als nur körperlich waren.

Beide waren gut aussehend, aber ich hatte immer nur Augen für einen von ihnen gehabt. Und hoffentlich würde dieser eine auch Augen für mich haben, sobald er herausfand, mit wem er Zeit verbrachte.

Aber was ich Hazel gesagt hatte, entsprach der Wahrheit. Mein Herz schwebte in deutlich größerer Gefahr als um seins. Vor heute Abend hatte er mich immer als nervige kleine Schwester gesehen, die er beschützen musste, und ich fragte mich, ob sich das ändern würde, wenn er herausfand, dass ich die Frau war, mit der er solche Dinge getan hatte. Nach der ganzen Sache an dem Baum musste Hudson doch wissen, dass ich nicht seine Ex war.

Bevor ich seine Beweggründe dafür, mich maskiert durch den Wald zu jagen, um mich gegen einen Baum zu fingern, weiter analysieren konnte, wurde die Tür des Fahrersitzes aufgerissen. Sofort schob ich mein Handy zurück in meine Tasche, bevor er einen Blick auf den Rücksitz warf und bemerkte, dass ich es benutzt hatte.

Er hatte sich wirklich auf die Rolle des maskierten Mannes eingelassen, auch wenn er sie ein paar mal fallen gelassen hatte, um sich zu vergewissern, dass es mir gut ging. Ich wollte die Illusion nicht zerstören, indem ich ihn wissen ließ, dass er die Kabelbinder zu locker gelassen hatte. Wenn ich wollte, könnte ich sie in Sekundenschnelle zerreißen und aus dem Auto springen, bevor er losfahren konnte, aber ich wollte nichts tun, was diese Erfahrung zerstören könnte.

Denn ich wusste, dass Hudson diese Begegnung abbrechen würde, wenn er zu viel darüber nachdachte. Er mochte keine Konfrontationen und er lebte davon, die Kontrolle zu wahren. Ich hoffte nur, dass sich das mit der Kontrolle auch auf das Schlafzimmer übertragen würde. Denn ob es nun eine gute Idee war oder nicht, ich würde heute Abend den Bruder meiner besten Freundin ficken.

Es fühlte sich mehr nach Weihnachten als nach Halloween an. Na ja, eigentlich würde ich seinen Schwanz auch an keinem anderen Feiertag ablehnen. Nicht, wenn ich seit zehn Jahren in ihn verknallt war.

Zwölftes Kapitel

Hudson

NACHDEM ICH DIE TÜR zugeschlagen hatte, schaute ich über meine Schulter und atmete erleichtert auf, als ich sah, dass sie sich nicht von der Stelle gerührt hatte. Ich wusste, dass es wahrscheinlich nicht sicher war, nachts ohne Sicherheitsgurt durch die Berge zu fahren, aber es war ja nicht weit. Ich würde vorsichtig sein.

Das Einzige, worüber ich mir Sorgen machte, war, dass wir noch vor dem Unwetter ankommen würden. Eine dünne Schneeschicht hatte sich bereits auf meiner Windschutzscheibe angesammelt, während die Temperaturen weiter sanken. Und den großen blauen und violetten Flecken auf meiner Wetter-App nach zu urteilen, würde es innerhalb von kürzester Zeit Unmengen an Schnee geben.

Ich hatte mich mit Vorräten eingedeckt, nachdem ich die Planung abgeschlossen hatte, und mich vergewissert, dass ich genug Benzin hatte, um den Generator über das Wochenende zu betreiben, falls der Strom ausfiel. Das letzte Mal, als wir das Wochenende in der Hütte meiner Familie verbracht hatten, hatte Viv es gehasst, aber ich wollte diese Entführung wenigstens einigermaßen glaubhaft machen.

Das war alles nur ein Rollenspiel, kein Grund zur Panik. Schließlich wäre ich viel nervöser, wenn ich tatsächlich jemanden entführen würde. Außerdem schien ihr bisher alles gefallen zu haben.

Obwohl es ihre Idee gewesen war, hatte ich damit gerechnet, dass sie aus der Rolle fallen und darauf bestehen würde, dass wir in ihrer Wohnung übernachteten. Sie war geradezu besessen von ihrer Abendroutine und ich ärgerte mich wahnsinnig, als mir bewusst wurde, dass ich die Pflegeprodukte vergessen hatte, die sie bei mir zu Hause aufbewahrte. Aber sie würde eine Nacht lang ohne sie zurechtkommen müssen, denn ich würde das jetzt nicht abbrechen. Hoffentlich würden wir so sehr mit dem Ficken beschäftigt sein, dass sie es nicht bemerkte.

»Jetzt hast du keine Chance mehr, mir zu entkommen. Denn dort, wo ich dich hinbringe, gibt es meilenweit niemand anderen als uns.«

Ich wartete nicht auf eine Antwort, sondern startete den Wagen. Der kräftige Motor heulte auf und ein Kribbeln durchfuhr mich. Ich liebte dieses verdammte Auto. Und auch wenn sie kein Fan davon war, konnte sie nicht leugnen, dass dieses Ding verdammt sexy war. Vielleicht würde sie ja zulassen, dass ich eine meiner Fantasien erfüllte – sie auf der Motorhaube zu nehmen, während der Motor unter ihrem nackten Körper schnurrte.

Der Kies des Parkplatzes knirschte unter den Reifen und ich schaute ein letztes Mal zur Bar hinüber, wo die Lichter der Party durch teils schneebedeckte Fenster strahlten. Eine einzige Gestalt in Glitzershorts und einer Lederjacke stand in der Tür und mein Herz raste. Zum Glück hatte ich die Maske aufbehalten, sodass mich niemand erkennen würde, es sei denn, er kannte mein Auto.

Ich wusste, dass ich eigentlich nichts Falsches tat, aber da es so untypisch war, behielt ich meine neu entdeckte Begeisterung für maskierte Rollenspiele lieber für mich und die Frau, die gefesselt und geknebelt auf meinem Rücksitz lag.

Da ich nicht riskieren wollte, dass sie in den Fußraum fiel, bog ich möglichst vorsichtig auf die Hauptstraße ab, die in die Stadt führte. Nur dass ich nicht Richtung Stadt fuhr, sondern zu den kurvigen Straßen, die zu den nahegelegenen Bergen führten. Von hier an waren wir ganz auf uns allein gestellt.

Es war noch zu früh für Touristen in den Hütten, denn es war immer noch die ruhige Jahreszeit, in der die Wander- und Rafting-Saison sich dem Ende zuneigte. Wenn es dann so richtig schneite und die Skisaison offiziell begonnen hatte, kamen sie alle angerannt. Die Studenten hielten sich meist in der Stadt und in Universitätsnähe auf, und das Grundstück meiner Familie war zu abgelegen, als dass zufällige Passanten sehen könnten, wie ich eine gefesselte Frau in die Hütte trug.

Ich hoffte nur, dass meine Eltern die Kameras an der Vorderseite nicht aktivieren und sich die Überwachungsaufnahmen ansehen würden. Sie waren aufgeschlossene Menschen, die ich mehr als einmal bei so manch fragwürdiger Aktivität erwischt hatte, aber da ich die Maske noch aufhatte, wollte ich nicht, dass sie die Polizei riefen. Denn das wäre ein sehr unangenehmes Gespräch, das ich vermeiden wollte.

Während ich die Kurven vorsichtig nahm und durch den dunklen Wald fuhr, der nur von meinen Scheinwerfern erhellt wurde, warf ich regelmäßig einen Blick in den Rückspiegel, um meine sehr willige, aber umgezogene Gefangene im Auge zu behalten. Ihr Gesicht war in den Sitz gedrückt, sodass ich ihren

Gesichtsausdruck in der Dunkelheit nicht gut erkennen konnte, aber es sah so aus, als wäre sie eingeschlafen.

Es war gut, dass sie sich ausruhte, denn nach meinem Vorgeschmack würde ich noch einiges mehr wollen. Sie wollte, dass ich mich wie ein Bad Boy verhielt, also würde ich das auch tun. Zumindest im Moment. Hoffentlich würde sie mehr Verständnis für den Rest meiner Pflichten haben, wenn ich diesen Teil unserer Beziehung rettete.

Vielleicht war dieses Wochenende genau das, was wir brauchten, um die Dinge wieder in Ordnung zu bringen.

Die Straßen nördlich der Stadt waren mit zunehmender Höhe immer verschneiter. Ich hatte bereits die Reifen gewechselt, um mich auf den Winter vorzubereiten. Außerdem hatte ich einen Satz Ketten im Kofferraum, aber es war noch nicht schlimm genug, um sie anzubringen. Die Autoscheinwerfer brachten den Schnee zum Glitzern und verliehen dem Wald ein bedrohliches Licht, aber da es bestimmt kalt werden würde, hatte ich nicht vor, sie noch einmal durch den Wald zu jagen.

Ich wollte ein Feuer anmachen, sie ausziehen und dafür sorgen, dass sie die Außenwelt vergaß, während ich mich in ihrem Körper verlor. Mein Versprechen, mein Gesicht zwischen ihren Beinen zu vergraben, war meine erste Aufgabe. Ein eifersüchtiger Gedanke lenkte mich ab, als mir klar wurde, dass ihre Muschi vielleicht deswegen glattrasiert war, weil sie vorgehabt hatte, mit einem anderen zu schlafen, aber ich hoffte, dass ich mich irrte, denn seit dem Moment, als ich sie auf der Tanzfläche gefunden hatte, hatte sie nicht mehr gezögert.

Da es mir schwerfiel, mich auf die Straße zu konzentrieren, plante ich in Gedanken neue Wege, um diese primitivere Seite unseres Sexlebens zu erkunden. Nur weil wir eingeschneit waren, hieß das nicht, dass wir nicht kreativ werden konnten.

In der Hütte gab es viele Winkel und Ecken und ich fragte mich, ob sie Lust auf eine etwas andere Art von Versteckspiel hätte. Nur dass ich sie diesmal wirklich ficken würde, wenn ich sie fand. Das schien mir eine Win-win-Situation zu sein.

»Wir sind fast da.« verkündete ich und ihr Gesicht drehte sich langsam in meine Richtung, wobei sie verschlafen blinzelt. Irgendetwas war anders an ihr. Ich konnte es nicht einordnen, aber vielleicht lag es einfach nur daran, dass sie ausnahmsweise mal angenehm und umgänglich war. »Vergiss nicht, dass wir zu weit weg sind, als dass dich jemand hören könnte, und wenn du schreist, wirst du dich damit nur auslaugen. Ich will, dass du dir deine Stimme aufsparst, damit du später noch ganz andere Dinge schreien kannst.«

Sie brummte protestierend, gedämpft durch das Tuch, das ich ihr um den Mund gebunden hatte, und ich lächelte, weil ich wusste, dass sie immer noch Lust hatte, das Spiel mitzuspielen, da sie mit einem Brummen und nicht mit Schweigen antwortete.

Ich bremste das Auto ab und lenkte es vorsichtig über den gefrorenen Kies auf unsere Privateinfahrt. Ich versuchte, sie nicht zu sehr zum Wanken zu bringen, aber mittlerweile konnte ich an nichts anderes denken als den Drang, sie vom Rücksitz zu holen.

Mein Schwanz war bereits hart und ich wusste, dass er noch härter werden würde, sobald sie wieder in ihre umgezogene Rolle schlüpfte.

»Wenn du auch nur daran denkst, mich zu treten, wenn ich die Tür öffne«, warnte ich und betrachtete die Absätze ihrer hohen Schuhe. »Ich werde diese verdammten Stiefel in den Wald werfen. Und dann schaffst du es garantiert nicht mehr, zu entkommen. Bei diesem Schnee bist du wohl das ganze Wochenende über mit mir hier gefangen. Aber ich bin mir sicher, dass wir uns die Zeit irgendwie vertreiben können.«

Als Mikey mir gesagt hatte, ich solle nach den rosa Stiefeln Ausschau halten, waren sie mir sofort ins Auge gestochen. Die oberschenkelhohen schwarzen Stiefel, deren untere Hälfte rosa war, sahen unglaublich gut an ihr aus. Sie war darin so unbeschwert gewesen, als sie sich von der Musik hatte treiben lassen. Ich konnte mich nicht daran erinnern, wann sie das letzte Mal so entspannt ausgesehen hatte. Vielleicht würde diese Veränderung zwischen uns etwas von dem Mädchen zurückbringen, in das ich mich verliebt hatte.

Als ein Student in einer Baseball-Uniform sich ihr auf der Tanzfläche genähert hatte, während sie mit den Armen in der Luft getanzt und ihre Hüften in einem sinnlichen Rhythmus geschwungen hatte, war mir sofort klar gewesen, dass ich meinen Anspruch geltend machen und meinen Plan in die Tat umsetzen musste. Auf keinen Fall würde ich zulassen, dass ein anderer Mann sie anfasste. Erst recht keiner, der sie nicht verdiente.

»Es schneit jetzt ziemlich stark, also werde ich den Generator überprüfen und drinnen das Feuer anmachen. Es wird nicht lange dauern, aber ich muss wissen, dass du auf mich wartest. Kannst du ein braves Mädchen sein?«

Ich legte meinen Arm um die Kopfstütze und schaute auf den Rücksitz, wo sie nickte. Am liebsten hätte ich sie mir über die Schulter geworfen und wäre sofort in sie eingedrungen, sobald wir in der Hütte waren. Aber die Eiskristalle, die sich auf meiner Windschutzscheibe bildeten, machten mir Sorgen. Bei diesen Temperaturen konnte man sich ziemlich schnell eine Unterkühlung holen, und an diesem Wochenende sollte es nur um Lust gehen.

Ich musterte ihre Körpersprache kurz und stieg dann aus, während der eiskalte Wind um meinen nackten Oberkörper peitschte. Ausnahmsweise war ich dankbar für diese verdammt nervige Maske, denn sie würde wenigstens mein Gesicht vor der Witterung schützen. Sie rührte sich nicht, als ich den Sitz nach vorne klappte, mich ins Auto lehnte und ihre Hüften ergriff, um sie herauszuholen.

Sie drehte ihren Kopf von mir weg und verbarg ihren Gesichtsausdruck, während sie sich von mir herausziehen ließ. Als ich sie auf den schneebedeckten Kies stellte, wackelte sie leicht und begann zu zittern, obwohl sie immer noch meinen Hoodie trug. Ihr Atem breitete sich in einer Wolke um ihre roten, geschwollenen Lippen aus.

Lippen, die meinen Schwanz gründlicher denn je gelutscht hatten und in die ich unbedingt wieder eindringen wollte.

Aber das konnte warten. Wir hatten noch mehrere Tage Zeit für solche Spielchen, da der Schnee nicht so schnell wieder aufhören würde. Bei mehr als acht Zentimetern würde es eine Weile dauern, bis es wieder möglich war, den Berg hinunterzufahren. Aber bis der Schnee diese Höhe erreicht hatte, war noch Zeit.

»Komm, wir wärmen dich auf«, murmelte ich, legte einen Arm um ihren Rücken und beugte mich hinunter, um den anderen hinter ihren Knien zu platzieren und sie hochzuheben. Sie legte ihren Kopf auf meine Schulter, während ich sie zum Haus trug und dabei den Schnee aus dem Weg kickte.

Sie war still, während ich den Code in das Türschloss eintippte, und blinzelte neugierig zu mir hoch, als ich die Tür aufstieß. Mit dem Ellbogen knipste ich das Licht an und erwartete, dass die Oberlichter im Flur anspringen würden, aber nichts geschah. Anscheinend waren meine Vorkehrungen nötiger gewesen als gedacht, denn der Strom war bereits ausgefallen und würde heute Abend nicht wieder angehen.

»Der Strom ist ausgefallen. Ich werde dich auf die Couch legen. Soll ich dir den Knebel abnehmen?«

Sie nickte und ihre Lippen verzogen sich um den Stoff in ihrem Mund herum zu einem Lächeln.

Ich legte sie vorsichtig auf die abgenutzten Polster und öffnete dann den Knoten an ihrem Hinterkopf. Kurz darauf streckte sie mir ihre gefesselten Hände entgegen. Ihre Fingerspitzen streiften sanft meine Maske und ich sehnte mich danach, sie auf meiner Haut zu spüren.

Ich wollte die Maske anheben, aber ihr verzweifeltes Flehen hielt mich davon ab. »Nein. Lass sie auf. Ich will nicht, dass es vorbei ist.«

Ich auch nicht, aber ihre Bitte hatte etwas fast Panisches an sich.

»Bleib hier. Ich bin in ein paar Minuten zurück. Brauchst du irgendetwas, bevor ich gehe?« Ich wusste, dass ich mich nicht an meine bedrohliche Rolle hielt, aber anscheinend gefiel ihr die Kombination aus beiden Persönlichkeiten.

»Komm einfach zu mir zurück.«

Ich nickte und ließ sie dort sitzen, weil ich wusste, dass sie dort bleiben würde. Sie war genauso gespannt auf die Fortsetzung wie ich, und bis wir wieder in unsere Rollen schlüpften, würde sie geduldig sein.

Ich zog mir meine Carhartt-Jacke an, die an der Hintertür hing, und nahm ein Paar Arbeitshandschuhe aus dem Regal über den Haken, bevor ich durch den angesammelten Schnee stapfte und den Generator davon befreite. Ich brauchte nur ein paar Minuten, um ihn zum Schnurren zu bringen, aktivierte aber nur den Teil, der die Geräte und den Warmwassertank am Laufen hielt.

Ich machte mir mehr Sorgen um unsere Essensvorräte und das warme Wasser als um das Licht, und vielleicht würde es die Fantasie beflügeln, die nächsten Tage im Dunkeln zu verbringen. Es gab genügend batteriebetriebene Kerzen und Laternen, falls sie mehr wollte.

Ich hingegen wollte nichts weiter, als mich in ihr zu verlieren, bis die Realität uns wieder einholte.

Dreizehntes Kapitel

Charley

ALS ICH DIE HOLZBALKEN betrachtete, die sich über die schräge Decke der Hütte erstreckten, überfluteten mich Erinnerungen an all die Zeit, die ich hier verbracht hatte.

All die Male, die ich ihn von der anderen Seite des Raumes aus beobachtet hatte, ohne dass er meine neugierigen Blicke bemerkt hatte. Ein Teil dieses verzweifelten, verliebten Schulmädchens war tief in mir verborgen und ich wollte ihr versichern, dass nach diesem Wochenende alles gut werden würde. Dass mein Herz es überleben würde, diese Seite von ihm zu kennen.

Jetzt, wo der Rausch der Verfolgungsjagd und die wilde sexuelle Energie etwas abgeklungen waren, hatte ich Angst. Hudson war nicht nur meine unerwiderte Liebe, er war auch mein Freund. Und so dringend ich ihn auch in mir spüren wollte, ich hatte Angst, dass er mir eine Abfuhr erteilen würde, sobald alles ans Licht kam.

Ich hatte immer noch keine Ahnung, ob er begriffen hatte, dass ich nicht seine toxische Ex war, aber er musste doch spüren, dass es zwischen uns anders war. So etwas hatte ich bei keinem anderen Mann zuvor gefühlt und seinen animalischen Blicken nach zu urteilen, die jede meiner Bewegungen verfolgt hatten, als ich durch den dunklen Wald gerannt war, hatte er so etwas auch noch nie erlebt.

Ich konnte mir nicht vorstellen, dass Viv enthusiastischen Sex hatte. Enthusiastisch war sie nur, wenn es darum ging, andere kleinzumachen.

Mein Herz raste, als die Hintertür zuschlug und Hudsons polternde Schritte folgten. Dann schien er seine Schuhe auszuziehen und ich hörte nichts mehr. Das Summen der nun funktionierenden Geräte übertönte die Stille, aber mit jedem leisen Schritt, den ich hörte, stieg meine Nervosität an.

»Mach dir keine Sorgen«, gluckste er von der anderen Seite des großen Raumes aus. »Ich komme dich noch nicht holen. Ich muss das Feuer anmachen, damit du nicht frierst, wenn ich dir dein süßes kleines Kostüm ausziehe, damit du nackt nach meinem Schwanz betteln kannst, bis es aufhört zu schneien.«

Ich antwortete nicht, sondern starrte einfach weiterhin an die Decke, während ich darüber nachdachte, was ich jetzt tun sollte. Nun, da das Adrenalin nachgelassen hatte, traute ich mich nicht mehr zu sprechen, weil ich Angst hatte, dass er meine Stimme erkennen würde. Ich wusste, dass wir die Masken nicht ewig aufbehalten konnten, und ich hatte keine Ahnung, wie er reagieren würde, wenn sie einmal abgenommen wurden.

Wenn wir hier bleiben würden, bis das Unwetter sich gelegt hatte, würde ich weder meine Identität verheimlichen noch weglaufen können. Ich musste ihn irgendwie ablenken. Das Spiel am Laufen halten, bis mir eingefallen war, was ich zu ihm sagen würde, wenn er meine Identität enthüllte.

Ich bewegte meine Beine leicht und testete, ob die alte ausziehbare Couch knarren würde, wenn ich mich auf den Boden rollte. Das tat sie nicht, also stieß ich mich vorsichtig von der Lehne ab und presste die Arme an die Brust, damit ich mir nichts brach, als ich auf dem Teppich landete, der den Holzboden bedeckte.

Ich erhob mich auf die Knie und sah Hudson dabei zu, wie er fleißig das Feuer schürte und trockene Holzscheite in den Steinkamin legte. Ich konnte nicht ignorieren, wie seine starken Oberarme sich dabei anspannten, da er sich immer noch kein Oberteil angezogen hatte. Die Kapuze der Maske hing immer noch über seinen Hinterkopf und ich fühlte mich ein bisschen schuldig, weil ich ihn überredet hatte, sie aufzubehalten, denn das konnte nicht sehr bequem sein. An den Stellen, an denen meine eigene Maske an meinem Gesicht klebte, juckte meine Haut und das Gummiband schmerzte langsam an meinen Schläfen. Aber sie war der einzige Schutz, den ich im Moment hatte, und ich wollte sie erst abnehmen, wenn es zwingend nötig war.

Unbeholfen kroch ich auf den Knien zum Rand des Teppichs und vergewisserte mich, dass Hudson abgelenkt war, bevor ich mich langsam auf den Weg in die Küche machte. Beim ersten Versuch rutschten meine gefesselten Hände auf dem Türknauf ab, aber zum Glück öffnete sie sich ohne zu knarren. Ich benutzte meine Schulter, um die Tür wieder zuzuschieben, ohne sie ganz zu schließen.

In dieser Küche hatte ich unzählige Stunden verbracht und mit der Familie Rivera gegessen oder an dem langen, rechteckigen Tisch Brettspiele gespielt. Ich war immer neidisch auf Hudson und Hazel gewesen, weil sie eine so perfekte Familie hatten. Als Einzelkind war es ziemlich einsam, auch wenn ich Cousins und Cousinen hatte, die nur eine kurze Autofahrt entfernt in der Nachbarstadt, Butterfly Ridge, gelebt hatten. Meine Eltern hatten mit der Ranch alle Hände voll zu tun gehabt. Als Hudsons Mutter mich unter ihre

VERSEHENTLICHE ENTFÜHRUNG

Fittiche genommen und mich auf Ausflüge zur Hütte mitgenommen hatte, war ich begeistert gewesen.

Es war nicht so, als wollte ich meiner Familie entkommen, denn meine Eltern waren trotz ihrer begrenzten Freizeit großartig gewesen. Aber wenn Pferde deine engsten Freunde sind, freust du dich, mit einer richtigen Familie Zeit verbringen zu können. Eine willkommene Abwechslung zur Einsamkeit.

»Du nimmst deine ungezogene Rolle also schon wieder an?« Hudsons Stimme schallte durch den Flur und ich bekam sofort eine Gänsehaut. Der bedrohliche Tonfall war zurück.

Ich versuchte, so leise wie möglich zu sein, als ich mich an die Wand neben der Tür kauerte und hoffte, dass diese meinen Körper verbergen würde, wenn er sie öffnete. Ich war mir nicht sicher, was er tun würde, wenn er mich fand, aber die Vorstellung, dass er mich bestrafen würde, ließ die Erregung wieder auflodern.

»Du zögerst das Unvermeidliche nur hinaus«, grollte seine laute Stimme von der anderen Seite der Hütte aus, und ich hatte das Gefühl, dass er bereits alle drei Schlafzimmer nach mir durchsucht hatte. »Wenn ich dich finde, werde ich dich übers Knie legen und deinen Arsch rot färben.«

Obwohl diese Aussage die Lust durch meine Adern trieb, wartete ich ab, denn ich wusste, dass es nicht viele Orte gab, an denen er mich suchen konnte.

Wenige Sekunden später öffnete sich die Tür langsam, aber ich blieb hinter ihr verborgen. Er versuchte ebenfalls, leise zu sein, als er die Schranktüren öffnete, aber der Boden knarrte unter seinen Füßen. Mein Puls raste, weil ich wusste, dass es am Ende nur noch eine Stelle geben würde, an der er suchen konnte.

»Du hältst dich wohl für ganz schön raffiniert, was?«, gluckste er und seine Stimme war leiser als im Flur, was bedeutete, dass er wusste, dass ich mit ihm in der Küche war.

Ich biss mir auf die Unterlippe und versuchte, ruhig zu bleiben, obwohl meine Beine langsam einzuschlafen begannen, weil ich in hohen Schuhen in der Hocke verharrte.

»Ich kann dich riechen.« Seine Stimme war jetzt nur noch ein Flüstern, als er die Tür zur Seite riss und mich enthüllte. Die dunklen Umrisse seiner Maske und die Neigung seines Kopfes hätten bedrohlich wirken sollen, aber ich wusste, dass dieser maskierte Mann mir nichts als Lust zufügen würde. »Und jetzt werde ich dich vernaschen.«

»Willst du mich nicht erst bestrafen?«, stichelte ich und biss mir auf die Lippe, während ich auf seine Antwort wartete.

»Hmmm, gutes Argument«, murmelte er und ging in die Hocke, sodass wir auf Augenhöhe waren. »Aber ich habe das Gefühl, dass es für dich schon eine Strafe wäre, dich doch nicht zu versohlen. Ich glaube nämlich, dass dir das vielleicht ein bisschen zu viel Spaß macht.«

»Oder du hast Angst, dass du es nicht auf die Reihe kriegst.«

Sein maskiertes Gesicht näherte sich meinem und ein leises Knurren drang aus seiner Kehle, was mir signalisierte, dass ich ins Schwarze getroffen hatte. »Das sollten wir wohl herausfinden.«

»Nur zu.« Ich presste mich ein wenig fester an die Wand, als er nach mir griff, und schrie auf, als er mich aus meinem Versteck zerrte und an seine Brust drückte.

»Mach dir keine Sorgen. Ich werde dich nicht verletzen ... jedenfalls nicht *schwer*.« Sein finsteres Glucksen brachte mich fast selbst zum Lachen, als ich mich gegen ihn werte, aber dann konnte ich mir ein Stöhnen nicht verkneifen, als er mich gewaltsam umdrehte und mich auf den Holztisch drückte.

Die abgenutzte Kante grub sich in die Vorderseite meiner Oberschenkel und seine starken Beine hielten mich dort fest, während seine Hand meinen Nacken packte. »Halt still, oder ich tue etwas, das dir ganz und gar nicht gefallen wird.«

»Nein«, zischte ich und stemmte meine Hüften gegen ihn.

»Gut. Wie du willst«, knurrte er, schnappte sich meine mit Kabelbindern zusammengebundenen Handgelenke vom Tisch und hängte sie an der ver-schnörkelten Stuhllehne auf der anderen Seite des Tisches ein, bis meine Arme über meinem Kopf fixiert waren. Dann riss Hudson seinen dicken Hoodie an meinen Armen hoch und stülpte ihn nach vorne, bis er von meinen gefesselten Handgelenken herunterhing. »Jetzt musst du so bleiben.«

Die Position zwang mich auf die Zehenspitzen meiner Stiefel und der Tisch war gerade breit genug für mich. Man musste ihm lassen, dass er sich diese kleine Folter ziemlich schnell ausgedacht hatte. In dieser Position würde ich mich nicht wehren können. Wenn ich kräftig genug an den Kabelbindern zog, konnte ich sie wahrscheinlich zerreißen, aber dann wären meine Arme durch den Hoodie immer noch eingeklemmt. Im Moment stach die Plastikfessel leicht in meine Haut und ließ meinen Adrenalinspiegel weiter ansteigen.

»Hmm«, brummte er und ich zuckte zusammen, als seine Bartstoppeln plötz-lich über meinen Nacken strichen und seine vollen Lippen folgten. Entweder hatte er die Maske abgenommen oder sie aus dem Weg geschoben, aber er machte keine Anstalten, mir meine abzunehmen. Ich fluchte gegen die Tisch-platte, als seine Zähne über meine empfindliche Haut glitten und er mir leicht in den Nacken biss, während seine großen Hände mein kurzes Top nach oben schoben.

»Verdammt«, wimmerte ich, als seine Zähne sich noch tiefer in meine Haut gruben und seine Fingerspitzen gekonnt in meine Brustwarzen zwickten, bis diese steif wurden.

»Ich glaube, dir gefällt, wenn ich dich so berühre. Du liebst es, wenn ich dir zeige, wie sehr du mich außer Kontrolle bringst. Wie wild du mich schon die ganze Nacht machst. Ich will dich unbedingt markieren, damit du genau weißt, wem du gehörst.«

Mein Herz raste gegen die harte Oberfläche und Tränen stiegen mir in die Augen. Es fühlte sich so gut an, von ihm begehrt zu werden.

»Antworte mir.«

Ich zögerte und er richtete sich auf. Mir wurde augenblicklich kalt, als seine Wärme verschwand.

»Ja«, keuchte ich, als er unter mich griff und den Knopf meiner Shorts öffnete. Er schob sie herunter, bis ich die kalte Luft auf meiner erhitzten Haut spürte.

»Verdammt, dieser Arsch«, knurrte er und seine Finger gruben sich so fest in meine entblößte Haut, dass sie bestimmt einen Abdruck hinterlassen würden. Einen, den ich noch Tage später tragen würde. Ich wünschte, ich könnte ihn mir auf die Haut tätowieren.

Hastig zog er mir die Shorts von den Oberschenkeln und seine großen Hände hoben meine Beine an, damit er mir die Hose ganz ausziehen konnte. Die kühle Tischplatte kühlte mich etwas ab, aber als ich hinter mir einen Stuhl über den Holzboden scharren hörte, stand ich plötzlich in Flammen.

Fingerspitzen fuhren zwischen meine Beine und glitten in die Feuchtigkeit, die seine schmutzigen Worte verursacht hatten, und ich wimmerte verzweifelt, weil ich wollte, dass er endlich aufhörte, mich zu necken.

»Jetzt brauchst du nicht mehr schüchtern zu sein, kleine Teufelin. Ich will dich laut stöhnen hören. Außer mir ist niemand hier, der deine Schreie hören könnte. Wir fangen gerade erst an, mein freches Mädchen.«

Vierzehntes Kapitel

Charley

»OH, GOTT«, STÖHNTE ICH, als Hudson langsam einen Finger hineinschob, ihn krümmte und nach unten drückte, während er eine schwere Hand auf meinen unteren Rücken legte und mich so festhielt. So konnte ich nirgendwo hin und als sein Fuß meine Beine auseinander stieß, schrie ich auf und meine Oberschenkelmuskeln spannten sich an.

»Du siehst so verdammt heiß aus«, stöhnte er und stemmte seine Hüften nach vorne, bis ich seine Härte durch seine Jeans spüren konnte. Ich wollte schon schreien, dass er mich ficken sollte, aber als der Druck von meinem Rücken verschwand und seine große Handfläche meinen nackten Hintern berührte, wollte ich plötzlich, dass er mich versohlte.

»Nochmal«, stöhnte ich, als er die Haut grob knetete und das Stechen seiner Handfläche in etwas Angenehmes überging.

»Verdammt, ich glaube, das gefällt dir. Du bist gerade so feucht geworden.« Er fügte einen zweiten Finger hinzu und fickte mich mit beiden, während ich mit den Hüften wackelte, um mehr Reibung zu erzeugen. »Du bist eine schmutzige, feuchte, verzweifelte kleine Schlampe, nicht wahr?«

»Mehr«, flehte ich, fast verzweifelt, damit er es noch einmal tat.

»So anspruchsvoll«, spottete er und schlug mich in einem etwas anderen Winkel, bevor er das Stechen mit einem Streicheln linderte.

»Du denkst wohl, du hättest hier das Sagen.« Ich wusste, dass er amüsiert von meiner bedürftigen Reaktion war, aber ich wollte mehr. Ich wollte das Brennen seines Handabdrucks auf meiner Haut spüren.

»Mehr.« Ich änderte meinen Tonfall, um meine Verzweiflung zum Ausdruck zu bringen, und er gab mir, was ich wollte. Der Aufprall seiner großen Handfläche verursachte ein obszönes Geräusch.

»Du bist so verdammt feucht.« Seine tiefe Stimme entsprach meinem verzweifelten Bedürfnis und ich stöhnte, als er seine Finger aus mir herauszog. Das Geräusch des Stuhls, der über den Boden gezogen wurde, versetzte mich erneut in Aufregung. Als er plötzlich meine Arschbacken auseinanderzog und seine Zunge in meiner Muschi versenkte, stöhnte ich auf. »Und wie du schmeckst ... verdammt.«

Die Kante meiner billigen Plastikmaske grub sich in meine Wange, als ich auf dem Tisch zusammensackte und ihm völlig ausgeliefert war.

Und die Geräusche, die er machte, als er in mich eintauchte, brachten mich um den Verstand. Sobald seine Finger wieder in mich eindrangen, schrie ich auf und verkrampfte mich um sie herum. Ich konnte mich nicht länger zurückhalten und mein Höhepunkt durchzuckte mich wie ein elektrischer Schlag.

»Ich glaube, das Geräusch gefällt mir«, gluckste er und seine feuchten Lippen strichen über meine Pobacken, bevor ich seine Zähne auf meiner empfindlichen Haut spürte. Ich schrie auf, aber er biss weiter zu. Seine großen Hände hielten meine Hüften fest, während er mit seiner Zunge über seine Zahnabdrücke fuhr. »Ich liebe es, meine Spuren auf dir zu sehen.«

Mein Mund wurde trocken, als ich keuchend nach Luft schnappte, während er weiter sanft mit seiner Nase und seinen Lippen über meinen Hintern strich. Dass ein Mann mich an der Stelle küsste, an der er gerade einen Biss hinterlassen hatte, war eine ganz neue Erfahrung für mich, aber er schien es zu genießen.

»Mal sehen, was für Geräusche du noch von dir gibst«, gluckste er in diesem tiefen, bedrohlichen Ton. Der Stuhl schabte wieder über den Boden, als er plötzlich aufstand und sich mit einer Hand neben mir auf dem Tisch abstützte.

Dann hörte ich ein unverkennbares Geräusch. Er schien ein Kondom auszupacken, was mich ehrlich gesagt überraschte, wenn man bedachte, dass sie schon vier Jahre lang zusammen waren. Andererseits war Viv wohl nicht die Art von Frau, die gerne Sperma in sich hatte. Aber ich wollte nicht zulassen, dass der Gedanke an sie uns das hier ruinierte, auch wenn ich die Pille nahm und ihn nackt in mir spüren wollte.

»Verdammt, du bist so heiß.« Sein tiefes Stöhnen übertönte fast das Geräusch seiner Gürtelschnalle, aber als ich hörte, wie er das Leder aus den Schlaufen zog, wurde ich nervös.

Würde er mich wirklich ...?

»Ah!« Ich schrie auf, als das Leder auf die andere Seite meines Hinterns knallte, wo er mich zuvor versohlt und gebissen hatte.

»Lauter«, knurrte er und ließ den Gürtel ein zweites Mal auf meine Haut niedersausen. Ich schrie auf und ballte meine Finger zu Fäusten, wobei sich die Kabelbinder in meine Haut gruben. »Ich werde dich jetzt ficken, kleine Teufelin. Und je lauter du bist, desto schneller werde ich dich zum Kommen bringen. Wenn du schweigst, werde ich dich einfach ficken, bis ich komme, und dich hier lassen.«

»Bitte nicht«, stieß ich aus und versuchte, den dumpfen Schmerz zu genießen, den er hinterlassen hatte. Ich hätte nie gedacht, dass Hudson so primitiv war, aber ich hatte ein paar Spielzeuge in meiner Wohnung, die ich ihm zeigen könnte, wenn er es mochte, bleibende Spuren zu hinterlassen. Vorausgesetzt, er würde mich nach dieser Sache jemals wieder anfassen.

Seine Handfläche wanderte langsam an meinem Oberschenkel entlang, glitt zwischen meine Beine und rieb sanft meinen Kitzler, bis ich wieder zuckte, immer noch empfindlich von meinen vorherigen Orgasmen.

»Mmm, so verdammt feucht.« Ich spürte, wie meine Flüssigkeiten meine Schenkel benetzten und sein wiederholtes Brummen, als er meine geschwollene Muschi rieb, erregte mich noch mehr. Seine Fingerspitzen hielten an meinem Eingang inne und tauchten dann langsam ein, bevor sie sich wieder zurückzogen. Sie neckten und reizten mich.

Als er offensichtlich genug von den Spielchen hatte, hörte ich, wie er das Kondom aufriss.

Ich stöhnte auf, als seine nackten Oberschenkel sich an meine nackten Schenkel drückten. Es war schade, dass ich sein Gesicht nicht sehen würde, wenn er zum ersten Mal in mich eindrang. Ich wollte zusehen, wie er mit seinen langen, dunklen Wimpern blinzelte, wenn er mich ausfüllte, wie sein Mund sich öffnete, wenn er in mich hinein glitt, und wie die Sehnen in seinem Hals hervortraten, wenn er seinen Höhepunkt erreichte.

Ich genoss den gnadenlosen Griff um meine Taille und die Geräusche, die er von sich gab, als er sich tief in mir versenkte. Meine Oberschenkel zitterten gegen seine Haut, als er sich wieder aus mir zurückzog und mich mit dem nächsten Stoß fest auf das Holz unter mir presste.

»So gut«, keuchte er, während seine Hand mein Top von hinten packte, damit er sich daran festhalten und mich schneller und härter ficken konnte.

Der Ausschnitt meines Oberteils schnürte sich in meinen Hals. Meine Lippen und Wangen begannen zu kribbeln, als ich nach Luft schnappte, aber das trieb mich nur noch mehr in die Enge. Ich vergaß fast, dass er mich schreien hören wollte, denn die Lust kribbelte mir den Rücken hinauf.

»Oh, ja. Härter«, stöhnte ich nach einem besonders harten Stoß und er gluckste dreist.

»Wie bitte? Ich habe dich nicht gehört.«

»Härter!«, schrie ich und zerrte an den Kabelbindern, bis meine Handgelenke brannten. Ich wusste, dass das bleibende Spuren hinterlassen würde, wenn ich nicht aufhörte, aber ich konnte einfach nicht. Ich wollte es nicht. Ich wollte die Erinnerung. »Fick mich härter! Bitte! Ah, *fuck!* Ich bin so nah dran.«

»Ich werde diese Muschi auf meinem Schwanz kommen lassen«, stöhnte er und steigerte sein Tempo, bis der Tisch bei jedem Stoß über den Boden scharrte. Der Stuhl, an den ich gefesselt war, wackelte und schlug nur wenige Zentimeter vor meinem Gesicht gegen die Holzkante, während seine Hüften mich brutal gegen den Holztisch stießen.

Er beugte sich zu mir herunter und sein heißer Atem strich über meinen Nacken, während er seinen Arm unter meinen Körper schob und meine Klitoris streichelte. Dann erhöhte er das Tempo weiter und meine Beine brannten, als die Lust zunahm und ich mich kaum noch auf etwas anderes konzentrieren konnte als die Verbindung unserer Körper. Meiner folgte seinem mit jedem Stoß und wir bewegten uns wie eine Einheit, während wir beide auf die Erlösung zurasten.

»Komm, Baby. Lass los«, flüsterte er in mein Haar und schon war ich hin und weg. Die Ekstase brach über mich herein und Schmerz vermischte sich mit Lust, als ich nach Luft schnappte. »Das ist mein Mädchen. Ich kann dich spüren. Wie du meinen Schwanz umklammerst. Ich werde jetzt genauso hart kommen wie du.«

Sein Gewicht hob sich von meinem Rücken und mein erschöpfter Körper sackte auf den Tisch, wo der leichte Schweißfilm mich mit jedem seiner Stöße über die Tischplatte rutschen ließ. Sein wildes Stöhnen wurde lauter, als seine Finger sich in meine Haut gruben und ich mir sicher sein konnte, dass er noch mehr Spuren hinterlassen würde.

Erleichterung durchflutete mich, als er brüllte und seine Erlösung von den Küchenwänden widerhallte. Ich schloss die Augen und atmete schwer und plötzlich überkam mich ein glückseliger Schwindel. Dann drang ein schnappendes Geräusch zu mir durch und plötzlich waren meine Handgelenke frei.

Weiche Lippen strichen über meine Haut und Tränen stachen mir in die Augen, als seine Finger den Schmerz linderten.

»Es tut mir leid.« Seine Stimme war ein raues Flüstern, als er mich in seine Arme hob und mich aus der Küche trug, während mein Körper schlaff in seinen starken Armen hing. »Ich wollte mich nicht so sehr hineinsteigern.«

Kühle Laken streiften meine Haut und er zog mir das Top aus. Dann zerrte er am Rand meiner Maske, aber ich rollte mich von ihm weg.

»Lass sie mich ausziehen, Baby«, flüsterte er, schob das Gummiband zur Seite und rieb mit den Fingern über meine schmerzenden Schläfen. Meine

Kopfhaut brannte, als er meine Haargummis löste und seine Finger durch meine chaotischen Wellen gleiten ließ.

Seine sanften Berührungen weckten mich aus dem Rausch der Euphorie, der meinen Körper erfasst hatte. Einen Moment lang hatte ich Angst, dass er mich umdrehen und erkennen würde, wer ich war. Aber vorerst war er damit beschäftigt, mir die Stiefel auszuziehen und sie auf den Boden zu werfen.

Das leise Geräusch von Stoff war zu hören, bis sich ein warmer Körper von hinten an mich schmiegte. Hudsons Lippen ruhten auf meiner Schulter, während er mich fest an seine Brust drückte. Seine großen Hände bedeckten meine nackten Brüste und ich summte zufrieden, als er mich mit seiner Wärme umhüllte.

Das Letzte, was mein erschöpftes Gehirn registrierte, war seine beruhigende Stimme, die mir Worte ins Ohr flüsterte, die ich nicht entziffern konnte.

Meine Augen brannten, als ich sie blinzelnd öffnete und mich gegen das Sonnenlicht sträubte, das durch den Vorhang lugte.

Blinzelnd versuchte ich mich zu erinnern, seit wann mein Bett so nah am Fenster lag, aber mein Herz raste, als mir die Holzverkleidung an der Wand neben diesem Fenster auffiel.

Ich war in der Hütte. In der Hütte der Familie Rivera in Hudsons Bett – nackt – während seine Hand meine Hüfte umfasste und sein warmer Atem meinen Nacken streifte.

Die schmutzigen Dinge, die wir letzte Nacht getan hatten, spielten sich vor meinem inneren Auge ab und mein Gesicht erhitzte sich, als ich mich an all die Dinge erinnerte, die er mit meinem jetzt müden Körper gemacht hatte. Ich würde es ja auf den Alkohol schieben, aber ich wusste, dass Hudson sein Baby niemals fahren würde, wenn er getrunken hatte. Auch ich war vollkommen nüchtern gewesen, da ich nicht einmal dazu gekommen war, etwas zu trinken, bevor er mich auf der Tanzfläche gefunden hatte.

Mein Nacken tat weh und mein Hintern fühlte sich wund an. Hudson hatte sein Ziel, mich zu markieren, eindeutig erreicht. Ich versuchte, den schlafenden Mann hinter mir nicht zu stören, als ich meine Handgelenke drehte, um die Spuren zu untersuchen, die die Kabelbinder hinterlassen hatten. Ich war mir nicht sicher, wie das sein konnte, aber ich hatte keinerlei Einschnitte, nur blaue Flecken.

Während ich in Gedanken zählte, wo ich die Beweise für die vergangene Nacht überall spüren konnte, wurde mir bewusst, dass ich mir mehr Sorgen darüber machte, wie er auf diese Beweise reagieren würde, als auf die Tatsache, dass ich diejenige war, die neben ihm im Bett lag.

Er gab ein leises Schnarchen von sich und dann rollte Hudsons großer Körper sich von mir weg. Ich wusste, dass ich das Bett verlassen musste, bevor er sich zurückrollte und mich unter seinem warmen, starken, *nackten*, gebräunten, tätowierten, heißen Körper einschloss und ...

Konzentriere dich, Charley.

Vorsichtig rutschte ich über die Matratze und achtete darauf, dass ich die Decken nicht mitzog.

Ich hatte sogar auf meinen Oberschenkeln violette Blutergüsse, weil sie gegen die Tischkante gedrückt worden waren. Mit der Fingerspitze zeichnete ich sie nach und genoss das kurze Aufblitzen des Schmerzes.

Hudson lag auf der Seite, sein fast nackter Körper war über die Matratze ausgestreckt und die Ecke der Bettdecke bedeckte kaum noch seine Beine. Ich versuchte, meinen Blick nicht zu dem Schwanz wandern zu lassen, der bewies, dass die Morgenlatte kein Mythos war.

Die meisten meiner Beziehungen in den letzten Jahren hatten nicht lange gehalten. Na ja, der Großteil davon genau genommen nur eine Nacht. Gefühle waren chaotisch, und jetzt musste ich mit meinen umgehen.

Im besten Fall würde Hudson ausflippen und ich ihn beruhigen können. Vielleicht würde er erkennen, wie perfekt wir füreinander waren und mich wieder ficken.

Im schlimmsten Fall würde Hudson ausflippen und nie wieder mit mir reden. Vielleicht würde er mich auch einfach in den Schnee hinaus werfen und mich der eiskalten Wildnis überlassen.

Die Realität würde wahrscheinlich irgendwo in der Mitte liegen, aber ich wollte sie so lange wie möglich hinauszögern.

Meine Knie schmerzten leicht, als ich nackt über den Schlafzimmerboden kroch. Ich ging in das dunkle Badezimmer und betete, dass es genug warmes Wasser geben würde, um die Angst abzuspülen.

Fünfzehntes Kapitel

Hudson

DAS GERÄUSCH VON FLIEßENDEM Wasser rauschte irgendwo in meinem Unterbewusstsein, während ich mich unter den Laken streckte und über die Matratze nach ihrem warmen Körper griff. Meine Finger trafen auf kalte Baumwolle. Der einzige Beweis dafür, dass ich mit einer schönen Frau ins Bett gegangen war, war ihr Duft, der an dem Kissen neben meinem Gesicht haftete. Sie musste ein neues Shampoo haben und dieser perfekte Geruch heizte das Feuer wieder an. Ich wollte mich erneut in ihrem heißen, weichen Körper verlieren.

Als ich blinzelnd die Augen öffnete, sah ich leere Laken neben mir und wurde von einem hellen Lichtstreifen geblendet, der durch die Vorhänge fiel und das Zimmer erhellte. Draußen summte der Generator und ich rutschte auf der Matratze zum Fenster hin, um den Vorhang zu öffnen.

Die weiße Schneedecke erstreckte sich so weit das Auge reichte. Die Schicht war mindestens einen halben Meter dick und ich war froh, dass ich so vorausschauend gewesen war. Denn das letzte Mal, als wir hier oben einen Meter Schnee gehabt hatten, waren mir die Vorräte ausgegangen und ich war gezwungen gewesen, die Einfahrt freizuschaufeln und zu hoffen, dass jemand die Hauptstraße geräumt hatte.

Für so viel Schnee war es noch zu früh, also würde der Bezirk wahrscheinlich nicht genug Pflüge schicken. Vor allem, weil ich die meisten Pflugfahrer gestern Abend in der Bar gesehen hatte. Ich bezweifelte, dass sie bis morgen oder vielleicht sogar übermorgen so weit oben auf dem Berg pflügen würden. Sie versuchten, alle Straßen der Stadt zu räumen, bevor sie den tückischen Bergpass hinauf fuhren.

Das Wissen, dass wir hier tagelang ohne Strom festsitzen würden, ließ die schmutzigen Szenarien in meinem Kopf aufblühen und ich malte mir aus, wie ich ihren Körper benutzen könnte, um uns beide zu befriedigen.

Dass sie sich meiner Führung unterwerfen würde, war völlig unerwartet gewesen, und es war befreiend, all die Gedanken, die ich zuvor beim Sex gehabt hatte, an die Oberfläche kommen zu lassen. Dieses Rollenspiel war zwar ursprünglich nicht meine Idee gewesen, aber ich genoss dieses neue Gefühl der Freiheit, das in mir aufkeimte.

Wie sich unsere Körper zusammen bewegten und wie sie auf mich reagiert hatte, war völlig anders als sonst gewesen. Ich befürchtete, dass die Veränderungen zwischen uns jetzt wieder in Vergessenheit geraten würden und wir wieder da ankommen würden, wo wir vor ein paar Tagen noch gestanden hatten. Ich wusste nicht, wie es weitergehen sollte.

Außergewöhnlich schmutziger Sex löste unsere Probleme nicht, aber hoffentlich würde er uns den richtigen Weg weisen.

Die Rohre knarrten, als das Wasser abgestellt wurde, und ein sanftes weibliches Summen ertönte durch die geschlossene Tür. Das Geräusch brachte mich zum Lächeln, denn ich wusste, dass meine gestrige Leistung der Grund für ihre gute Laune sein könnte.

Ich erhob mich vom Bett, schlenderte über den kalten Holzboden und stützte mich mit der Hand am Türrahmen ab. Ich wollte sie nicht bei ihrer Morgenroutine stören, aber ich wollte sie wissen lassen, dass unter der Spüle eine Notlaterne aufbewahrt wurde, damit sie sich dort drinnen nicht im Dunkeln herumtasten musste.

Nachdem ich ihr noch eine Weile beim Summen zugehört hatte, überkam mich das plötzliche Bedürfnis, sie zu berühren, und ich öffnete langsam die Tür.

»Scheiße!«, kreischte sie und meine Hand stieß sofort auf Widerstand, als sie gegen die Tür drückte.

»Geht es dir gut?« Ich gluckste und hoffte, dass sie mich hereinlassen würde, damit ich sie in meine Arme schließen und zu mir ins Bett ziehen konnte.

»Ja, mir geht es gut!«, schrie sie mit seltsam hoher Stimme. Die Tür schlug zu und das Geräusch des einrastenden Schlosses brachte mich zum Lachen.

»Du brauchst mich nicht auszusperren, ich habe dich schon oft genug nackt gesehen.« Auf meine Bemerkung folgte Schweigen, also fuhr ich fort. »Und ich würde dich gerne noch einmal sehen. Mach dir nicht die Mühe, dich anzuziehen, ich will nicht, dass mir etwas im Weg steht.«

Als keine Antwort kam, setzte ich mich auf die Bettkante und stützte meine Unterarme auf meinen Oberschenkeln ab, während ich darauf wartete, dass sie herauskam.

»Bist du umgefallen oder so?«, rief ich und rechnete damit, dass sie wütend durch die Tür stürmen würde, aber das war nicht der Fall.

Das Schloss wurde entriegelt und die Tür ging langsam auf. Im Badezimmer war es stockdunkel, aber ich konnte die Umrisse der Laterne auf dem Tresen erkennen.

Dort stand sie, in der Dunkelheit, ihr Gesicht nicht sichtbar. Der dünne Lichtstreifen, der durch die Schlafzimmervorhänge fiel, zeigte jedoch, dass sie nervös die Beine überkreuzte.

»Alles in Ordnung?«

Als sie nicht antwortete, bereitete sich ein ungutes Gefühl in meiner Magengrube aus. Fast rechnete ich damit, dass sie sich gleich auf mich stürzen würde, als wäre dies der Anfang eines schlechten Zombie-Films.

»Ich habe dir doch nicht wehgetan, oder?«, fragte ich und erinnerte mich daran, wie grob ich zu ihr gewesen war, als wir in der Hütte angekommen waren.

»Nein.« Ihre Stimme war sanft, aber sie hatte etwas Seltsames an sich. Etwas, dass mich sofort dazu brachte, mich aufrecht hinzusetzen und die Decke auf meinen Schoß zu ziehen.

Noch bevor sie einen Schritt auf mich zu machte, wusste ich, dass sich mein Leben von diesem Moment an für immer verändern würde.

»Es sieht schlimmer aus, als es ist.«

Schuldgefühle durchzuckten mich, als sie einen Schritt in den Lichtstreifen machte und rosarote Kratzer auf ihren Schienbeinen und über ihren Knien enthüllte. Ein weiterer Schritt und ihre Handgelenke wurden sichtbar.

Ich war so konzentriert darauf, jeden neuen Kratzer zu katalogisieren, dass ich überrumpelt wurde, als ihr Gesicht sichtbar wurde.

»Verdammte Scheiße!«, schrie ich auf und rutschte von ihr weg über die Matratze, wobei ich versuchte, die Bettdecke weiterhin auf meinem Schritt zu behalten. Die logische Reaktion meiner Morgenlatte hätte darin bestanden, beim Anblick der besten Freundin meiner kleinen Schwester zu einer Rosine zusammenzuschrumpfen. Aber stattdessen verspotte die Härte mich unter der Decke, während ich verdammt noch mal den Verstand verlor. »Was zum Teufel machst du denn hier? Sind du und Hazel uns gestern Abend hierher gefolgt? Warum bist du in meinem Badezimmer?«

Sie hielt mit offenem Mund inne und mein verräterischer Schwanz zuckte unter der Bettdecke. Das war übel. Das war verdammt übel.

»Ich glaube, du weißt, wer mich hierher gebracht hat«, sagte sie leise. Dann überraschte sie mich, indem sie einen Mundwinkel hob und leicht schmunzelte. Ich hatte dieses kleine Lächeln schon unzählige Male gesehen, als es mir über den Bartresen hinweg zugeworfen worden war. Jedoch hatte ich es nie gesehen, während sie nichts als mein T-Shirt trug und mit blauen Flecken übersät war, die ich im Eifer des Gefechts auf ihrer Haut hinterlassen hatte.

»Warum hast du nicht mehr an?«, schrie ich, obwohl ich wusste, dass ihr knappes Kostüm auf dem Boden neben meinem Bett und teilweise in der Küche herumlag, wo ich sie ...

»Dein T-Shirt war für mich am einfachsten zu finden.«

»Geh und such dir ein paar Klamotten, Char! Verdammt noch mal. Steh da nicht halbnackt rum!«

Sie zitterte, aber leider musste ich feststellen, dass es daran lag, dass sie mich auslachte. Wer konnte ihr das verübeln, wenn ich verzweifelt versuchte, mich mit den Laken zu bedecken? Ich tat mein Bestes, um sie nicht anzustarren, aber das war nahezu unmöglich, wenn sie mit ihren blonden Wellen und den türkisen Haarspitzen so umwerfend aussah.

»Ich dachte, deine Haare wären lila?«

Sie beugte sich lachend über mich und ich presste mir die Hand auf die Augen, als ich ihre nackten Titten durch den V-Ausschnitt meines T-Shirts sah.

»Los!«, rief ich und deutete blindlings in Richtung Tür. »Geh und such dir etwas, um dich zu bedecken. Du bist verdammt noch mal so gut wie nackt. Scheiße!«

»Ich habe nichts außer meinem Kostüm zum Anziehen«, antwortete sie mit ruhiger Stimme, aber ich merkte, dass sie sich über meine Panik amüsierte.

»Hazel hat Sachen in ihrem Zimmer. Oder such dir irgendwas von Mom und zieh es an. Je mehr Haut bedeckt ist, desto besser.«

»Wie du schon sagtest«, stichelte sie. »Du hast das alles schon mal gesehen.«

»Verdammt noch mal, Charley. Jetzt ist nicht der richtige Zeitpunkt für Witze. Geh. Wir treffen uns in der Küche.«

Sobald ich damit fertig bin, komplett auszuflippen.

Ich nahm meine Hand von meinen Augen und sah zu, wie sie aus der Tür huschte, wobei mein Hemd an ihren Oberschenkeln hochrutschte und ein blauer Fleck in der Form meiner Zähne zum Vorschein kam. Es kostete mich jegliche Selbstbeherrschung, ihr nicht zu folgen. Sie nicht an die Wand zu drücken und Antworten zu verlangen. Aber ich konnte im Moment nicht mit ihr in einem Raum sein, verdammt.

Als ich hörte, wie sich die Tür im Flur schloss, riss ich die Decke weg und versuchte, das Problem zwischen meinen Beinen zu ignorieren.

Ich sollte angewidert sein, dass ich die beste Freundin meiner kleinen Schwester gefickt und die ganze Zeit über gedacht hatte, es handle sich um Vivienne, aber das war nicht der Grund für meine Unruhe.

Eigentlich hätte ich mich schuldig fühlen müssen, aber das tat ich nicht. Denn schließlich war ich als Single auf diese Party gegangen. Und ich hatte eine schöne Frau angemacht. Eine schöne Frau, die ich nie hätte anfassen dürfen. Aber jetzt, wo es geschehen war ...

War ich mir nicht sicher, ob ich sie jemals wieder mit gleichen Augen sehen würde. Und ich war mir auch nicht sicher, ob ich das überhaupt wollte.

Charley war seit über einem Jahrzehnt in meinem Leben. Sie war die beste Freundin meiner kleinen Schwester. Ich sollte nicht wissen, wie ihre Lippen um meinen Schwanz herum aussahen.

Ich sollte nicht wissen, wie sich ihr Wimmern anhörte, wenn sie es nicht unterdrücken konnte, während ihre Muschi meine Finger melkte. Ich sollte nicht wissen, wie es sich anfühlte, ihre Titten in meinen Händen zu halten und ihre harten Nippel zwischen meinen Fingern und auf meiner Zunge zu spüren.

Ich sollte nicht wissen, wie es sich anfühlte, in ihren Körper zu gleiten – und dass es sich noch nie so gut angefühlt hatte, in einer Frau zu sein.

Und erst recht sollte ich nicht wissen, dass es einen tiefen, ausgehungerten, primitiven Teil in mir gab, der das alles noch einmal tun wollte.

Mein Schwanz versteifte sich, als ich das Badezimmer betrat, und ich blickte auf das verräterische Ding herab. »Das ist deine Schuld.«

Die Notlaterne warf bedrohliche Schatten in den kleinen Raum und der Spiegel war noch immer mit dem Kondenswasser bedeckt, das sich gebildet hatte, während Charley unter der Dusche gewesen war. Nackt. Nass. Sicher hatte sie die Spuren, die ich auf ihrem Körper hinterlassen hatte, mit ihren Fingern erkundet. Ich hatte ein seltsames Bedürfnis, mir genau diese Spuren anzusehen und in den Erinnerungen an die letzte Nacht zu schwelgen. Wenn diese Erinnerungen alles waren, was ich noch haben konnte, dann würde ich sie genießen.

»Verdammte Scheiße«, fluchte ich, als ich mit der Handfläche über den Spiegel strich und mein Gesicht betrachtete.

Obwohl mein Verstand überwältigt war, sah mein Gesicht entspannt aus. Die dunklen Tränensäcke, die ich normalerweise unter den Augen hatte, waren heute nicht so auffällig, und meine Augen sahen wacher aus als sonst.

Ich fuhr mir mit der Hand durch mein chaotisches Haar und versuchte, dem Drang zu widerstehen, mich umzudrehen. Aber es gelang mir nicht. Neugierig betrachtete ich die langen Kratzer, die ihre Nägel auf meinem unteren Rücken hinterlassen hatten. Und ich schaffte es auch nicht, die Erinnerung daran zu verdrängen, wie ihre Berührungen sich angefüllt hatten. Ihre Lippen. Ihre Lust. Sie hatte mich genauso sehr gewollt, wie ich sie.

Diese Art von Anziehung war selten, und wenn ich ganz ehrlich zu mir selbst war, hatte ich sie noch nie gefühlt ... nicht vor letzter Nacht.

Schon als ich sie auf der Tanzfläche an mich gezogen hatte, war der Funke übergesprungen und mit jeder Berührung gewachsen, bis er sich zu einem regelrechten Flächenbrand entwickelt hatte. Bis ich das Kondom, das ich gestern Abend zum Glück übergezogen hatte, mit meinem Sperma gefüllt hatte.

Es war nicht so, als würde ich Charley nicht vertrauen, aber ich war froh, Vorkehrungen getroffen zu haben. Das Letzte, was ich jetzt gebrauchen konnte, war eine ungeplante Schwangerschaft mit der besten Freundin meiner Schwester.

Obwohl ich das Wasser so heiß aufdrehen wollte, dass es meine Haut verbrühte, entschied ich mich für eine lauwarme Dusche, denn ich wusste, dass ich Strom sparen musste, da der Warmwasserboiler auch von dem Notstromaggregat gespeist wurde.

Als ich unter dem Wasserstrahl die Augen schloss, spielte die vergangene Nacht sich vor meinem inneren Auge ab. Je mehr ich mich daran erinnerte, desto deutlicher wurde, dass ich von Anfang an hätte wissen müssen, dass es Charley gewesen war.

Vielleicht hatte ein verborgener Teil von mir es gewusst und es trotzdem getan. Vielleicht war die Anziehung, die ich Reid gegenüber abgestritten hatte, doch real. Vielleicht hatte ich sie schon seit Monaten unbewusst angestarrt, weil ich sie berühren wollte. Vielleicht hatte diese Anziehungskraft begonnen, als das Bett über meinem Büro, das einst meines gewesen war, zum ersten Mal geknarrt hatte. Und vielleicht hatte ich vor Eifersucht gebrodelt, als ich gehört hatte, wie irgendein anderer Mann sie zum Stöhnen brachte.

Da ich wusste, dass ich keine andere Wahl hatte, als Charley gegenüberzutreten und die nächsten paar Tage mit ihr zu verbringen, wusch ich mir schnell den Körper und mied dabei den pochenden Teil von mir.

Nur leider wurde die Verlockung zu groß und ich holte mir einen runter – und das mit einer Verzweiflung, die ich so noch nie erlebt hatte. Und als ich kam, war es der Gedanke, dass ich vor unserer Abreise noch einmal in ihr kommen würde, der mich zum Höhepunkt brachte. Ich wollte kein Kondom anhaben. Und ich wollte ihr in die Augen sehen, wenn es passierte. In dem vollen Bewusstsein, dass sie es war.

Die Schuldgefühle verzehrten mich, als ich mich abtrocknete, und wurden noch stärker, als ich die Schubladen meiner Kommode öffnete und fluchend feststellte, dass ich die Klamotten darin seit der Highschool nicht mehr ersetzt hatte. Nachdem ich die Schubladen durchwühlt hatte, musste ich mir eingestehen, dass mir außer einer Pyjamahose nichts mehr passte.

Ich hatte sie lange genug warten lassen. Schnell schnappte ich mir die zerknitterten Klamotten vom Boden und machte mich auf den Weg in die Waschküche, wo ich Charleys Sachen in die Waschmaschine steckte. Auf dem Weg durch den Flur kam ich an Hazels Schlafzimmer vorbei und hielt nach meinem T-Shirt Ausschau, aber irgendetwas sagte mir, dass Charley es noch trug.

Mein Verdacht bestätigte sich, als ich an der offenen Küchentür stehen blieb und sie dabei beobachtete, wie sie einen Pancake auf der Grillplatte des Gasherds wendete. Auf dem Tresen standen eine volle Kanne Kaffee und zwei Tassen. Außerdem hatte sie bereits einen Teller mit etwas vorbereitet, das nach Speck roch.

»Willst du deine Pancakes mit Schokostücken?«, fragte sie, ohne mich anzusehen. Ich fragte mich, ob sie in meiner Nähe dasselbe Gefühl hatte wie ich in ihrer.

»Ich habe keine gekauft«, antwortete ich und lehnte mich gegen den Türrahmen, um ihr zuzusehen.

Sie drehte sich zu mir um und zwinkerte mir aufmunternd zu. »Ich weiß, wo das Geheimversteck ist.«

Ihr Blick wanderte zu meiner nackten Brust und verweilte auf eine Art und Weise dort, von der ich wusste, dass sie mich anmachen würde, wenn ich nicht aufpasste. »Ich dachte, wir sollten uns bedecken? Ohne Oberteil herumzulaufen und keine Unterhose zu tragen geht eindeutig am Ziel vorbei, Hudson.«

»Die T-Shirts in meinen Schubladen sind zu klein. Und ich war nicht gerade in der Stimmung für einen hässlichen Pulli.« Ich ignorierte ihre Aussage über die Unterhose, da ich beschlossen hatte, dass ich auch keine Unterwäsche tragen musste, wenn sie es nicht tat.

»Wir wissen beide, dass du dir eine Unterhose angezogen hättest, wenn du wirklich so versessen darauf wärst, dich vor mir zu verstecken.«

Ich wechselte das Thema, bevor ich noch etwas vor ihr verstecken musste, und verschränkte meine Arme vor der Brust.

»Du hättest nicht für mich kochen müssen.« Jetzt fühlte ich mich schuldig, dass ich nicht daran gedacht hatte, ihr etwas zu essen zu machen. Das war das Mindeste, was ich tun konnte, nachdem ich sie letzte Nacht so behandelt hatte. Andererseits hatte ich seit Jahren nicht mehr so viel geschlafen.

»Wir müssen beide etwas essen. Es kam mir ziemlich egoistisch vor, nur mir etwas zu machen. Und ich wollte es.« Sie wandte ihren Blick wieder von den Pancakes ab, aber die Röte auf ihren Wangen war nicht zu verbergen.

»Es tut mir leid.« Meine Stimme war leise, aber ich wusste, dass sie mich hörte, denn ihr Körper versteifte sich und ihre Hände sanken nach unten, um sich an der Kante der Arbeitsplatte festzuhalten.

»Dir muss nichts leid tun.«

In dem hellen Sonnenlicht, das durch die Fenster fiel, musterte ich ihren Körper, wobei jeder weitere Anhaltspunkt meine Schuldgefühle verstärkte. »Ich habe dir wehgetan.«

Charley ignorierte meine Bemerkung, als sie die Pancakes auf einen Teller schob, den Herd ausschaltete, den Pfannenwender auf den Tresen knallte und sich mir mit finsterer Miene zuwandte.

»Lass uns das einfach aus der Welt schaffen. Ich bin diejenige, die sich für das, was passiert ist, entschuldigen sollte. Und ich bereue nichts von dem, was du gestern Abend mit mir gemacht hast. Also hör bitte auf, dich darüber aufzuregen, denn ich will nicht das ganze Wochenende damit verbringen, mir Entschuldigungen anzuhören, obwohl du gar nichts falsch gemacht hast.«

»Verdammt. Natürlich flippe ich gerade völlig aus, Char. Ich habe die beste Freundin meiner kleinen Schwester praktisch missbraucht.«

Sie griff nach den Tellern auf dem Küchentisch und meine Augen wurden groß, als ich die Kondompackung und die kaputten Kabelbinder in der Mitte des Tisches entdeckte.

Ich griff nach dem belastenden Beweismaterial und zerknüllte es in meiner Faust. Das Plastik bohrte sich in meine Handfläche, so wie es sich in die dünne Haut ihrer Handgelenke gebohrt haben musste.

Sie legte ihre Hand auf meine nackte Schulter und ihre Berührung verbrühte mich. »Hudson. Hör auf. Du hast mich nicht missbraucht.«

»Doch, das habe ich. Ich dachte, du wärst ...« Meine Stimme brach abrupt ab und sie wurde noch leiser, als ich mir zu ihr umdrehte. »Aber das warst du nicht, und ich habe nie nach deinem Einverständnis gefragt oder–«

»Glaubst du wirklich, ich wäre in den Wald hinter der Bar gerannt und hätte mich von irgendjemandem verfolgen lassen, wenn ich nicht einverstanden gewesen wäre?«, fragte sie und ihre Finger ruhten auf meiner Haut, bevor sie ihre Hand wegzog.

»Aber du wusstest nicht, dass ich es war. Und jetzt wird Hazel denken, dass dich jemand entführt hat und die Polizei rufen. Dann werden sie mich verhaften und–«

»Beruhige dich, Hudson. Hazel weiß, dass ich bei dir bin. Ich habe ihr gestern Abend eine Nachricht geschickt, als du wieder in die Bar gegangen bist. Ich habe die Maske in dem Rucksack gesehen, als ich dir mein Trinkgeld gegeben habe. Ich wusste von Anfang an, dass du es bist. Und die Tattoos an deinen Händen hätten dich ja auch verraten.«

»Du wusstest, dass ich es bin?« Ein Teil von mir war erleichtert, dass sie nicht so naiv gewesen war, sich in eine potenziell gefährliche Situation zu begeben. Aber der andere Teil von mir war fassungslos. Warum hatte sie nichts gesagt?

»Genau das habe ich doch gerade gesagt.« Ihr schelmisches Grinsen hätte meinen Puls nicht in die Höhe treiben sollen, aber das tat es.

»Und du hast mich nicht aufgehalten?«

Sie seufzte und starrte auf den Tisch hinunter, wobei sich ihre Brust unter meinem Hemd schwer hob und senkte, bevor sie wieder aufblickte.

»Nein. Zuerst war ich ein bisschen schockiert, aber ich war auch ziemlich erregt, als du mir ins Ohr geflüstert hast.«

Erregung durchflutete meinen Körper und sofort stellte ich mir vor, wie ich sie an der Taille packte, sie auf den Tisch drückte, den wir bereits geschändet hatten, und ihr jedes einzelne Kleidungsstück auszog.

»Ich habe dich erregt?« Das war der Teil, der mich aus der Fassung brachte. Ich hatte zwar schon oft flüchtige, unangemessene Gedanken an sie gehabt, aber ich hätte nie gedacht, dass sie diese erwiderte.

»Nicht zum ersten Mal. Und hoffentlich auch nicht zum letzten Mal.«

»Warte, was? Ich habe dich schon mal erregt? Wann?«

»Dafür wirst du dir einen Notizblock besorgen müssen. Die Liste ist ziemlich lang«, scherzte sie und drehte sich um, um das Essen auf den Tisch zu stellen. Sie hielt mir meinen Teller hin, als hätte sie mir gerade den Wetterbericht erzählt und nicht, dass ich sie gestern Abend nicht zum ersten Mal angemacht hatte.

Ich stand einfach nur sprachlos da und weigerte mich, ihr in die Augen zu sehen, weil ich wusste, dass das widerspenstige Ding in meiner Hose mich verraten würde. »Was?«

»Nimm den Teller und setz dich hin.« Sie richtete einen demonstrativen Blick auf den Stuhl, an den ich sie gestern Abend gefesselt hatte, und mein Schwanz zuckte bei der Erinnerung daran. »Auf das Sofa. Ich glaube nicht, dass es meinem Arsch gefallen würde, wenn ich mich auf einen dieser Stühle setzen würde.«

Als ich mich nicht vom Fleck rührte, lachte sie und drückte mir den Rand meines Tellers gegen die Brust. »Komm schon.«

VERSEHENTLICHE ENTFÜHRUNG

Ihre Schulter berührte meine Brust, als sie an mir vorbeiging, und ich hatte den plötzlichen Drang, mich durch die Hintertür hinaus in den Schnee zu werfen. Denn ich war so verdammt hart, dass ich Angst hatte, mein Schwanz würde sich nie wieder beruhigen.

Sechzehntes Kapitel

Charley

MEINE HÄNDE ZITTERTEN VOR Nervosität, als ich mein Frühstück ins Wohnzimmer trug und es auf den Tisch vor dem Kamin stellte. Ich musste mich dringend hinsetzen, bevor ich den Kaffee verschüttete.

Verdammte Scheiße.

Ich hatte gewusst, dass dieser Morgen alles verändern würde, aber ich hatte nicht erwartet, dass ich mich in Hudsons Gegenwart so verdammt nervös fühlen würde. Und dass er so viel Hitze in seinen Augen haben würde, als ich ihm sagte, dass er mich gestern Abend nicht zum ersten Mal erregt hatte. Er musste doch wissen, wie attraktiv er war. Er wurde ständig von Frauen angemacht. Aber da er so verdammt loyal war, hatte er in den letzten vier Jahren wahrscheinlich keine andere Frau angeschaut.

Bevor ich wieder durchdrehen konnte, weil ich mich ausgerechnet Viv gegenüber schuldig fühlte, setzte Hudson sich neben mich auf die Couch.

»War das dein Ernst?«, fragte er und lehnte sich zurück. Gelassen führte er sich die Tasse an die Lippen und nahm einen Schluck. Als ich ihm nicht antwortete, hob er eine Augenbraue und ich kämpfte gegen den Drang an, mich einfach auf seinen Schoß zu setzen.

Ich beschloss, dass es vielleicht besser war, meine Gefühle offen zu kommunizieren, und ließ alle Gedanken, die ich mit mir herumgetragen hatte, in einem einzigen Wortschwall heraus.

»Du bist wirklich verdammt heiß. Und du bist jeden Sommer ständig oberkörperfrei herumgelaufen. Aber das ist nicht der Grund, warum du mich anmachst. Du bist ein guter Fang. Manchmal kann ich nicht einmal wirklich glauben, wie gut, wenn man bedenkt, wie viel Mist du und Reid in der Highschool angestellt habt. Deshalb hätte ich auch nie erwartet, dass du dich nach dem Studium so entwickeln würdest. Du hast einen verdammt guten Charakter, auch wenn dein Frauengeschmack *verdammt* schlecht ist. Ich habe versucht, dich zu hassen. Ich *wollte* dich hassen, aber du hast es mir zu schwer gemacht. War dir wirklich nicht bewusst, dass ich auf dich stand?«

»Nein.«

»Männer.«

Auf mein Augenrollen folgte ein tiefes Glucksen, bei dem mir warm ums Herz wurde.

Und jetzt starrte er mich mit einem verblüfften Gesichtsausdruck an, der einen weiteren Wortschwall auslöste.

»Du hast wirklich keine Ahnung, wie liebenswürdig du bist. Wenn man dich ansieht, könnte man meinen, du wärst nur irgendein eingebildetes, tätowiertes Arschloch, aber das bist du nicht. Du bist bescheiden und gibst zu, wenn du falsch liegst. Du versuchst immer, das Beste in den Menschen zu sehen – oder zumindest ist das der einzige Grund, der mir einfällt, warum du dich vier Jahre lang von dieser Spaßbremse hast herumkommandieren lassen.«

»Am Anfang war sie gar nicht so schlimm ...«, murmelte er, aber mein Blick brachte ihn zum Schweigen.

»Doch, das war sie. Du hast nie die hässliche Seite ihrer Persönlichkeit gesehen, die sie nur Hazel und mir gegenüber gezeigt hat. Aber ich verzeihe dir einen Fehler, den du als sechsundzwanzigjähriger, hormongesteuerter junger Erwachsener gemacht hast. Genauso wie du mir hoffentlich verzeihst, dass ich dir gestern Abend auf der Tanzfläche nicht gesagt habe, wer ich bin. Ich hätte etwas sagen sollen, aber ich wollte es nicht.«

Hudson stellte seinen Kaffee auf den Tisch und stützte seine Unterarme auf die Oberschenkel.

Ich wollte ihn unbedingt berühren, aber stattdessen beobachtete ich, wie er alles verarbeitete, was ich ihm gerade gesagt hatte.

Es war ... viel.

»Wie lang?«

Wenn ich nicht auf jede seiner Bewegungen geachtet hätte, wäre mir die geflüsterte Frage vielleicht entgangen. Bisher war ich beschämend ehrlich zu ihm gewesen, aber diese Frage sprengte den Rahmen. Er erwartete, dass ich ihm ernsthaft gestand, seit wie vielen Jahren ich schon jeden einzelnen Mann mit ihm verglich.

»Wenn ich mich recht erinnere, waren es etwa neunzehn Zentimeter. Es könnten aber auch solide achtzehn gewesen sein. Du müsstest mich nochmal nachsehen lassen, um sicherzugehen.«

»Nicht mein Schwanz, verdammte noch mal, Charley«, knurrte er. »Wie lange stehst du schon auf mich?«

»Ich habe dich kennengelernt, als ich zehn war.« Er erstarrte und drehte langsam den Kopf in meine Richtung. Als ich seinen panischen Gesichtsausdruck sah, wollte ich am liebsten hinaus in den Schnee renne und dort mein Glück versuchen.

»Oh, mein Gott. Ich bin ein verdammter Triebtäter. Ich habe mir der kleinen–«, flüsterte er, aber ich unterbrach ihn, bevor die Panikattacke beginnen konnte.

»Hudson, ich bin fünfundzwanzig Jahre alt. Ich bin kein junges Mädchen mit einer kindischen Schwärmerei mehr.« Er nickte, aber seine Hände waren immer noch zu Fäusten geballt. »Außerdem werde ich mich nicht dafür entschuldigen, dass ich dich mag. Ich finde dich verdammt attraktiv. Jetzt weißt du es. Und jetzt, wo Viv aus dem Rennen ist ...«

Er blickte entsetzt drein, als ich ihren Namen sagte.

»Ich dachte, du wärst sie.«

Ich nickte, biss mir auf die Lippe und flüsterte die Frage, die mir seit gestern Abend im Kopf herumschwirrte. »Aber dachtest du das wirklich?«

»Ich, äh ...«, stotterte er, aber ich wusste, dass ich mit meiner Vermutung richtig lag, und fuhr fort.

»Ihr seid seit über vier Jahren zusammen. Hat es sich mit ihr jemals so angefühlt?«

Er strich sich mit den Händen über das Gesicht, bevor er den Kopf schüttelte. »Ich dachte, es läge am Adrenalin oder so.«

»Ja, *oder so*. Deine Ex war ein egozentrisches Miststück, das nie nett zu dir war. Und du wusstest in dem Moment, als du deine Hand in meine Hose gesteckt hast, dass ich nicht sie bin. Du wusstest es wahrscheinlich schon vorher, als ich meine Lippen auf deinem Schwanz hatte.«

»Ich ...« Er geriet ins Stocken und dem tiefen Atemzug nach zu urteilen, kam er zu der gleichen Erkenntnis wie ich. Tief in seinem Inneren hatte er gewusst, dass er mit einer anderen zusammen war, aber das Adrenalin der Jagd hatte ihm das Gehirn vernebelt.

»Ich wette, dass sie nie so für dich auf die Knie gegangen ist.«

»Das– Ich glaube nicht, dass dich das etwas angeht.«

»Nein, aber die Tatsache, dass du es nicht abstreitest, ist für mich Bestätigung genug. Du wusstest, dass sie es nicht war, bevor du mich gefickt hast. Und du hast es trotzdem getan.«

Und ich würde nicht zulassen, dass er sich den Spaß an der Sache ausredete. Genau wie ich sehnte er sich nach einer so intensiven Verbindung.

»Und ich wette, sie hätte nie zugelassen, dass du sie so markierst.« Ich ergriff seine Hand, zog sie zu mir und legte sie auf den blauen Fleck auf meinem Oberschenkel.

Sein Daumen fuhr über die schmerzende Haut und ich wusste, dass seine Schwester diese Shorts niemals zurückbekommen würde. Denn bei seiner sanften Berührung konnte ich nicht anders, als sie zu ruinieren, da ich immer noch keine Unterwäsche trug.

Mit meiner anderen Hand drehte ich sein Gesicht zu mir. Seine Augen folgten meinen Fingern, als ich sanft am Ausschnitt seines T-Shirts zog und ihm die Bissspuren an meinem Hals zeigte.

Er streckte die Hand aus und fuhr mit der Fingerspitze über den blauen Fleck.

»Letzte Nacht war ... Ich habe so etwas noch nie gemacht. Es tut mir leid, wenn ich dich verletzt habe.«

»Es muss dir nicht leid tun. Das ist keine große Sache.«

Er schüttelte den Kopf, legte seine warme Handfläche in meinen Nacken und lehnte seine Stirn an meine.

»Für mich schon. Ich will dir niemals wehtun.«

Ich schloss meine Augen und atmete seinen Duft einen Moment lang ein. Dann senkte ich meine Stimme und versicherte ihm, dass zwischen uns alles in Ordnung war. Zumindest hoffte ich das. »Hudson, ich habe dich praktisch angefleht, es zu tun. Es ist okay, dass wir ein wenig übertrieben haben. Wenn ich dich hätte aufhalten wollen, hätte ich es getan.«

»Du hättest es tun *sollen*.«

»Weil du denkst, dass ich dich nicht wollen sollte?«

Er schüttelte den Kopf und sein warmer Atem strich über meine Lippen. Er war mir so unglaublich nah, aber ich wollte mich nicht bewegen, weil ich Angst hatte, dass er sich dann von mir zurückziehen würde.

»Weil ich dich will.« Seine Finger verkrampften sich um meinen Nacken und sein Daumen fuhr über die empfindliche Haut an meiner Kehle, wo er mich markiert hatte. »Und ich glaube nicht, dass ich damit aufhören kann. Nicht nach all dem.«

Mein Herz raste, als er mich festhielt. Und ich hoffte, dass er die Spannung zwischen uns spüren konnte.

»Dann hör verfickt nochmal nicht auf.«

Siebzehntes Kapitel

Hudson

»SAG DAS NICHT, CHARLEY«, flehte ich, während ich mein Gesicht zur Seite drehte und unsere Nasen sich berührten.

»Warum nicht? Macht es dich hart, wenn ich *verfickt* sage?«, stichelte sie mit leiser Stimme.

Sie hatte ja keine Ahnung. Es hatte mich ohnehin schon völlig aus dem Konzept gebracht, als sie mir gestern vor meinem Schreibtisch gesagt hatte, dass sie ficken konnte. Wahrscheinlich hatte das einen verborgenen Teil von mir aktiviert, von dem ich nicht einmal gewusst hatte, dass er existierte. Einen Teil, der immer schon gewusst hatte, dass sie mehr für mich war als die Freundin meiner Schwester.

Meine Finger zuckten und ich musste mich zwingen, sie nicht noch fester zu packen. Sie hatte keine Ahnung, wie sehr mich diese Anziehung zu ihr quälte. Jetzt, wo die Katze aus dem Sack war ...

»Du musst mich ein bisschen schonen, Char.«

Sie wagte es zu kichern und ich musste den Drang unterdrücken, sie auf meinen Schoß zu ziehen und unanständige, verdorbene Dinge mit ihr zu machen, jetzt, wo ich wusste, wie sehr ihr das gefiel.

Wir mussten reden. Und das konnten wir ganz bestimmt nicht tun, wenn sie mir so nahe war.

»Bist du wirklich sauer, Hud?« Meine Mundwinkel zuckten, als sie die Kurzform meines Namens sagte, von der sie wusste, dass ich sie hasste. »Willst du mir den Hintern *versohlen*?«

Sämtliches Blut in meinem Körper schoss zu meinem Schwanz und ich grub meine Finger in ihren Nacken. Mein primitiver Schweinehund bahnte sich seinen Weg aus den Tiefen meines Unterbewusstseins, wo ich ihn heute Früh hin verbannt hatte.

»Eigentlich schon«, knurrte ich. »Komm her.«

Das verdammte Kichern war wieder da und sie beugte sich vor, sodass sich unsere Lippen leicht berührten. Sie befeuchteten sie, wobei ihre Zungenspitze auf meine Lippen traf.

Ich lockerte meinen Griff um ihren Hals und beugte mich vor, um meine Lippen endlich auf ihre zu pressen. Aber stattdessen überraschte sie mich.

Sie duckte sich, rutschte von der Couch und kroch über den Teppich, bevor sie aufstand.

»Erst musst du mich fangen.«

Ein grollendes Stöhnen bildete sich in meiner Brust. Dieses Mädchen wollte, dass ich sie mit dem größten Ständer meines Lebens verfolgte, obwohl ich noch vor Sekunden gedacht hatte, dass wir uns endlich küssen würden.

Ein Kuss, von dem ich nie erwartet hätte, dass ich ihn so sehr wollen würde.

Ich wollte meine Zähne in ihre volle Unterlippe graben, sie an die Wand drücken und ihren Mund erobern ...

»Scheiße.« Als ich meinen Blick wieder auf sie richtete, war sie verschwunden. Aber nachdem ich sie gestern Nacht gesucht hatte, wusste ich, dass es in dieser Hütte nicht viele Verstecke gab. Ich nahm mir eine Minute Zeit, um mich zu beruhigen, atmete tief durch die Nase ein und dann langsam wieder durch den Mund aus. Diese kleine Versuchung würde mir noch Bluthochdruck bescheren.

Charley war barfuß, trug nur mein T-Shirt und kurze Sportshorts. Sicherlich war sie nicht so verrückt, in den Schnee hinauszulaufen, aber als ich die Hintertür zuschlagen hörte, war ich absolut baff. Fluchend rannte den Flur hinunter und stellte fest, dass ein Paar Stiefel fehlte und eine Schneespur durch den Flur und zu Hintertür führte. Als ich nahe genug war, um durch die Tür nach draußen zu schauen, sah ich die Fußstapfen im Schnee sofort.

»Du wirst da draußen erfrieren!«, schrie ich, riss meinen Mantel vom Haken und zog den Reißverschluss so weit hoch, dass er meine nackte Brust bedeckte. Ich schob meine Füße in ein Paar Stiefel und lief ihr hinterher.

»Dann solltest du mich besser fangen!«, rief sie zurück, aber sie klang gar nicht so weit weg, als ich in den Schnee hinaus trat.

»Du bist verrückt, Charley!«

Ihr hinterhältiges Kichern war das Einzige, was ich hörte, als ich mir einen Weg durch den hohen Schnee bahnte und gerade noch rechtzeitig um die Ecke bog, um sie um die nächste Hausecke huschen zu sehen. Wenigstens hatte sie eine meiner Wollmützen auf. Ein viel zu großer schwarzer Mantel verdeckte ihre schlanke Gestalt. *Mein* Mantel.

Wenigstens war sie nicht ganz so leichtsinnig, wie ich erwartet hatte, denn dann hätte ich sie ernsthaft dafür bestraft, dass sie halb nackt in den Schnee hinausgelaufen war. Wenn sie sich eine Unterkühlung holte, würde das definitiv Konsequenzen haben.

Als ich um die Ecke bog, um ihren Spuren zurück zur Veranda zu folgen, hatte ich keine Zeit zu reagieren, bevor mir eine Handvoll nasser Schnee ins Gesicht geschleudert wurde.

»Jetzt steckst du richtig in Schwierigkeiten«, knurrte ich und packte sie an der Taille, bevor sie auf die Veranda treten konnte.

»Das hoffe ich doch!«, lachte sie und strampelte in meinem festen Griff.

»Du machst mich noch wahnsinnig«, stöhnte ich, als sie mir mit ihren Schneestiefeln einen Tritt gegen das Schienbein verpasste. Vielleicht war das die Rache dafür, dass ich gestern Abend so grob zu ihr gewesen war. Jetzt wollte sie selbst noch ein paar Spuren auf mir hinterlassen.

Sie hörte auf zu kämpfen und schaute mich über ihre Schulter an. »Das wollen wir ja nun wirklich nicht.«

Ich konnte mir ein Lachen nicht verkneifen, ließ sie wieder auf den Boden und drehte sie zu mir herum. Plötzlich besprang sie mich regelrecht und schlang ihre Beine um meine Taille, während ich ihre Oberschenkel ergriff.

»Wenn das so weitergeht, friert mir noch der Schwanz ein.«

Sie umschloss meine Wange, als ich sie mit dem Rücken gegen die Haustür drückte. »Dann müssen wir vielleicht etwas tun, um ihn aufzuwärmen.«

»Das würde dir gefallen, nicht wahr?«

»Ja, die Vorstellung gefällt mir definitiv. Wie gesagt, konnte ich ihn gestern Abend nicht so gut sehen. Es war kein Witz, als ich gesagt habe, dass ich ihn mir gerne noch mal genauer anschauen würde. Vielleicht ist er doch nicht so beeindruckend, wie ich ihn in Erinnerung habe.«

Ich verengte die Augen und drückte sie fester gegen die Tür, während ein Knurren in meiner Brust grollte. »Das hat dich letzte Nacht nicht davon abgehalten, ihn tief in deinen Rachen zu nehmen oder auf ihm zu kommen, als ich in deiner engen, feuchten Muschi war.«

Ihre Augen wurden groß und ein Grinsen umspielte ihre Lippen. »Du bist schmutziger, als ich dachte.«

»Das könnte ich auch von dir behaupten.«

»Du hast darüber nachgedacht, ob ich schmutzig bin oder nicht?«, fragte sie und sah plötzlich verletzlich aus.

Ich beschloss, ehrlich zu ihr zu sein – und ehrlich zu mir selbst. »Jedes verdammte Mal, wenn ich hörte, wie dein Kopfteil gegen die Wand knallte, während ich die Lohnabrechnung machte, konnte ich an nichts anderes denken. Ich wollte derjenige sein, der dich so stöhnen lässt. Auch wenn es nicht richtig war.«

»Jetzt steht dir nichts mehr im Weg«, flüsterte sie und lehnte sich näher an mich heran.

Unsere Atemzüge formten eine einheitliche Wolke und ihr Blick war sanfter, als ich ihn je zuvor gesehen hatte. Sie hatte recht. Es gab keinen Grund, warum wir das nicht haben konnten. In diesem Moment stand nichts zwischen uns. Wir könnten diese verrückte Anziehungskraft ausleben und das Wochenende ganz natürlich ausklingen lassen.

»Ich will nicht, dass du es bereust, wenn du nicht mehr mit mir hier festsitzt.«

»Hudson«, murmelte sie und beugte sich vor, bis ihre Lippen meine berührten. »Ich könnte dich nie bereuen. Selbst wenn das alles den Bach runtergeht.«

»Warum sollte es den Bach runtergehen? Ich dachte, das gefällt dir«, stichelte ich und strich mit meinen Lippen über ihre.

»Das tut es. So sehr ...«

Ich konnte nicht einmal beurteilen, wer von uns beiden den Abstand zuerst schloss. Ich wusste nur, dass unsere Lippen keuchend aufeinandertrafen und wir uns leidenschaftlich küssten. Ihre Zähne zerrten leicht an meiner Lippe, sodass mein Schwanz trotz der eisigen Temperaturen in meiner dünnen Pyjamahose pochte.

»Warum haben wir so lange damit gewartet?«, fragte sie atemlos, während ich ihr Küsse auf den Hals drückte.

»Weil ich ein verdammter Idiot bin«, knurrte ich, trat zurück und tippte schnell den Code in das Türschloss. Es war schwer, sich einzugestehen, dass ich so viel Zeit mit der falschen Frau vergeudet hatte, aber ich wollte keine Sekunde mehr verlieren.

Sie zog den Reißverschluss meines Mantels herunter und fuhr mit ihren Nägeln über meine Brust, als ich eintrat, die Tür zuschlug und sie dagegen drückte.

»Nackt«, stöhnte sie, als ich an ihrem Schlüsselbein saugte und einen weiteren schwachen Abdruck auf ihrer zarten Haut hinterließ, neben dem, den ich letzte Nacht hinterlassen hatte, als ich in ihr gewesen war. »Ich will dich nackt sehen.«

»Verdammt«, stöhnte ich und lehnte mich von ihr weg, um den Reißverschluss meines alten Mantels, der sie bedeckte, zu öffnen. Wir zogen ihn ihr gemeinsam von den Schultern und ließen ihn zusammen mit meiner Jacke auf den Boden fallen.

Sie keuchte, als meine kalten Finger unter das T-Shirt glitten und es nach oben schoben. Ihre Titten sahen jetzt, wo ich sie tatsächlich sehen konnte, noch besser aus. Aber in diesem Moment wollte ich sie sogar noch mehr ficken als gestern.

Als das T-Shirt aus dem Weg geräumt worden war, stürzte ich mich auf sie und saugte an ihrer Haut. Ihre Finger zogen an meinen Haaren und ich stöhnte auf, als sie mich mit ihrem Griff lenkte, wobei es sich gleichzeitig anfühlte, als würde sie versuchen, mir die Haare auszureißen.

»Hör verdammt noch mal auf, mich zu provozieren«, knurrte ich, zog ihre Hand von mir weg und drückte sie gegen die Tür, während ich ihr Gewicht mit meinem anderen Arm ausglich.

»Aber es macht doch so viel Spaß ... *Hud*. Und warum darfst du fluchen und ich nicht? Ich bin kein Kind, wie du sicher bemerkt hast. Ich kann auch böse Wörter benutzen.«

Jetzt wollte sie also darüber reden, ob wir quitt waren oder nicht. Sie war diejenige, die mich auf die Palme gebracht hatte, indem sie mich gezwungen hatte, sie durch das Haus und in den verdammten Schnee hinauszujagen.

»Für dich ist das alles nur ein einziger, großer Spaß, nicht wahr?«

Sie versuchte, ein Kichern zu unterdrücken, aber es gelang ihr nicht. Ich stieß ein frustriertes Knurren aus, woraufhin ein kleines Funkeln in ihren Augen aufleuchtete.

»Du machst mich buchstäblich wahnsinnig. Willst du, dass ich dich jetzt ficke, oder willst du darüber reden, warum ich dir jedes Mal den Hintern versohlen möchte, wenn ich ein Schimpfwort aus deinem perfekten Mund höre?«

Sie biss sich auf die Lippe und zuckte mit den Schultern. Ich drückte sie immer noch gegen die Haustür und hatte ihre unglaublich geilen Titten vor meinem Gesicht. Jetzt, wo ich sie tatsächlich berühren durfte, wollte ich meine Zeit mit ihnen genießen.

»Du willst wirklich, dass ich dich wieder versohle, oder?«

Sie nickte mit einem schelmischen Blick. Die kleine Teufelin wusste, dass sie mich durch das Hinauszögern meiner Befriedigung nur noch mehr in den Wahnsinn trieb. Sie brachte mich dazu, mich nach ihr zu sehnen.

»Hast du so lange gebraucht, um das herauszufinden, *Daddy?*«

Ihr gehauchtes Flüstern hätte mich nicht noch härter machen dürfen, vor allem, weil sie mich nicht so nennen sollte. Ich fühlte mich ohnehin schon schuldig genug, dass ich es mit jemandem trieb, der fünfeinhalb Jahre jünger war als ich. Mir wäre es lieber gewesen, sie hätte meinen richtigen Namen benutzt.

»Nenn mich nicht so. Der einzige Name, der aus deinem Mund kommen sollte, ist meiner.«

Sie schüttelte frech den Kopf und wackelte leicht mit den Hüften. Das Einzige, was mich davon abhielt, sie zu ficken, waren meine dünne Pyjamahose und ihre Shorts.

»Warum machst du es mir immer so schwer?«

»Mmm«, murmelte sie und rieb sich an mir. »Ja, schwer und hart. So mag ich es.«

»Charley«, knurrte ich. Ich wusste, dass das, was ich vorhatte, rücksichtslos war. »Halte mich auf, wenn du das nicht willst. Ein Wort und ich höre auf.«

Sie nickte, also fuhr ich fort.

»Nimmst du die Pille?« Ihre Augen weiteten sich, aber ich wusste, dass sie keine Angst hatte, als sich ein freches Grinsen auf ihren vollen Lippen ausbreitete.

»Ja.«

Ein leises Flüstern genügte, um meine Kontrolle zu brechen und ich presste meine Lippen auf ihre, während ich an meiner Pyjamahose zerrte und meinen Schwanz befreite.

Sie stöhnte auf, als ich an ihren Shorts zog, und ich knurrte, als mir bewusst wurde, dass ich sie hinlegen musste, um sie auszuziehen. Ich ließ sie auf die Füße sinken, drehte sie zur Tür und drückte ihre Handflächen gegen das Holz, bevor ich am Bund ihrer Shorts riss. Ein Zittern durchfuhr mich, als der Stoff riss. Ich ließ die zerstörten Shorts an ihren Beinen herunterrutschen und packte ihren Hintern, während ich meine Brust gegen ihren Rücken drückte.

»Ich habe noch nie jemanden ohne Kondom gefickt«, flüsterte ich ihr ins Ohr, bevor ich mich nach unten beugte und mit der Nase über ihre Bisswunde strich. Gott, es war so geil, wie sie sich an mich schmiegte.

»Ich auch nicht«, hauchte sie und drückte ihren Hintern wieder gegen meinen Schritt.

»Ich will sehen, wie mein Sperma an deinen Schenkeln herunterläuft, wenn wir fertig sind.«

»Oh, Gott.« Charley wölbte sich mir entgegen und ich nutzte die Gelegenheit, um ihre Brüste zu umfassen und ihr in die Brustwarzen zu kneifen, bevor meine Hand weiter nach unten wanderte.

»Ich will dich die nächsten zwei Tage lang ohne Kondom ficken und wissen, dass ich der Einzige bin, der dich je so hatte. Willst du das auch, kleine Teufelin?«

»Ja«, keuchte sie, nahm eine Hand von der Tür und grub ihre Nägel in die Vorderseite meines Oberschenkels. »Tu es.«

Ich positionierte mich zwischen ihren Beinen. Als ich spürte, wie feucht sie war, stöhnte ich in ihren Nacken. Das war wahrscheinlich eine schlechte Idee, aber ich vertraute ihr und hatte ohnehin nicht die Selbstbeherrschung, um aufzuhören.

»Fuck«, hauchte ich in ihr Haar, als ich in sie eindrang und ihr gehauchtes Stöhnen den Teil meines Gehirns aktivierte, von dem ich vor ihr nicht gewusst hatte, dass er existierte.

Meine Hände umklammerten ihre Hüften so fest, dass ich garantiert noch mehr Spuren hinterlassen würde, als ich mich zurückzog und wieder in sie eindrang. Euphorisch beobachtete ich, wie ihre Finger verzweifelt an der Holztür entlang kratzten.

»Du machst mich wild, Char. Ich hatte noch nie so wenig Kontrolle wie wenn ich in deiner Muschi bin.«

»Ich auch nicht«, keuchte sie und stemmte sich gegen jeden meiner brutalen Stöße.

Ich ging leicht in die Knie und stieß wie verrückt in sie hinein, weil ich mich auf eine Art und Weise mit ihr verbinden wollte, wie es noch nie zuvor jemand getan hatte.

Ich presste mein Gesicht gegen ihren Nacken und schlang einen Arm um sie, wobei ich ihre Titten in die Hand nahm und mit der anderen Hand langsam über ihren Bauch und zu der Stelle glitt, an der wir miteinander verbunden waren.

Das Geräusch, das sie von sich gab, als ich ihre Klitoris berührte, ließ mich die Zähne zusammenbeißen. Ich kämpfte gegen den Drang an, meine Zähne in ihrer weichen Haut zu versenken.

»Verdammt«, stöhnte ich, als sie sich bei jedem meiner Stöße aufbäumte und der Erlösung hinterherjagte, die ich ihr unbedingt geben wollte. »Ich will spüren, wie du auf mir kommst.«

Sie stieß ein keuchendes Stöhnen aus, wölbte sich zu mir hin und ihre Beine zitterten, als sie kam und dabei meinen Schwanz umklammerte.

Da ich wusste, wie sehr sie das liebte, holte ich aus und umfasste ihre Taille mit der anderen Hand, um sie zu fixieren, bevor ich ihr einen kräftigen Schlag auf den Arsch gab.

VERSEHENTLICHE ENTFÜHRUNG

Sie schrie auf, als ich den Vorgang wiederholte und fasziniert beobachtete, wie jeder Schlag einen roten Handabdruck auf ihrer hellen Haut hinterließ.

Als ihre Stirn gegen die Haustür sank, ihr Rücken sich wölbte und eine Röte auf ihrer Haut aufblühte, konnte ich mich nicht mehr zurückhalten. Ich hielt ihre Hüften fest und fickte sie gnadenlos, um meiner eigenen Lust nachzujagen und in ihrem zitternden Körper abzuspritzen.

Wir atmeten beide schwer, als ich meine Arme um sie schlang und sie an mich drückte. Sie schien mich ebenso sehr zu wollen wie ich sie, denn sie drückte meinen verschwitzten Kopf an sich und fuhr mit ihren Fingernägeln über meine Haut.

»Ich glaube nicht, dass ich jemals genug von dir bekommen werde«, flüsterte ich in ihr Haar und ließ endlich die Gefühle zu, die ich zu unterdrücken versucht hatte.

Ich hatte versucht, mir einzureden, dass ich nicht so fühlen sollte. Aber ich konnte nicht leugnen, dass sie einer meiner Lieblingsmenschen war. All die Gespräche, die wir geführt hatten, wenn wir die Bar zusammen geschlossen hatten, gingen mir durch den Kopf, als ich sie dich an mich presste.

Sie war immer die Erste, die mir half, ohne Bedingungen zu stellen. Vielleicht war es an der Zeit, von der Überzeugung abzulassen, dass sie nichts als die beste Freundin meiner kleinen Schwester war.

Sie würde Hazel immer wichtig sein. Aber für mich könnte sie etwas anderes sein.

Sie könnte meine Zukunft sein.

Achtzehntes Kapitel

Charley

ICH HÄTTE MICH EIGENTLICH darüber aufregen sollen, dass gerade Sperma an meinen Oberschenkeln klebte, während ich eine Pyjamahose trug, die vier Nummern zu groß war. Es wäre *vernünftig* gewesen, sich zu ärgern, aber das tat ich nicht.

Als ich gegenüber von Hudson auf dem weichen Teppich vor dem Kamin saß und lachte, durchfuhr mich ein Kribbeln, weil ich spürte, wie seine Flüssigkeiten aus meiner nun wunden Muschi flossen.

Ich hatte ihn noch nie so oft lächeln sehen. Und ich würde alles dafür tun, ihn immer so glücklich zu sehen.

Jetzt, da wir den Stress der Bar hinter uns gelassen hatten, war er lockerer, gesprächiger und sah mich auf eine Art und Weise an, die meinen ganzen Körper zum Strahlen brachte. So entsetzt er auch gewesen war, als ich heute Morgen aus dem Bad gekommen war, er konnte keine zwei Minuten mehr durchhalten, ohne mich auf irgendeine Weise zu berühren.

Als sich seine Hand unter dem Tisch auf meiner Wade niederließ, prickelte eine Gänsehaut über mein Bein. Ich musste mich zusammenreißen, um nicht in Ohnmacht zu fallen, als er meinen Nacken küsste, bevor er in die Küche verschwand, um uns noch mehr Snacks zu holen.

Vivienne hatte sie nicht mehr alle. Wie konnte sie sich diesen Mann durch die Lappen gehen lassen? Ja, er konnte ein Workaholic sein, aber bestimmt tat er alles, damit sie sich wertgeschätzt fühlte. Ich wusste ganz genau, dass er eigentlich gar keine Lust auf die örtlichen Festivals hatte, zu denen sie ihn immer schleppte. Und trotzdem trug er ihre Taschen und hielt die ganze Zeit über ihre Hand.

Ich wusste, dass er nicht perfekt war. Schließlich war es ziemlich offensichtlich, dass er sich immer dann zurückzog und distanzierte, wenn es ihm schlecht ging. Er bat nie um Hilfe. Nachmittags, wenn wir kurz davor waren, die Bar zu eröffnen, gab er meistens nicht mehr von sich als ein mürrisches Brummen.

Manchmal schien er einfach in seiner eigenen Welt zu leben. Und dann bemerkte er meistens gar nicht, dass er ständig von Frauen angemacht wurde, wenn er hinter der Bar stand. Aber er gab sich Mühe. Ihm war wichtig, wie es anderen Menschen ging, und das war heutzutage eine Seltenheit.

Er war ein guter Mensch. Und er wollte gutes für andere tun. Und gleichzeitig hatte er diese versteckte, dominante Seite an sich, von der ich jetzt das Glück hatte, sie kennenzulernen.

Das einzige, worüber ich mir Sorgen machte, war die Realität, die nach diesem Schneesturm auf uns wartete. Ich wäre am Boden zerstört, wenn er plötzlich beschließen würde, dass diese ganze Sache doch falsch gewesen war. Vor der vergangenen Nacht war es schon schwer gewesen, meine Gefühle für ihn zu unterdrücken, aber nach allem, was passiert war, wäre das unmöglich.

So unmöglich, dass ich kündigen und mir eine eigene Wohnung suchen müsste. Vielleicht konnte ich früher anfangen, für meine Tante und meinen Onkel zu arbeiten. Die Fahrt in die Stadt dauerte zwanzig Minuten, aber das würde meine geringste Sorge sein.

»Geht es dir gut?«, fragte er und mischte die UNO-Karten in seiner Hand.

Ich nickte und versuchte, meine Nervosität zu unterdrücken. Denn er war jetzt hier bei mir. Er bestand darauf, dass wir für den Rest des Tages angezogen blieben und uns unterhielten, anstatt uns von den körperlichen Freuden ablenken zu lassen. Das bedeutete, dass ihn interessierte, was ich zu sagen hatte, und nicht nur, wie ich nackt aussah.

Ich hatte seinen schwarzen Kapuzenpulli und sein T-Shirt darunter an. Seine Pyjamahose hatte er mir angezogen, nachdem er unsere Schneestiefel ausgezogen hatte, und war dann nackt mit beiden Paar Schuhen den Flur entlang gelaufen, um sie in den Abstellraum zurückzubringen, bevor er sich auf die Suche nach anderen Klamotten machte.

Er hatte nicht übertrieben, als ich ihn vorhin damit aufgezogen hatte, dass er kein Oberteil getragen hatte – nicht, dass mich das gestört hätte.

Ein ›Sage Springs‹ Football-T-Shirt wurde jetzt einem Belastungstest unterzogen, zu dem er eine lockere Jogginghose trug.

»Ich denke nur nach.«

»Darf ich fragen, worüber?«, stichelte er mit einem wissenden Lächeln. Er ging bestimmt davon aus, dass ich über etwas Schmutziges nachdachte, wie ich es oft tat, aber im Moment ging in meinem Kopf nichts anderes vor als die Tatsache, dass dieser Mann mein Herz in seinen großen, schwieligen Händen hielt.

»Ich versuche herauszufinden, wie wir Strip-UNO spielen können«, neckte ich ihn, woraufhin er mit den Augen rollte.

»Warum musst du es uns immer so schwer machen? Wir versuchen uns doch gerade zu benehmen.«

»Weil es Spaß macht.« Er erwiderte mein freches Grinsen und ich wusste, dass er nicht wirklich sauer war. »Und weil ich glaube, dass du das im Moment gebrauchen kannst.«

»Was? Jemanden, der mich in den Wahnsinn treibt?« Die ständigen Provokationen brachten ihn an seine Grenzen, aber ich wusste, dass er sich insgeheim danach sehnte. Mir ging es genauso. Die Wirkung, die er auf mich hatte, war wie eine Droge.

»Nein, Spaß. Ich glaube, du hast dir seit Jahren keinen Spaß mehr gegönnt. Und vielleicht bin ich es leid, dass du dich hinter einer gescheiterten Beziehung mit einer Frau versteckst, die nie zu schätzen wusste, was sie hatte.«

Er schluckte schwer, legte die Karten auf den Tisch und musterte mich. »Sie ...«

»Hat Spaß gemacht, bis sie erkannt hat, dass sie den süßen Bad-Boy doch nicht zu einem Schoßhündchen machen konnte.«

Normalerweise lässt hatte ich nicht über andere Frauen. Aber nach all den abfälligen Bemerkungen, die sie in den letzten vier Jahren hinter seinem Rücken gemacht hatte, war ich es leid, nett zu sein. Sie war ja auch nicht nett zu ihm, und wenn ich ihn daran erinnern musste, wie schrecklich sie war, dann würde ich das so lange tun, bis er endlich aufhörte, an seinem falschen Bild von ihr festzuhalten. Er sollte sich nicht schuldig fühlen müssen, nur weil er ausnahmsweise mal etwas tat, was er wollte.

»Als süß würde ich mich nicht gerade bezeichnen«, murmelte er und sein Lächeln war verschwunden. Reue durchströmte mich, aber dieses Thema hätte die ganze Zeit zwischen uns gestanden, wenn wir es nicht angesprochen hätten. Ich wusste, dass ihre Trennung erst ein paar Tage her war, aber ich wollte keine Lückenbüßerin sein.

»Doch. Das bist du. Aber du hast mir auch gezeigt, dass du eine dunklere Seite hast, die du vergraben hast, weil du wusstest, dass die kleine Miss Perfect niemals damit einverstanden wäre.« Und ich sehnte mich danach. Nach jeder Markierung. Nach jedem erniedrigenden Wort. Nach jedem Kontrollverlust.

»Sie war diejenige, die wollte, dass ich ...«, sagte er und verstummte dann, wobei er eindeutig versuchte, den Blickkontakt zu meiden.

»Dass du eine Maske aufsetzt und sie durch den Wald jagst?«

»Ja ...«

Ich holte tief Luft und sagte ihm, wie diese Sache vermutlich verlaufen wäre, wenn er sie mit ihr versucht hätte. »Und sie hätte sich einmal darauf eingelassen, dann deine Leistung kritisiert – die übrigens verdammt heiß war – und dich dann so lange hingehalten, bis du ihr wieder nicht genug Aufmerksamkeit geschenkt hättest.«

Er nickte und versteifte sich sichtlich, während er mit dem Rand des Kartenspiels auf den Tisch klopfte.

»Ich werde dir nicht sagen, dass sie immer schrecklich war. Und ich weiß, dass du ...«, ich zögerte und erstickte fast an den nächsten Worten, »sie geliebt hast. Aber sie war letzte Woche ehrlich zu dir und hat dir gezeigt, wer sie wirklich ist und dass sie dich nicht zu schätzen weiß. Lass nicht zu, dass sie einen Platz in deinem Herzen einnimmt, wenn offensichtlich ist, dass sie dich nicht in ihrem hat.«

Er blickte kurz zu mir auf. »Sie wollte sich mit anderen Männern treffen und mich warten lassen, bis sie entschieden hat, ob das, was wir hatten, einen Neuanfang wert ist.«

Bei diesem Gedanken stieß ich ein Knurren aus, das mich selbst überraschte. Es verwandelte sich fast in ein Lachen, als seine Mundwinkel amüsiert zuckten.

»Ganz ruhig«, neckte er mich, atmete tief durch und mischte die Karten ein weiteres Mal.

»Du musst einfach wissen, wie wertvoll du bist, Hudson. Du verdienst Besseres als jemanden, der dich so lange an der Nase herumführen will, bis er von seinem nächsten Opfer gelangweilt ist.«

»Und du verdienst mehr als eine Reihe von One-Night-Stands, die du mit in deine Wohnung nimmst, um mich zu quälen.«

»Vielleicht war das die ganze Zeit über mein Plan«, sagte ich und ob meinen Fuß unter dem Tisch, um an seinem Oberschenkel entlangzustreichen.

»Das würde mich nicht überraschen.« Er warf mir einen Stapel bunter Karten zu. »Wenn du mich besiegst, darfst du mich vielleicht sogar reiten.«

Ich kicherte, sammelte meine Karten ein und fächerte sie in meiner Hand auf, um meine Strategie zu planen. Denn eines war klar: Ich wollte ihn auf jeden Fall reiten.

VERSEHENTLICHE ENTFÜHRUNG

DER KAMIN KNISTERTE HINTER mir und warf ein unheilvolles Licht in den schwach beleuchteten Raum. Ich sollte wieder einschlafen, aber als ich mit rasendem Herzen in der Dunkelheit aufwachte und versuchte, mich von meinem panischen Traum zu distanzieren, wusste ich, dass es sinnlos war.

Hudson war völlig weggetreten. Zu seiner Verteidigung musste gesagt werden, dass wir nach dem Kartenspiel endlich nachgegeben und dreimal Sex gehabt hatten – in verschiedenen Stellungen und an unkonventionellen Orten –, bis wir weit nach Mitternacht eingeschlafen waren.

Dann hatte mein Unterbewusstsein beschlossen, mir einen Streich zu spielen und mir einen Albtraum von einer verrückten Vampirin im Harley-Quinn-Kostüm zu schicken, die mich durch den Wald jagte, um mir das Blut auszusaugen. Man musste kein Genie sein, um zu dem Schluss zu kommen, dass es sich bei der Vampirin um eine gewisse Ex-Freundin handelte und ich machte mir Sorgen, dass ich vielleicht in ein Wespennest gestochen hatte, als ich gestern von Viv angefangen hatte.

Hudson schien zwar nicht sauer auf mich zu sein, aber er war etwas schweigsamer gewesen, als wir gestern Abend zusammen gekocht hatten. Ich hatte versucht, nicht zu viel hineinzuinterpretieren. Er hatte eine harte Woche hinter sich, aber ich war fest entschlossen, ihm zu zeigen, dass ich für ihn da sein konnte und nicht nur Beute war.

Aber an diesem Morgen war er meine Beute.

Ich versuchte, den Saum seines Kapuzenpullis etwas weiter nach oben zu ziehen, um das ganze etwas gemütlicher zu machen.

»Das Ding ist ja furchtbar«, brummte ich und kratzte mich am Kiefer, wo das harte Plastik der Maske, die er getragen hatte, an meiner Haut rieb. Auf der Tanzfläche in der Bar und in der Dunkelheit des Waldes hatte sie sexy und einschüchternd gewirkt, aber ich hatte Angst, dass Hudson halb wach hierher stolpern und mich für verrückt halten würde.

Bis jetzt hatte er bei jeder Interaktion die Kontrolle übernommen, aber jetzt war ich an der Reihe.

Und es war ein großer Unterschied, ob ich im Schlafzimmer die Führung übernahm, weil es uns beiden gefallen würde, oder um meine eigenen Bedürfnisse zu befriedigen. Das hier sollte ihm genauso viel Spaß machen wie mir.

Aber Hudson sollte besser bald aufwachen, denn jetzt begann ich, meinen Plan infrage zu stellen. Ich hatte ihn ohnehin schon drastisch abgeändert. Denn über Nacht war die Temperatur draußen gesunken und es war zu kalt, um ihn durch den Wald zu jagen, wenn es im Haus keine warmen Klamotten gab, die mir passten.

»Charley?« Hudsons verschlafene Stimme hallte durch den Flur und ich war unglaublich nervös. Wie sollte ich da so tun, als hätte ich die Situation unter Kontrolle?

Ich beschloss, meine Rolle beizubehalten und blieb stillschweigend dort, wo ich war – in seinem Hoodie und seiner Maske auf dem Couchtisch sitzend, und die kniehohen Lederstiefel an den Füßen.

»Warum bist du schon so früh auf?«, fragte er, als er das Ende des Flurs erreichte. Seine langen Arme streckten sich über seinen Kopf und er gähnte mit geschlossenen Augen. Noch ein Schritt in den großen Raum und er würde mich sehen.

Und der Beule in seiner blauen Pyjamahose nach zu urteilen, schien er an diesem Morgen Lust auf ein bisschen Spaß zu haben. *Ich liebte seine Morgenlatte.*

Seine Schritte hielten inne, als ich in Sichtweite kam. Die Flammen des Kamins spiegelten sich in seinen großen Augen. »Verdammte Scheiße.«

»Das ist aber ein freches Mundwerk«, neckte ich ihn und lockte ihn mit meinem Finger näher heran.

»Ich habe nie behauptet, dass ich zurückhaltend«, lachte er. »Da ist wohl jemand ziemlich ungezogen heute Morgen.«

»Warst du ein ungezogener Junge, Hudson?«

Er machte einen weiteren Schritt auf mich zu und ich hob eine Hand, um ihn aufzuhalten.

»Hast du unter dem Hoodie etwas an?«, fragte er mit leiser Stimme und sein Blick wanderte hinunter zu meinen überkreuzten Beinen.

»Nein«, gluckste ich leise.

»Zeig es mir«, befahl er und wollte einen Schritt nach vorne machen, aber ich schüttelte den Kopf und zeigte mit dem Finger auf ihn.

»Du bist nicht derjenige, der heute Befehle erteilt, Mr. Rivera.«

»Aber du schon?«, fragte er und machte einen trotzigen Schritt nach vorne.

»Wenn du einen warmen Körper haben willst, in den du deinen Schwanz stecken kannst, anstatt deiner einsamen, kalten Hand, dann habe verdammt noch mal das Sagen.«

Er knurrte auf mein Fluchen hin und sein Schwanz richtete sich in seiner Pyjamahose auf. Ich verdrängte die aufdringlichen Gedanken, die ihn einfach nur an mich ziehen wollten, um ihm die Hose auszuziehen und ihn zu verschlingen.

»Ich glaube, du willst etwas, das ein bisschen gemütlicher ist. Etwas Enges«, flüsterte ich, löste meine überkreuzten Beine, ließ aber die Knie zusammen. »Warm ... feucht ...«

»Fuck«, stöhnte er und drückte seine Hand gegen seinen jetzt vollständig errigierten Schwanz.

»Zieh die Hose aus«, befahl ich und spreizte meine Beine, sodass meine nackte Muschi seinen hungrigen Blicken ausgesetzt war.

»Du bist wirklich eine kleine Teufelin«, murmelte er und zog die Hose herunter, bevor er sie auf den Boden fallen ließ.

»Im Moment bin ich *deine* Teufelin. Und du wirst tun, was ich dir sage.«

»Ist das so?« Er nahm seinen Schwanz in die Hand und begann zu streicheln. »Ich mag es, wenn du die Kontrolle übernimmst.«

»Dann hast du heute Glück. Geh auf die Knie, Hudson.«

Seine Augen fixierten sich auf meine, während er sich langsam auf den Teppich kniete. Er hob eine Augenbraue und forderte mich heraus, ihn weiter herumzukommandieren. Jetzt gab es kein Zurück mehr.

»Lehn dich nach vorne.« Ich wartete, bis er sich auf seinen Handflächen abstützten. Sein Bizeps spannte sich an und ließ die Tattoos auf seinen Armen tanzen. »Jetzt kriech.«

Er leckte sich über die Lippen und starrte mir mit hungrigem Blick zwischen die Beine. Gut. Es schien, als hätten wir heute Morgen das gleiche Ziel.

Er würde sein schmutziges Versprechen im Wald einlösen und sein Gesicht in meiner nackten Muschi vergraben.

Als er nur noch ein paar Meter von mir entfernt war, hob ich meine Hand, damit er innehielt, und stand auf.

»Zurück auf die Knie.«

Er setzte sich auf, die Hände auf die Oberschenkel gelegt, und kämpfte offensichtlich gegen den Drang an, die Kontrolle zu übernehmen.

Es war so verdammt heiß, dass er das für mich tat. Und als ich ihm das sagte, ertönte ein Knurren in seiner Brust.

»So ein braver Junge«, murmelte ich, trat vor und legte einen Finger unter sein Kinn, um ihn zu zwingen, zu mir aufzublicken. Er starrte mir einen Moment lang in die Augen und atmete dann langsam aus, weil er offensichtlich etwas in meinen Augen fand, das ihm half, sich zu entspannen. »Du willst immer gefallen, nicht wahr?«

»Du weißt, dass ich dich nur befriedigen will«, murmelte er und legte eine Handfläche auf die Rückseite meines Oberschenkels.

»Hände weg«, bellte ich und wich zurück. Ich stützte meine Hand auf seine Schulter und hob meinen Stiefel an, um den Absatz in die Tätowierung auf seinem Brustkorb zu drücken. Vielleicht mochte Hudson auch ein bisschen Schmerz. »Ich brauche deine Hände im Moment nicht.«

»Meine Hände sind auch nicht der Teil, der dich ficken will«, knurrte er und griff wieder nach mir.

Ich ließ den Stiefel an seiner Brust hinauf gleiten und grub den Absatz in sein Schlüsselbein. Er stöhnte auf, als ich mich nach unten beugte, und keuchte, als ich seine Haare packte.

»Der einzige Teil von dir, der mich jetzt ficken wird, ist deine Zunge. Wenn du nicht reden kannst, hörst du vielleicht auf meine Anweisungen.«

Seine Augen weiteten sich, aber ich konnte das Feuer in ihnen sehen.

»Leg dich hin, Hände an die Seiten.« Er gehorchte und setzte sich auf seinen Hintern, aber bevor er sich hinlegte, hielt er sich meinen Stiefel noch ein wenig länger an die Brust und drückte ihn in sich hinein.

Der gierige Teil von mir wollte dieses Spielchen einfach abbrechen und sich auf seinen harten Schwanz setzen, der erwartungsvoll zwischen seinen Beinen wippte, aber ich riss mich zusammen.

Ich platzierte meinen Fuß auf der anderen Seite seiner Taille, um mich über seinen Körper zu stellen, wobei mein Stiefel seinen harten Schwanz streifte. Seine Hände ballten sich zu Fäusten und ich beobachtete, wie er dem Drang widerstand, mich an sich zu ziehen. Sein Blick wanderte kurz unter seinen Hoodie und zwischen meine Beine, aber er verkrampfte sich nur wortlos.

Da ich wusste, dass ich seine volle Aufmerksamkeit hatte, öffnete ich den Reißverschluss des Hoodies, zog ihn mir vom Körper und warf ihn in Richtung Couchtisch. Ich beschloss, ihn ein wenig zu necken, und fasste mir an die Brüste. Ich drückte sie zusammen, bevor ich stöhnend in meine Brustwarzen zwickte.

Er gab ein leises Brummen von sich, sagte aber nichts, als ich mich auf die Knie sinken ließ, mich auf seine Brust setzte und damit seinen Bizeps zwischen meinen Schenkeln einklemmte.

»Du wirst mich zum Kommen bringen – ohne deine Hände zu benutzen. Und sobald du das erledigt hast, werde ich dich ficken, bis ich wieder komme. Wenn du nicht auf meine Anweisungen hörst, werde ich dich unbefriedigt zurücklassen. Wenn du ein braver Junge bist, lasse ich dich in mir kommen. Und wenn ich dann aufstehe, wirst du dein Sperma von meinen Schenkeln lecken.«

Er knurrte tief in seiner Brust, woraufhin diese sich unter mir aufbäumte und bei jedem schweren Atemzug gegen meine Schenkel drückte. Aber er sagte nicht nein.

»Bist du bereit, mir zu zeigen, was dein Mund drauf hat?«, fragte ich und beugte mich vor, um seinen Kiefer packen. Ich strich mit dem Daumen über seine Unterlippe, bevor ich ihn in seinen Mund schob. Als er zubiss und ich vor Schmerz zusammenzuckte, hatte ich die Bestätigung, dass er mit dem, was als Nächstes passieren würde, einverstanden war.

Neunzehntes Kapitel

Hudson

Es KOSTETE MICH JEDES bisschen Selbstbeherrschung, sie nicht auf den Rücken zu drehen, ihr die verdammte Maske vom Gesicht zu reißen und sie zu ficken, bis sie schrie.

Aber ich wollte ein braver Junge sein und tun, was sie sagte. Und wenn sie mich aus Versehen erstickte, während sie auf meinem Gesicht saß, wäre das ein schöner Tod. Es gab niemanden sonst auf der Welt, dem ich dieses Spiel erlauben würde.

Charley war nicht nur abenteuerlustig im Bett, sie erlaubte mir auch, die geheimen Fantasien zuzulassen, die ich jahrelang unterdrückt hatte, und deshalb würde ich auch das Gleiche für sie tun. Ich wollte die Person sein, bei der sie sich wohl genug fühlte, um solche Fantasien zu erkunden. Ich wollte, dass sie mir genauso vertraute wie ich ihr.

»Bist du bereit?«, fragte sie und streichelte mein Gesicht mit der anderen Hand, während ich mit meiner Zunge über ihren Daumen leckte und leicht daran knabberte, als wollte ich das Gleiche mit ihrem Kitzler machen.

Ich nickte und atmete tief ein, als sie sich wieder auf die Knie sinken ließ und sich über meinem Gesicht positionierte. Ich konnte riechen, wie erregt sie war, und mein Schwanz zuckte, als ich die Zunge herausstreckte und ihre Klitoris neckte.

Sie stöhnte, griff in mein Haar und ließ sich auf meinem Gesicht nieder, während ich leckte, saugte und meine Zunge in ihre feuchte, warme Muschi stieß.

Ich musste mich zusammenreißen, um nicht sofort nach ihren Hüften zu greifen und sie nach unten zu ziehen. Außerdem war es unglaublich schwer, meinen Schanz nicht anzufassen, wenn sich verzweifelte Lusttropfen an seiner Spitze bildeten, während sie wimmerte und auf meiner Zunge ritt. Aber je länger sie das hinauszögerte, desto intensiver würde ich später kommen, wenn ich mich endlich in ihr versenkte. Ich war süchtig danach geworden, sie ohne Kondom zu nehmen, und ich wollte es nie wieder anders.

»Mmm«, brummte ich und erfreute mich an der Tatsache, dass ihre Hüften nachgaben und sie nun fast ihr ganzes Gewicht auf meine Lippen presste. Sie stöhnte, als meine Zähne ihre Klitoris streiften.

Sie scheute sich nicht davor, mich zu ihrer Befriedigung zu benutzen, und als ihr Stöhnen einen hohen Ton annahm – obwohl dieser durch meine billige Plastikmaske gedämpft wurde – wusste ich, dass sie kurz davor war.

Mit meinen Lippen umschloss ich ihren Kitzler, saugte ihn in meinen Mund und liebkoste ihn wild mit meiner Zungenspitze. Meine kurzen Fingernägel gruben sich in meine Handflächen, als ich versuchte, dem Drang zu widerstehen, sie festzuhalten, und wartete, bis sie sich wieder nach vorne beugte, damit ich kräftig saugen konnte. Ich wiederholte diese Kombination, bis sie schrie, zitterte und sich in ihre eigenen Brustwarzen zwickte, während ich zusah, wie sie über mir aus den Fugen geriet.

»Verdammt ...«, keuchte sie, als sie sich zurücklehnte und mir mehr Luft zum Atmen gab, indem sie ihr Gewicht von meinem Gesicht auf meine Brust verlagerte.

»Dir zugewandt oder mit dem Rücken zu dir?«, fragte sie und leckte sich über die Lippen. »Du darfst entscheiden.«

»Mit dem Rücken zu mir«, knurrte ich und konnte es kaum erwarten. Sie stützte sich mit den Händen auf meinen Oberschenkeln ab, um sich umzudrehen.

»Oh, verdammt«, wimmerte sie, als sie sich auf meine pochende Eichel herabsenkte und meine Erektion in ihren warmen Körper einführte. Ich konnte sogar noch spüren, wie ihre Muschi von ihrem Orgasmus pulsierte. »Du bist so verdammt hart.«

Sie entspannte sich und senkte langsam ihre Hüften, bis ich so tief wie möglich in ihr vergraben war. Ich biss mir auf die Lippe, um nicht schon wieder zu stöhnen. So gut war es noch nie gewesen. Und das nicht nur, weil sie die einzige Frau war, die ich jemals ohne Kondom gefickt hatte. Sondern weil sie es war. Und in weniger als achtundvierzig Stunden hatte ich mich hoffnungslos in sie verliebt – nicht nur in ihre Muschi. Obwohl die auch fantastisch war.

»Halt meine Haare fest«, keuchte sie und ihre Stimme wurde von der Maske gedämpft. Sie bewegte ihre Hüften langsam hin und her und ritt mich. Feuer züngelte mir den Rücken hinauf, als ich mich aufsetzte und die andere Hand auf den Teppich unter mir stützte. Ich packte ihr langes Haar im Nacken unter der Kapuze und wickelte es um mein Handgelenk, so fest, dass sie sich nach hinten wölben musste. Ihre Bewegungen wurden immer hektischer, als sie ihrem zweiten Höhepunkt nachjagte.

»So gut«, keuchte ich und konnte nicht länger schweigen. »Du fühlst dich so verdammt gut an.«

»Härter«, stöhnte sie, ritt mich wie wild und krallte ihre Fingernägel in meine Oberschenkel, als ich anfing, in sie zu stoßen. »Fick mich härter. Bring mich zum Kommen.«

Meine Schenkel brannten, als ich in sie stieß, und die Muskeln in meinem Unterarm spannten sich an, während ich versuchte, ihre Haare festzuhalten.

»Oh, Gott ... Oh, Gott«, stöhnte sie und sackte gegen meine Brust, als sie kam und meinen Schwanz umklammerte, bis mir die Augen zufielen.

Ich konnte mich nicht länger zurückhalten. Ich kam mit einem letzten Stoß und füllte ihre bebende Muschi aus.

»Ich kann nicht atmen«, keuchte sie und sofort ließ ich ihre Haare los. Ich griff nach der Maske, riss sie ihr vom Kopf und warf sie beiseite.

Dann hielt ich sie mit einem Arm fest, während ich mich mit dem anderen im Gleichgewicht hielt. Und einen Moment lang atmeten wir einfach nur zusammen.

»Ein«, flüsterte ich und legte meine Handfläche auf ihr Herz. »Aus.«

Sie schnappte zitternd nach Luft und ihre müden Muskeln gaben nach, als sie sich an meinen Körper schmiegte.

»Ich habe dich.« Ihre Atmung beruhigte sich und mit jedem Atemzug schien sie sich mehr in mich hineinzulehnen.

»Dieses Ding macht das Atmen unmöglich«, flüsterte sie, nachdem sich ihre Atmung beruhigt hatte. »Ich weiß nicht, wie du es so lange ausgehalten hast.«

»Um ehrlich zu sein, es war ziemlich ätzend. Aber es hat sich gelohnt, weil ich die Nacht in dir verbracht habe.«

Trotz der Befriedigung, die wir vor ein paar Minuten miteinander erlebt hatten, musste ich sie wieder berühren. Als sie Anstalten machte, sich aus meiner Umarmung befreien zu wollen, ließ ich meine Hände an ihren Seiten entlang und meine rechte Hand zwischen ihre Beine gleiten.

Mein Sperma lief aus ihr heraus und verursachte ein regelrechtes Chaos, als ich mich plötzlich an meinen Befehl erinnerte. Einen Befehl, den ich in diesem Moment tatsächlich erfüllen wollte.

»Steh auf, Char«, flüsterte ich und hielt ihre Taille fest, als sie sich aufrichtete. Ich beugte mich vor, leckte an der Rückseite ihrer Oberschenkel entlang und versenkte meine Zähne sanft in ihrem Hintern. Sie schrie auf und ich legte eine Hand auf ihren unteren Rücken. »Beug dich vor.«

Sie atmete schwer, als meine Zunge zwischen ihre Schenkel glitt und sie verwöhnte, bis meine Nase schließlich in ihrer feuchten Muschi steckte. Sie wand sich, während ich sie sauber leckte, wie sie es von mir verlangt hatte, bis sie stöhnte und sich in meine Bewegungen lehnte. Ich schlang einen Arm um ihre Oberschenkel und streichelte ihre Klitoris sanft mit meinem Daumen, bis sie zitterte, meinen Namen seufzte und gegen meine Lippen pochte.

»Mmm«, brummte ich und drückte ihr einen Kuss auf den Hintern.

Sie drehte sich um, fuhr mit einer Hand durch mein chaotisches Haar, umschloss meinen Kiefer mit der anderen und strich mit dem Daumen über meine Unterlippe. »Ich hätte nicht gedacht, dass du das wirklich tun würdest.«

»Komm her und küss mich«, murmelte ich und sie stieg auf meinen Schoß, bevor ihre Zunge sich gierig mit meiner vereinte und sie sich an meinem pulsierenden Schwanz rieb.

»Du bist wieder hart«, flüsterte sie gegen meine Lippen, griff zwischen uns und streichelte ihn, während ich in ihren Mund stöhnte. »Ich dachte, ältere Männer brauchen eine Weile, um sich zu erholen.«

»Das ist deine Schuld«, stöhnte ich und stemmte meine Hüften bei jeder ihrer Abwärtsbewegung in ihre Hand.

Sie lehnte sich zurück, ließ sich zwischen meinen offenen Schenkeln nieder und spreizte ihre Beine. Dann ließ sie von meinem Schwanz ab und griff nach meiner Hand, um sie zu meiner Erektion zu führen. »Du bist dran. Zeig mir, wie du es dir selbst machst.«

»Ich habe eine bessere Idee«, knurrte ich und drückte sie mit dem Rücken auf den Teppich. Ich fuhr mit meiner Eichel durch ihre nasse Muschi, tauchte kurz ein und zog mich dann wieder zurück.

Ich stemmte mich über sie und führte ihre Hände zu ihren Brüsten. »Halte sie für mich zusammen.«

Ihre Augen funkelten, als ich mich hinunterbeugte und leicht in ihren Nippel biss, bis sie stöhnte und sich wand.

Ich beschloss, dreist zu sein, denn mit ihr lohnte sich das immer. Ich spuckte ein paar Mal in das Tal zwischen ihren Brüsten und verteilte die Feuchtigkeit mit meinen Fingerspitzen, bevor ich mich nach vorne beugte und meinen Schwanz zwischen ihre Titten schob.

Mit großen Augen sah sie zu, wie ich langsam wippte und stöhnte. Die Kombination aus unseren Flüssigkeiten und meiner Spucke machten ihre Haut noch weiter und geschmeidiger, als sie ohnehin schon war. Allein ihre Reaktion brachte mich innerhalb weniger Sekunden um den Verstand und ich biss die Zähne zusammen, um meine Würde zu bewahren. »Wenn du nicht willst, dass ich dich mit Sperma bedecke, solltest du es mir jetzt sagen.«

Und verdammt, sie öffnete ihren Mund und streckte ihre Zunge heraus. Auch wenn die letzten zwei Tage mich bereits davon überzeugt hatten, dass dieses Mädchen für mich bestimmt war, wurde mir das in diesem Moment noch einmal deutlich vor Augen geführt. Ich würde sie nie wieder gehen lassen.

Sie stöhnte mit mir, als meine Eier pulsierten und meinen Saft auf ihre Brüste pumpten. Ein Spritzer nach dem anderen zeichnete Schlieren auf ihren Hals und ihre Wange. Als ich fertig war, packte meinen Oberschenkel von hinten und zog mich näher heran, damit sich meine Eichel ablecken konnte.

»Das war verdammt geil. Acht von zehn«, stichelte sie, wischte sich mit ihrem Zeigefinger über die Wange und schob ihn sich dann in den Mund.

»Nur acht?«, fragte ich mit gespielter Empörung und lächelte auf sie herab.

»Ja, acht Punkte für achtzehn Zentimeter. Oder soll ich ein Lineal suchen, um das zu überprüfen, bevor ich dich bewerte?«

»Du ruinierst den Moment, Charley«, knurrte ich und beugte mich wieder zu ihr, um ihren Körper mit meinem zu bedecken. Ich strich mit meinem Daumen über ihre schmutzige Wange und drückte ihn an ihre Lippen, damit sie ihn sauber leckte. »Aber ich liebe es, wie schmutzig du bist. Wie du hier liegst und dich mit meiner Wichse bedecken lässt.«

»Und ich liebe es«, sie hielt inne, biss mir in die Daumenkuppe und schlang ihre Arme und Beine um meinen plötzlich erschöpften Körper, »von dir bedeckt zu werden.«

Es war viel zu früh für die Gefühle, die mir durch die Adern strömten. Ich wollte sie nicht herauslassen, denn dann würde sie mich vielleicht nicht mehr ernst nehmen. Das war nicht nur eine temporäre Faszination. Ich hatte mich innerhalb weniger Tage in sie verliebt. Vielleicht hatte ich schon länger unter ihrem Bann gestanden, als mir bewusst gewesen war. Nur hatte ich mich erst aus einer toxischen Beziehung befreien müssen, um endlich zu erkennen, wie toll sie war und wie frei ich mich mit ihr fühlte.

»Ich mag es auch, von dir umgeben zu sein.« Sie drückte mich fester an sich und küsste mich, bis ich kaum noch atmen konnte. »Aber jetzt wirst du ein bisschen anhänglich.«

Sie lachte und schmiegte ihr Gesicht an meinen Hals, woraufhin ich mich auf die Seite rollte, sie an meine Brust zog und mit ihrem Haar spielte, bis wir beide einschliefen.

Zwanzigstes Kapitel

Hudson

DER SONNTAG VERLIEF ÄHNLICH wie der Samstag. Wir verbrachten den Tag damit, über alles Mögliche zu reden und diverse Spiele zu spielen, die immer schmutziger wurden. Am Nachmittag fielen wir wieder erschöpft und müde ins Bett. Um Mitternacht aßen wir Sandwiches im Bett und redeten dann bis zum Morgengrauen.

Sobald die Sonne durch das Schlafzimmerfenster spitzelte, wuchs meine Angst. Ich wusste, dass unsere gemeinsame Zeit in diesen vier Wänden sich dem Ende zuneigte. Es hatte aufgehört zu schneien und die Schneedecke war teilweise geschmolzen, da die Temperaturen gestiegen waren und die Sonne tagsüber schien.

Ein Teil von mir wollte den tauenden Schnee ignorieren und hier bleiben, bis er vollständig geschmolzen war. Aber als ich mein Handy vom Ladekabel nahm, nachdem ich Charley Frühstück gemacht und sie allein duschen lassen hatte, erschienen unzählige Nachrichten auf dem Display.

> Hazel: Kommt ihr zwei jemals wieder aus eurer Höhle? Mom ist kurz davor, Dad zu schicken, um euch beide auszubuddeln. Sie macht sich Sorgen, dass Charley an Weihnachten nicht mehr vorbeikommt, wenn sie zu lange mit dir festsitzt.

Als würde ich Charley noch eine Wahl lassen. Sie gehörte zu allen Familienfesten dazu, nur dass sich der Grund dafür jetzt geändert hatte.

> Hazel: Ich habe ihr nicht gesagt, dass ihr wahrscheinlich ihre Möbel beschmutzt.

Lachend schrieb ich ihr zurück und ignorierte ihre Versuche, mir Informationen zu entlocken, die eine kleine Schwester nicht über das Sexleben ihres Bruders wissen sollte. Wenn sie und Charley sich wirklich so nahe standen, wie es den Anschein hatte, wusste sie wahrscheinlich, dass dieser Ausflug nicht platonisch war.

Hudson: Ihr geht es gut. Und ich werde sie sowieso zwingen, an Weihnachten zu kommen. Weiße Elefantenstrümpfe am Kamin ist eine langjährige Tradition, die sie nicht verpassen darf.

Hazel: Heißt das, ihr beide ...

Hudson: Es heißt, dass ich deine Freundin wirklich mag.

Hazel: Und ...?

Hudson: Und ich werde sie nicht mehr aus den Augen lassen, also wird sie gar keine Zeit haben, die Schnauze voll von mir zu haben.

Hazel: Ähm ... klingt ziemlich paradox. Aber vielleicht hat das Stockholm-Syndrom ja inzwischen zugeschlagen.

Hudson: Sie ist hier, weil sie es will, nicht weil ich sie aus Versehen entführt habe.

Hazel: Klar doch.

Sie schickte ein GIF von einer Frau, die nickte und dieselben Worte murmelte.

Hudson: Sie gehört jetzt mir.

Hazel: Sie wird mich immer mehr lieben.

Nicht, wenn ich da ein Wörtchen mitzureden hätte.

Hazel: Die Gemeinde räumt seit zwei Tagen durchgehend Schnee. Heute räumen sie den Pass. In der Bar ist alles okay. Annie hat dafür gesorgt, dass alle zu ihren Schichten kommen.

Mist. Das bedeutete, dass wir nicht mehr lange Zeit hatten.

Als ich das Gespräch mit Hazel schloss, klickte ich auf eine Nachricht von Reids Cousin Jayden, der in Butterfly Ridge lebte.

Jayden: Reid hat mir erzählt, dass du eingeschneit bist.

Jayden: Ich habe den Pass gerade freigeräumt. Du solltest jetzt wieder rauskommen können.

VERSEHENTLICHE ENTFUHRUNG

> *Jayden: Sag mir Bescheid, wenn ich zurückkommen und helfen soll. Ich kann meine Schaufel austauschen.*

> *Hudson: Danke, Mann, ich glaube, wir haben alles im Griff, aber ich sag dir Bescheid.*

> *Jayden: Wir? Reid hat mir erzählt, dass du mit Hazels bester Freundin da oben bist.*

> *Hudson: Das bin ich. Lange Geschichte. Wir sind seit Freitagabend gestrandet.*

> *Jayden: Soll ich den Schnee wieder zurückschieben?*

Ich lachte, da ich mir insgeheim wirklich wünschte, der Schnee wäre nie weggeräumt worden. Aber das Wetter besserte sich und ich wusste, dass ich zurück zur Bar musste. Annie, meine Haupt-Barkeeperin, würde zwar weiterhin für mich einspringen, wie sie es in den letzten Tagen getan hatte, aber ich wusste, dass Charley und ich in der nächsten Schicht zusammen eingeteilt waren.

»Alles in Ordnung?«, fragte Charley, setzte sich auf meinen Schoß und schlang ihre Arme um meinen Hals.

»Ja. Die Straße wurde freigeräumt.«

»Oh«, flüsterte sie und musterte mein Gesicht. Wahrscheinlich sah sie mir an, dass ich von dieser Entwicklung nicht sonderlich begeistert war, aber wir konnten nicht einfach hier oben bleiben und den Rest der Welt ignorieren. Zumindest nicht bis ich wieder ein paar freie Tage hatte.

»Die Einfahrt muss ich selbst freischaufeln.«

Sie nickte, fuhr mir mit den Fingern durch die Haare und kraulte meine Kopfhaut auf eine Art und Weise, von der sie wusste, dass sie mich wahnsinnig machte. Einer der Vorteile, wenn man drei Tage lang nicht die Finger voneinander lassen konnte, war, dass man herausfand, was dem anderen gefiel.

»Ich helfe dir, wenn du eine Hose für mich findest.«

Ich drückte ihren Oberschenkel und strich mit meiner Handfläche über ihr Knie. »Ich mag dich ohne Hose lieber.«

»Und ich mag es, keine gefrorene Vagina zu haben. Also such mir etwas Warmes zum Anziehen, damit ich dir helfen kann.«

»Bist du so scharf darauf, von mir wegzukommen?«

»Nein.« Sie schüttelte den Kopf und beugte sich herunter, um mir einen sanften Kuss zu geben. »Aber wenn ich dir helfe, bist du nicht zu müde, um mich zu ficken, bevor wir wieder in die Zivilisation müssen.«

»So schmutzig«, flüsterte ich und zupfte an den Enden ihrer feuchten Haare.

»Schmutzig und schlau. Wie du mit deinem kreativen Wortschatz.«

Kopfschüttelnd erhob ich mich von der Couch und hob sie in meine Arme. Sie legte ihren Kopf auf meine Schulter, als ich sie in den Flur trug und sie auf die Bank vor dem Abstellraum setzte. Dort holte ich Arbeitskleidung für kaltes Wetter aus einer Holztruhe und suchte nach etwas, das ihr passen könnte.

Als ich gefunden hatte, was ich suchte, drehte ich mich zu ihr um und zog ihr meine alte Thermojacke und eine dicke Schneehose an. Den schwarzen Mantel, den sie schon einmal getragen hatte, legte ich ihr um und schloss den Reißverschluss, bis der Kragen ihr Kinn bedeckte.

Meine alten Klamotten waren ihr viel zu groß und als ich ihr ein dickes Paar Wollsocken und die Schneestiefel anzog, die ihr auch zu groß waren, ertrank sie förmlich in Klamotten. Eine dicke Strickmütze bedeckte ihr blondes Haar und ich steckte es ihr vorsichtig in den Kragen.

»Ich kann mich selbst anziehen, weißt du«, stichelte sie mit gedämpfter Stimme und sah mir dabei zu, wie ich meine Klamotten anzog.

»Sei nicht so frech, Charley. Du wolltest helfen und ich will auch nicht, dass deine Vagina einfriert.«

»Aber ich bin so im frech sein«, lachte sie und zog sich das Paar Handschuhe an, das ich ihr zugeworfen hatte.

»Das bist du«, stimmte ich zu, zog meine Mütze auf und schnappte mir die Schneeschaufeln aus dem Schrank in der Ecke.

»Das ist aber ein ganz schön schwerer Brocken«, sagte sie, hob die Schaufel hoch und tat so, als wäre sie ihr zu schwer.

Ich beschloss, diese neue Seite von mir kennenzulernen, die die schmutzigen Gedanken nicht unterdrückte, also griff ich nach ihrer Hand und drückte sie auf meinen mit mehreren Schichten bedeckten Schritt. »Genau wie das hier.«

»Oh, ja«, spottete sie und rollte mit den Augen. »Ich werde die nächsten paar Tage nicht laufen können.«

»Tut mir nicht leid«, sagte ich mit einem Lachen und beugte mich vor, um ihr einen Kuss auf die Schläfe zu geben, bevor ich die Hintertür öffnete.

Der kalte Wind stach auf meinen Wangen. Am liebsten würde ich die Tür einfach wieder zuschlagen und abschließen, aber ich folgte Charley in den Schnee hinaus, damit wir uns den Heimweg freischaufeln konnten.

VERSEHENTLICHE ENTFÜHRUNG

ALS WIR FERTIG WAREN, stand die Sonne hoch am Himmel und der restliche Schnee auf der Einfahrt schmolz, während wir meine Autoscheiben freikratzten.

Zum ersten Mal betete ich, dass der Chevelle nicht anspringen würde, aber der Motor schnurrte schon beim ersten Versuch. Charleys niedergeschlagener Blick entsprach dem meinen, als ich den Motor wieder ausschaltete und den Schlüssel herauszog.

»Wir können hier bleiben.«

Ihre Stimme war leise, als sie meine Hand nahm und sie kurz drückte. »Nein, können wir nicht. Aber ich wünschte, wir könnten es.«

»Verdammt«, seufzte ich und umfasste ihren Nacken. Sie summte gegen meine Lippen, als ich sie küsste, und der Gedanke, sie zu verlassen, versetzte mich in Panik. »Geh wieder rein oder ich ficke dich hier im Auto.«

»Ich würde gerne in diesem Auto gefickt werden. Aber dafür ist es im Moment ein bisschen zu kalt.«

»Darauf kommen wir zurück, wenn es draußen wärmer ist«, versprach ich, öffnete die Tür und ging auf das Haus zu. Sie folgte mir und bis wir das Schlafzimmer erreicht hatten, waren wir beide wieder nackt.

Als ich zum letzten Mal in ihr kam, saß die Angst tiefer als erwartet. Und das, obwohl ich den Eindruck hatte, dass sie genauso gerne mit mir zusammen wäre wie ich mit ihr. Schließlich ließ sie nie mehr als ein paar Zentimeter Abstand zwischen unseren Körpern.

»Wir müssen packen«, flüsterte ich in ihren Nacken und küsste die verblassende Stelle, an der ich sie vor ein paar Tagen gebissen hatte. Die dunkle Seite von mir hoffte, dass sie sie nicht abdecken würde. Ich wollte, dass jeder wusste, dass sie mir gehörte. Vielleicht könnte ich Reid dazu bringen, ihr ›Eigentum von Hudson‹ auf ihr Dekolleté zu tätowieren.

Sie nickte und löste sich widerwillig von mir, um sich auf die Bettkante zu setzen und ihre geliehenen Klamotten anzuziehen.

»Wir werden uns darüber unterhalten müssen, warum du keinen Slip anhattest.«

Sie schenkte mir ein Lächeln. »Ich muss dringend Wäsche waschen.«

»Ich habe eine Waschmaschine, die du mit deiner Ladung füllen kannst«, neckte ich sie, zog sie nach hinten und schlang meinen nackten Körper um ihren bekleideten, während ich mein Gesicht an ihren Nacken schmiegte.

»Ich bin mir ziemlich sicher, dass ich diejenige bin, die mit deiner Ladung gefüllt wird.«

»Das können wir während des Schleudergangs machen. Meine Maschine ist ganz schön wackelig.«

Sie kicherte, als ich sie losließ. »Und du behauptest, ich sie diejenige mit den schmutzigen Gedanken.«

Ich stand vom Bett auf, suchte die Klamotten zusammen, die ich auf der Party getragen hatte, zog mich an und streckte die Hand nach ihr aus. »Willst du die Schneestiefel wieder anziehen? Du kannst sie in meinem Auto lassen, dann bringe ich sie beim nächsten Ausflug wieder mit.«

Sie hielt ihre kniehohen Stiefel vor die Pyjamahose, die sie trug. »Meinst du, das passt nicht zusammen? Auf der Website stand, dass sie zu jedem Outfit passen.«

»Komm.« Ich griff nach ihrer Hand und verschränkte meine Finger mit ihren. »Es ist Zeit, nach Hause zu gehen.«

Ich wollte sie bitten, zu mir nach Hause zu kommen, anstatt sie in die Wohnung zu bringen, aber ich wusste, dass wir beide Dinge zu erledigen hatten.

Schweigend folgte Charley mir zum Auto und hielt meine Hand, während ich die Kühlbox mit den Essensresten in der anderen Hand hielt, da der Strom noch immer nicht wieder funktionierte.

Da ich nicht wusste, was ich sagen sollte, schwiegen wir auf der Fahrt. Meine Hand ruhte auf der weichen Baumwolle, die ihren Oberschenkel bedeckte und ich wünschte, ich könnte ihre nackte Haut berühren. Ich sehnte mich nach dieser Verbindung, aber ich wusste, dass es nicht das letzte Mal sein konnte, dass ich sie in diesem Auto hatte. Sie so zu berühren, fühlte sich so natürlich an wie das Atmen. Genau wie alles andere mit ihr.

Als ich das Auto in der Nähe des frisch geräumten Hintereingangs der Bar parkte, verkrampften sich meine Finger auf ihrem Oberschenkel und ihre kleine Hand legte sich um meine, als sie sich mir zuwandte.

»Ich will nicht, dass du gehst«, flüsterte ich und beugte mich vor, um ihr einen sanften Kuss zu geben.

»Ich will auch nicht gehen, aber wir können nicht den Rest unseres Lebens in diesem Auto verbringen. Sie klang traurig und ich verstand ihr Bedauern, aber ich wusste nicht, was ich jetzt noch sagen sollte.

»Ich komme zurück, sobald ich meine Einfahrt ausgegraben und geduscht habe.«

Sie nickte und zögerte, bevor sie ihre Sachen zusammensuchte.

Ich wollte sie anflehen, zu bleiben oder mich mit ihr nach oben kommen zu lassen, denn plötzlich hatte ich Angst, dass etwas Schlimmes passieren würde, wenn ich sie aus den Augen ließ, aber wir wussten beide, dass ich nach Hause musste.

Sie stieg aus dem Auto und ich beobachtete durch die Scheibe, wie sie die Hintertür aufschloss, sich umdrehte und winkte, bevor sie eintrat und die Tür hinter sich zufallen ließ.

Ich starrte die Hintertür länger an, als ich sollte und wünschte, sie würde wieder herauskommen, als mich jemand, der neben dem Auto stand, erschreckte.

Einundzwanzigstes Kapitel

Hudson

»Was soll der Scheiß, Alter?« Reids laute Stimme fuhr mir durch Mark und Bein, als er an mein Beifahrerfenster klopfte.

Sein Grinsen ging mir jetzt schon auf die Nerven, als ich mein Fenster herunterfahren ließ. Ich wusste ganz genau, dass Hazel ihm gesagt hatte, was zwischen mir und Charley vorgefallen war.

»Steig ein«, seufzte ich und deutete auf den Beifahrersitz. Er könnte mir helfen, die Einfahrt freizuschippen. Das war das Mindeste, was er tun konnte, nachdem er alle Kunden in meiner Bar mit seinen Nippeln belästigt hatte.

»Du hast Charley gefickt«, sagte er, noch bevor er die Tür zugeschlagen hatte. »Endlich.«

»Halt die Klappe und schnall dich an. Du hilfst mir, meine Einfahrt zu räumen und dann nehme ich eine heiße Dusche, bevor ich dir deinen Wunsch nach Klatsch und Tratsch erfülle.«

»Ich habe sie schon freigeschaufelt.« Natürlich hatte er das, diese hilfsbereite Nervensäge. Manchmal machte er es mir wirklich schwer, mich über ihn zu ärgern. Aber es war nicht seine Schuld, dass ich heute Morgen schlecht drauf war.

»Danke.«

»Und ich habe das grässliche Jokerkostüm, das Viv wohl auf deiner Veranda hinterlassen hat, in den Müllcontainer vor dem Laden geworfen.«

»Das *was*?« Ich hatte nichts auf meiner Veranda liegen sehen, bevor ich mich am Freitag auf den Weg in die Bar gemacht hatte.

»Ein Kleidersack aus dem Kostümladen in Butterfly Ridge stand auf der Fußmatte vor deiner Haustür, bedeckt mit einem Haufen Schnee. Die Jacke war schon kaputt, als ich sie gefunden habe, also habe ich sie weggeworfen.«

»Sie wird durchdrehen«, stöhnte ich und wünschte, ich könnte die letzten vier Jahre einfach vergessen. Jetzt, wo ich ununterbrochen von ihr getrennt gewesen war, hatte ich endlich realisiert, wie sehr diese Beziehung mich erschöpft hatte.

»Ja«, sagte er mit einem Grinsen. »Dafür wird sie auch zweihundert Dollar Ersatzgebühr zahlen müssen. Marcy aus dem Kostümladen ist bei sowas ziemlich streng.«

»Ich will gar nicht wissen, woher du weißt, wie viel man für ein kaputtes Leihkostüm bezahlen muss.«

»Frag nicht«, stimmte er zu. »Aber das Miststück hat es verdient, weil sie Charley und Hazel auf der Party so mies behandelt hat. Wenn sie nicht freiwillig gegangen wäre, als ich sie *zum zweiten Mal* zur Tür hinausbegleitet habe, hätte ich härtere Geschütze aufgefahren und Mikey geholt.«

»Was hat sie getan?«, fragte ich durch zusammengebissene Zähne, während das Leder des Lenkrads unter meinem gnadenlosen Griff zu quietschen beginnt.

»Das sage ich dir, wenn wir bei dir zu Hause sind. Ich will nicht, dass du den Verstand verlierst und von der Straße abkommst.«

Den Rest der Fahrt gingen mir alle möglichen Dinge durch den Kopf, die Viv zu meiner Schwester und ihrer besten Freundin gesagt haben könnte. Und jetzt war das wirklich nicht mehr in Ordnung, denn Charley gehörte mir.

Charley hatte kein Wort davon gesagt, als wir über Viv gesprochen hatten, und irgendwie machte mich das sauer. Andererseits musste ich respektieren, dass sie ihre Abneigung gegen meine Ex zum Ausdruck gebracht, aber nicht versucht hatte, sie noch mehr in den Dreck zu ziehen. Nach dieser zweiten Erwähnung meiner Ex hatten wir nie wieder darüber gesprochen.

Als wir zu mir nach Hause fuhren, wechselte Reid das Thema und erzählte mir von anderen Dingen, die auf der Party passiert waren. Dabei handelte sein Geplapper verdächtig lange von einem Baseballspieler, der Hazel offenbar nach ihrer Handynummer gefragt und seiner Meinung nach viel zu nah an meiner kleinen Schwester getanzt hatte.

»Ich muss schon sagen, dass du heute etwas neben der Spur bist. Ist dein Wochenende doch nicht so gut verlaufen, wie ich vermutet habe?«

»Ich würde eher sagen, dass es ein bisschen *zu* gut gelaufen ist.«

»Zu gut, was? Ich habe dir doch gesagt, dass du dich zu ihr hingezogen fühlst. Sieht so aus, als hättest du endlich deinen Mann gestanden und dir diese geile—«

»Sprich nicht so von ihr.«

»Ich habe noch gar nichts Schlimmes gesagt«, sagte er und lachte, weil er ganz genau wusste, dass ich mich über so etwas aufregen würde. »Was ist los mit dir?«

»Ich glaube, ich bin in sie verliebt.«

Er war einen Moment lang still und dann hörte seine Stimme sich ungläubig an. »Nach drei verdammten Tagen? Hat sie einen Topf voll Gold in ihrer Vagina versteckt?«

»Reid«, knurrte ich, fuhr in meine Garage und stellte den Motor ab.

»Okay, okay. Ich höre auf, solche Sachen zu sagen, wenn du mit dem falschen Fuß aufgestanden bist.«

»Es ist ja nicht so, als hätte ich sie erst vor drei Tagen kennengelernt. Aber jetzt fühle ich mich auch schlecht. Sie ist Haz' beste Freundin. Was, wenn ich ihre Freundschaft damit versaut habe? Was, wenn ihr bewusst wird, dass sie mich nicht will?«

»Glaubst du, sie empfindet dasselbe für dich?«

Als wir das Haus betraten, dachte ich über meine Antwort nach, ging direkt in die Küche, holte zwei Bier aus dem Kühlschrank und nickte in Richtung Wohnzimmer. Normalerweise setzten wir uns immer auf die Terrasse, weil man von dort aus einen schönen Blick auf den Wald hatte, aber die war mit Schnee bedeckt.

»Ich weiß es nicht. Ich glaube schon, aber wir haben nie wirklich darüber gesprochen, wie es jetzt weitergeht. Ich habe ihr gesagt, dass ich vorbeikomme, wenn ich mich frisch gemacht habe, aber wir müssen heute Abend beide arbeiten. Wie soll ich eine ganze Schicht mit ihr verbringen, wenn so viele unausgesprochene Gefühle zwischen uns stehen?«

Er nahm einen Schluck von seinem Bier, bevor er antwortete. »Am besten fickst du sie noch einmal, bevor ihr Feierabend macht. Die Wand im Lagerraum ist ziemlich stabil.«

»Halt die Klappe, Arschloch. Kein Ficken mehr in meiner Bar«, sagte ich, konnte mir aber ein Lachen nicht verkneifen.

»Ich habe es nicht wieder getan, versprochen.« Das Unheimliche war, dass ich nicht wusste, ob er die Wahrheit sagte oder nicht. Dieser Idiot stand darauf, an öffentlichen Orten zu vögeln.

»Gut, und mach das bloß nie wieder, sonst komme ich in deinem Laden vorbei und reibe meine Eier über deinen Schreibtisch.«

»Nein, das wirst du nicht«, sagte er. »Denn du weißt, dass meine Eier schon viel zu oft auf dem Schreibtisch waren, als dass es mich interessieren würde.«

»Großartig«, spottete ich, denn diesmal wusste ich, dass er nicht log. Aber wer konnte ihm das wirklich verübeln? Er war Single und wenn die Frauen auf seine seltsame Art standen, konnte er das meinetwegen ausnutzen.

»Ich sag's ja nur. Dieser Raum hat sowieso schon einiges gesehen.«

Jetzt, wo meine Abenteuerlust wieder geweckt war, wollte ich vielleicht ein paar Dinge mit Charley ausprobieren, aber das bedeutet nicht, dass ich die Details wissen musste. An Reids blassen Arsch brauchte ich nicht zu denken.

»Du bist ekelhaft. Du hast eine Wohnung über deinem Laden, in die du die Frauen jederzeit mitnehmen kannst.«

»Die hat auch schon einiges gesehen. Aber ich dachte, wir wären uns einig, dass du mich nicht mehr als Schlampe beschimpfst, Mr. Kidnapper.«

»Verdammt noch mal«, stöhnte ich. Natürlich hatte ich gewusst, dass er das bei der nächsten Gelegenheit gegen mich verwenden würde. Ich hätte nur gedacht, dass es noch eine Weile dauern würde, bis er sich das aus dem Ärmel schüttelte.

»Du hast Glück, dass deine Freundin Hazel eine Nachricht geschickt hat, bevor ihr gegangen seid. Sonst wäre euer Wochenende vielleicht ganz anders verlaufen.« Ich hatte bis zum nächsten Morgen nicht einmal daran gedacht, was die Außenwelt dachte, wo wir waren. Zum Glück war *mein Mädchen* schlau genug gewesen, um zu wissen, dass Hazel ausflippen würde, wenn sie am Ende der Nacht nicht wusste, wo sie war.

»Hazel wird mich umbringen. Als sie mir heute Morgen eine Nachricht geschickt hat, schien sie noch relativ ruhig, aber ich weiß genau, wie verrückt sie sein kann, wenn sie sauer ist.«

»Haz ist süß«, sagte er mit einem verträumten Lachen.

»Nimm den Namen meiner Schwester nicht in den Mund.« In letzter Zeit gefiel mir sein Tonfall ganz und gar nicht, wenn er über sie sprach. Er war wie ein älterer Bruder für sie, also hatte er kein Recht, sie süß zu finden. Eigentlich höre auch Charley wie eine kleine Schwester für mich sein sollen, aber nach allem, was wir an diesem Wochenende miteinander gemacht hatten, war sie das definitiv nicht mehr.

»Sie ist wie ein Kätzchen. Mit rasiermesserscharfen Krallen, die am Freitag beinahe Viv die Augen aufgekratzt hätten, als sie sich über Charley hergemacht hat. Als sie dann endlich rausgeschmissen wurde, hat die halbe Bar gejubelt.«

»Scheiße. Warum kann sie nicht einfach verschwinden?« Viv war doch diejenige, die mich nicht mehr gewollt hatte.

»Ich dachte, du wolltest, dass sie bei dir bleibt?«, scherzte er, aber ich war nicht in der Stimmung, mich daran zu erinnern, wie verzweifelt ich letzte Woche gewesen war. Ehrlich gesagt war ich einfach nur verwirrt, wie sich eine *Freundschaft mit gewissen Vorzügen*, wie unsere Beziehung es in den ersten sechs Monaten gewesen war, in eine vierjährige Gefangenschaft hatte verwandeln können.

»Fick dich.«

»Die Liebe hat dich noch mürrischer gemacht«, sagte er, aber ich musste zurück in die Bar, um mit Char zu reden. Sie würde mich aus dieser Stimmung reißen.

»Verpiss dich aus meinem Haus. Ich habe zu tun«, knurrte ich nur halb ernst.

»Bist du sicher, dass du dieses Wochenende Sex hattest? Du benimmst dich nämlich, als würdest du seit drei Jahren abstinent leben.«

»Raus hier.« Ich zeigte wieder auf die Tür.

»Im Ernst, Alter, sag ihr einfach, was du fühlst. Du weißt, dass es ihr genauso geht. Das Mädchen hatte jahrelang nur Augen für dich. Du hast nur verdammt lange gebraucht, um das zu schnallen.«

Ich wollte leugnen, was er sagte, aber Charley hatte mir schon von ihrer Schwärmerei erzählt. Ich wünschte nur, ich wäre aufmerksam genug gewesen, um sie zu bemerken. Nicht, dass ich jemals etwas unternommen hätte.

»Was hat Viv getan? Du kannst es mir genauso gut sagen und es hinter dich bringen.«

Er seufzte und kratzte sich im Nacken. »Sie hat Charley im Flur in die Enge getrieben und sie beschimpft, weil sie sich ebenfalls als Harley Quinn verkleidet hatte. Natürlich hat sie ihr dann vorgeworfen, sie hätte ihr Kostüm kopiert. Wenn ich so darüber nachdenke, ergibt das hässliche Joker-Kostüm, das sie auf deiner Veranda abgestellt, hat jetzt endlich einen Sinn. Wenn du mich fragst, hattest du Glück, dass du es nicht gefunden hast.«

»Und was hat Charley gemacht?« Ich konnte mir nicht vorstellen, dass sie das gut aufgenommen hatte. Und jetzt war ich wirklich sauer, dass sie mir nichts davon erzählt hatte. Der Beschützerinstinkt dieser Frau machte mich wahnsinnig.

»Ich bin dazwischen gegangen, bevor Charley sie mit dem rosa Baseballschläger schlagen konnte, der zu ihrem Kostüm gehört. Ich zerrte Viv zur Tür hinaus und sagte ihr, sie solle woanders hingehen.«

Ich nickte und war dankbar, dass ich so tolle Freunde hatte. Denn dass Reid Charley gerettet hatte, bedeutete, dass sie kurz darauf auf die Tanzfläche gegangen war und mit mir getanzt hatte.

»Und sie kam zurück?«

Er nickte. »Wie ein ganz besonders hartnäckiger Fall von Herpes.«

Ich linke mit der Hand, damit er fortfuhr, während er über seinen eigenen Witz lachte.

»Zehn Minuten später habe ich sie gefunden, als sie damit beschäftigt war, Hazel anzuschreiben, dass ein Typ in einer Maske dein Auto gestohlen hätte.

Als Haz sie ignorierte, packte sie sie an den Haaren, um aus ihr herauszuquetschen, wo du bist, aber deine Schwester schnappte sich Charleys Schläger aus der Theke und drohte ihr damit. Dann brachte ich Viv wieder zur Tür und sagte ihr, sie solle verschwinden und nicht wiederkommen. Natürlich mit der Warnung, dass wir die Polizei rufen würden, wenn sie zurückkäme. Die Jungs standen vor der Tür, um sicherzugehen, dass sie nicht wiederkommen würde.«

Reid hatte ein dummes Grinsen im Gesicht und seine Stimme war Pippi Lang Stolz, was bedenklich war, da er hier davon sprach, dass meine Schwester angegriffen worden war. Ich war mir nicht sicher, ob er sich über Hazels Reaktion freute, oder darüber, dass Viv aus der Bar geworfen worden war.

»Danke, dass du dich darum gekümmert hast. Es tut mir leid, dass du das durchmachen musstest.«

»Mir nicht«, lachte er und trank seine Flasche aus. »Hoffentlich hält sie sich in Zukunft von dir fern.«

Nachdem ich geduscht und mich wieder auf den Weg zur Bar gemacht hatte, musste ich feststellen, dass sie nicht auf die Warnungen gehört hatte.

Zweiundzwanzigstes Kapitel

Charley

DIE HINTERTÜR DER BAR schlug hinter mir zu und der Notriegel grub sich in meinen Rücken, als ich meinen Kopf an das kalte Metall lehnte. Der rationale Teil meines Gehirns wusste, dass ich ihn in ein paar Stunden wiedersehen würde und dass dies nicht das Ende der Welt war, aber der irrationale Teil verursachte ein enges Gefühl in meiner Brust. Ehe ich mich versah, liefen mir Tränen über die Wangen, während ich versuchte, ein Schluchzen zu unterdrücken.

Die letzten drei Tage konnten nicht wirklich passiert sein. Es war unmöglich, dass ich jetzt tatsächlich in den Bruder meiner besten Freundin verliebt war, geschweige denn, dass er genauso für mich empfand.

Es hatte sich so natürlich angefühlt, dass die Panik, die sich in mir aufbaute, keinen Sinn ergab, aber ich konnte sie nicht aufhalten.

Zum Glück war die erste Schicht in der Bar erst um elf, sodass ich unten allein war, während ich versuchte, nicht zusammenzubrechen.

Ich hatte gewusst, dass wir nicht ewig in der Hütte bleiben konnten, aber als er mir heute Morgen gesagt hatte, dass die Straßen freigeräumt worden waren, war ich am Boden zerstört gewesen, auch wenn ich versucht hatte, ihn aufzumuntern. Wir hatten heute Morgen nicht gefickt. Nicht, dass wir seit Freitag nichts anderes getan hätten als zu ficken. Aber als er mich zum letzten Mal mit in sein Bett genommen, meinen Duft eingeatmet und sich meine Kurven mit seinen großen Händen eingeprägt hatte, war mir klar gewesen, dass es Liebe war.

Noch nie hatte jemand so zärtlich mit mir geschlafen. Ich hatte das auch nie mit jemand anderem gewollt. Aber jetzt wollte ich es für immer. Ich wollte spüren, wie er mich auf das Bett drückte, wie unsere Körper untrennbar miteinander verschmolzen, bis wir nicht mehr wussten, wo der eine aufhörte und der andere anfing.

Ein Knall und ein lautes Quietschen von oben bestätigten meine Vermutung, dass Hazel auf mich gewartet hatte. Ich wusste, dass Hudson ihr heute Morgen eine Nachricht geschrieben hatte, aber ich war zu nervös gewesen, sie zu kontaktieren.

Als ich mit ihm von der Party verschwunden war, schien sie damit einverstanden gewesen zu sein, aber über das Wochenende hatte sich viel verändert.

Mit einem tiefen Atemzug wischte ich mir über die Wangen, atmete tief durch und versuchte, mich zu beruhigen. Sie würde wissen, dass etwas nicht stimmte, wenn sie sah, dass ich geweint hatte. Und ich war mir nicht einmal sicher, warum ich weinte.

Vielleicht hatte ich einfach nur Angst, weil es das erste Mal war, dass mit einem Mann echte Gefühle im Spiel waren. Ich hätte nie erwartet, dass Hudson dieser Mann sein würde, obwohl ich schon lange in ihn verliebt war. Es war mir immer so vorgekommen, als sei er unerreichbar, und jetzt, wo ich ihn hatte, hatte ich Angst, ihn wieder zu verlieren.

Nachdem ich mein Gesicht noch einmal im Spiegel der Damentoilette überprüft hatte, stapfte ich langsam die Treppe hinauf. Als ich oben ankam, ging sofort die Tür auf, bevor meine Hand überhaupt den Türknauf berühren konnte. Hazels Augen verengten sich, als sie mein Gesicht studierte.

»Für jemanden, der die letzten drei Tage mit meinem nervigen älteren Bruder in einer Hütte verbracht hat, siehst du ja ziemlich entspannt aus.«

Ich atmete schwer aus und trat dann lächelnd ein, als sie zurückwich.

»Du hast gesagt, du willst keine Details.« Und obwohl ich ihr immer erzählte, was mit einem Mann vorgefallen war, würde ich es dieses Mal für mich behalten.

»Das will ich immer noch nicht, aber ich schätze, die Tatsache, dass du praktisch hier reingeschwebt bist, bedeutet, dass es gut gelaufen ist?« Sie sah aus, als wüsste sie etwas, was ich nicht wusste, und ihr Blick war hoffnungsvoll. Das beruhigte meine Nerven leicht. Vielleicht hatten sie heute Morgen über mich gesprochen.

»Sehr gut«, sagte ich mit einem Lächeln.

Hazel würgte. »Igitt, aber auch irgendwie süß ...«

Eine untypische Röte stieg mir in die Wangen und sie quiekte, bevor sie sich regelrecht auf das Sofa warf und neben sich auf die Sitzfläche klopfte. Auf dem Wohnzimmertisch lagen ihre Malsachen, Skizzenbücher und ihr Tablet. Auf dem Tablett hatte sie eine Design-Software mit einer Skizze geöffnet. Ich legte den Kopf schief und versuchte herauszufinden, welches Körperteil sie zeichnete.

»Malst du da gerade einen Penis?« Jetzt war sie an der Reihe, rot zu werden und warf ein Kissen auf den Tisch, was mir bewies, dass da eindeutig etwas Schmutziges zu sehen war.

»Nein. Natürlich nicht.«

Ich versuchte, ein Lachen zu unterdrücken und prustete dabei. »Natürlich nicht. Offensichtlich sind deine Aufträge rein professionell.«

Ihr Gesicht färbte sich knallrot und ich konnte es nicht länger unterdrücken. Ich lachte so sehr, dass ich mir den Bauch halten musste.

»Das ist nicht lustig«, zischte sie und trat mit ihrem nackten Fuß gegen mein Bein. »Der einzige Penis, den ich im echten Leben gesehen habe, war mit einem Kondom überzogen und nicht einmal mehr hart.«

Warte, was?

»Habe ich da gerade richtig gehört? Reids Penis ist der einzige, den du aus der Nähe gesehen hast?«

»Na ja, so nah war es nicht! Es war dunkel und ich habe stark geblutet, aber ... ja?«

»Wow.«

»Halt die Klappe. Es geht hier nicht um mich und meinen Mangel an Penis-Erfahrung. Es geht um das, was mit Hudson passiert ist. Wo ist er? Ich dachte, ihr zwei wärt jetzt unzertrennlich. Oder vielleicht sogar zusammengewachsen, aber an euren Genit–«

»Hazel«, schimpfte ich. »Kein Gerede über Genitalien, wenn du keine Details willst.«

Sie kicherte, hob aber eine Augenbraue. Sie verdiente es zu wissen, was los war. Für Hazel stand mehr auf dem Spiel als für Hudson oder mich. Sie könnte eine Freundin oder einen Bruder verlieren, wenn die Dinge zwischen uns schiefgingen. Aber ich würde sie nie vor die Wahl stellen.

»Er kommt später, um sich mit den Mitarbeitern zu treffen, die heute Abend Dienst haben, um sicherzugehen, dass sie bereit sind.« Zumindest hoffte ich, dass er das immer noch vorhatte.

»Dann wird Mikey ihm sicher erzählen, was los war, als ihr weg wart.« Hazel machte ein finsteres Gesicht und ich hatte das Gefühl, dass Psycho-Harley wieder aufgetaucht war, nachdem Hudson mit mir weggefahren war.

»Was ist passiert? Hat sich jemand geprügelt?«

»Ja«, lachte sie. »Das kann man wohl sagen. Viv hat mich bedrängt und angeschrien, dass jemand Hudsons Auto gestohlen hätte. Ich schätze, sie hat gesehen, wie er den Parkplatz verlassen hat, als sie das erste Mal hinausbegleitet wurde, und sie wollte wissen, wo er hin ist. Ich wusste, dass er mit dir weggefahren war, da ich gerade deine letzte Nachricht gelesen hatte. Also sagte ich ihr, dass Hudson nicht allein gegangen sei, was sie zur Weißglut trieb. Zum Glück kam Reid, um mich zu retten. Als sie versuchte, mir ein Büschel Haare auszureißen, schnappte ich mir den Schläger, den du hinter der Theke gelassen hattest, und hielt sie mir vom Leib.«

Das brachte mich zum Lachen, auch wenn ich wirklich stolz auf meine Freundin war, dass sie sich das nicht hatte gefallen lassen.

»Mikey musste sie auf den Parkplatz schleifen. Und dann hat er sie mit ihren Freundinnen nach Hause geschickt, als Reid drohte, die Bullen zu rufen. Sie sah, dass ich das Ganze beobachtet hatte, und warnte mich, dass sie später zurückkommen würde, um sich Antworten zu holen.«

»Verdammt«, seufzte ich, da ich wusste, dass es unvermeidlich war, mit Viv konfrontiert zu werden. Sie hatte Hudson sitzen gelassen und ihm ernsthaft verklickert, dass sie sich an anderen Männern ausprobieren müsse, bevor sie entscheiden könne, ob die Beziehung eine Zukunft hatte. Natürlich hatte ich ihm da gesagt, wie bescheuert das war und dass er jemand wesentlich besseren verdient hatte. Aber in diesem Moment hatte ich noch nicht einmal gewusst, wie dumm diese Frau wirklich war. Er gehörte mir, und ich würde ihn ganz bestimmt nicht an jemanden, wie sie verlieren.

»Du glaubst doch nicht ernsthaft, dass er zu ihr zurückgehen würde, oder?«

»Auf keinen Fall«, zischte ich. Aber ich war mir nicht ganz sicher. Mein Herz sagte mir, dass er es nicht tun würde, aber sie hatte ihn jahrelang manipuliert. Abgesehen von unseren kurzen Gesprächen darüber, wie schlecht sie ihn behandelt hatte, hatte er sie nicht mehr erwähnt. Außerdem hatten wir zu der Zeit eine bessere Verwendung für unsere Münder gehabt als das Reden.

»Seid ihr jetzt zusammen?«

Ich hielt inne und überlegte, was ich antworten sollte. Wir hatten heute Morgen die ganze Fahrt über Händchen gehalten, aber er hatte nie gesagt, wie es weitergehen würde. Er hatte zwar angedeutet, dass es weitergehen würde, aber das wäre nicht das erste Mal, dass mir jemand leere Versprechungen machte. Deshalb hatte ich mich nach dem Studium auch nie auf eine Beziehung eingelassen.

War ich nur eine Affäre gewesen? War es zwischen uns nur so heiß hergegangen, weil wir keine andere Wahl gehabt hatten, also so viel Zeit miteinander zu verbringen?

»Scheiße. Ich sehe dir an, dass du gleich ausflippen. Muss ich ihm etwas Vernunft beibringen?«

Das war das Letzte, was ich jetzt brauchte. Hazel konnte sehr aufbrausend sein, wenn sie wütend war, und ich wollte keinen Keil zwischen die beiden treiben. Hudson hatte die Dinge zwischen uns nicht definiert, aber der Kuss, den er mir gegeben hatte, als wir hinter der Bar geparkt hatten, musste bedeuten, dass er nicht wollte, dass es vorbei war.

»Nein. Nein ...« Meine Knie zitterten, als ich versuchte, mich nicht von der Panik übermannen zu lassen.

»Ich bringe ihn um«, knurrte sie und erhob sich von dem Sofa.

Ich packte sie am Arm und zog sie neben mich. »Nein, du wirst ihn nicht umbringen. Ich muss nur mit ihm reden.«

»Er hätte dir verdammt noch mal sagen sollen, was er will, bevor ihr beide hierher zurückgekommen seid. Ihr seid beide unglaublich schlecht im Kommunizieren. Wie kann man 72 Stunden zusammen in einer Hütte verbringen, ohne über dieses offensichtliche Thema zu reden?«

»Die ganze Sache war ein Versehen. Glaubst du ernsthaft, dass irgendeiner von uns beiden die Realität im Kopf hatte, als das alles passiert ist?«

»La la la la ...«, trällerte sie und hielt sich die Ohren zu. Ich gab ihr einen Klaps auf den Arm, woraufhin sie lachte und mir die Zunge herausstreckte.

»Du bist diejenige, die darüber reden will. Ich habe dir ja auch nicht gesagt, wie groß sein Schw–« Ihre Handfläche schlug gegen meinen Mund und schnitt mir das Wort ab. Ich leckte ihr über die Handfläche, woraufhin sie mir warnend in die Augen sah.

»Okay, okay, kein Wort mehr über seinen ...« Ich unterbrach mich selbst, indem ich über ihren Gesichtsausdruck lachte. »Ich bin fertig mit Ärgern. Na ja, jedenfalls haben wir schon miteinander geredet, aber eben nicht darüber. Ich hatte irgendwie zu viel Angst, um ihn zu fragen, was passiert, wenn wir wieder in der Zivilisation sind.«

»Willst du, dass ich Reid eine Nachricht schreibe?« Hazel sah genauso begierig nach Antworten aus wie ich.

»Du meinst den Typen, mit dem du keine vollständigen Sätze formulieren kannst und vor dem du wegläufst, sobald er in deine Richtung schaut?« Offensichtlich hatte sich auf der Party eine Menge verändert.

»Er war überraschend nett, nachdem Mikey Viv aus der Bar geschmissen hatte. Er hat sich vergewissert, dass es mir gut geht. Außerdem habe ich ihn an diesem Abend mehrmals dabei erwischt, wie er mich von der anderen Seite der Bar aus beobachtet hat.«

Oh, meine arme, süße, ahnungslose Freundin. Sie verbrachte zu viel Zeit mit den imaginären Charakteren auf ihrem Tablet.

»Ähm ... Siehst du nicht, dass er dich jeden Abend während deiner Schicht beobachtet?«

Ihre Augen wurden groß und ihr Mund verzog sich zu einem perfekten ›O‹. »Was? Nein, das tut er nicht.«

»Scheinbar bin nicht ich diejenige, die ein paar klärende Gespräche führen sollte«, murmelte ich.

»Das macht er doch nicht wirklich, oder? Die Hälfte der Schicht sehe ich total beschissen aus, weil so viel los ist. Was, wenn er mich beim Nasebohren erwischt hat? Oh, mein Gott.«

»Ich meine, er beobachtet dich nicht immer, aber ich habe ihn in letzter Zeit oft dabei erwischt. Ich glaube, er versucht herauszufinden, warum du nicht mit ihm reden willst ... Und warum du immer wegläufst, wenn er den Raum betritt.«

»Du weißt, warum«, zischte sie und verdeckte ihr Gesicht mit den Händen. Dann senkte sie ihre Stimme zu einem empörten Flüstern. »Ich habe seinen Penis gesehen.«

»Ich glaube, das können viele Frauen von sich behaupten«, antworte ich amüsiert.

»Du bist keine Hilfe«, sagte sie und schmollte. »Glaubst du etwa, dass es mir gefällt, auf den besten Freund meines Bruders zu stehen, wenn er jede Nacht eine andere hat?«

»So schlimm war er in letzter Zeit nicht.«

Reid hatte genauso viel Zeit in der Bar verbracht wie immer, aber meistens war er bis zum Feierabend hier und half, statt in seinem Laden irgendwelche Frauen zu vögeln.

»Er hatte im letzten Monat mehr Sex als ich in meinem ganzen Leben.«

»Das ist ja auch nicht schwer zu erreichen. Und wenn du nicht immer vor ihm weglaufen würdest, hätte er ganz sicher auch Interesse an dir.«

»Ja, klar«, spottete sie. »Oder er würde mich auslachen, weil ich auf ihn stehe. Ich bin nicht gerade sein Typ.«

»Na ja, ich dachte auch nicht, dass ich Hudsons Typ bin. Aber das hat ihn nicht davon abgehalten, mich zu f–«

»Ich hasse dich«, sagte sie und presste mir wieder ihre Hand auf den Mund. »Nein, tust du nicht. Du liebst mich.«

Sie grinste, bevor sie ihr Handy herausholte und mir die Nachrichten vor die Nase hielt, die sie und Hudson heute Morgen ausgetauscht hatten. »Und mein Bruder auch.«

Dreiundzwanzigstes Kapitel

Charley

HAZEL ERMUTIGTE MICH, DUSCHEN zu gehen und mich für meine Schicht fertigzumachen, während sie weiter an ihren anzüglichen Skizzen arbeitete, da sie heute noch eine wichtige Abgabe hatte. Hudson war jetzt schon ziemlich behütend, aber dieser Beschützerinstinkt würde sich verdoppeln, wenn er herausfand, was für Illustrationsaufträge sie erhielt.

Offenbar bekam sie doppelt so viel Geld, wenn die Figuren nackt waren. Ich bewunderte sie dafür, dass sie ihre eigene Chefin war, aber es war irgendwie komisch zu wissen, dass meine jungfräuliche beste Freundin schmutzige Illustrationen zeichnete, um ihre Rechnungen zu bezahlen.

Am liebsten hätte ich ein schmutziges UNO-Kartenspiel bei ihr in Auftrag gegeben, aber damit würde ich bei allen Beteiligten zu viele Grenzen überschreiten. Hudson wäre garantiert begeistert davon, würde sich aber schämen, wenn seine Schwester wüsste, dass wir ihr Lieblings-Kinderspiel beschmutzt hatten. Hazel würde sich vor all dem ekeln. Und damit meine beste Freundin Sexstellungen illustrieren konnte, musste ich sie ihr erst einmal beschreiben, denn sie hatte sie ja noch nie erlebt.

Vielleicht hatte sie noch ein paar andere Künstlerfreunde, denen ich meine Idee vortragen konnte.

Als ich unten ankam, hatte die Bar bereits geöffnet, aber es war nicht viel los. Nur ein paar Stammgäste, die auf ihren üblichen Plätzen saßen. Sobald sie bedient waren, brauchten sie normalerweise nicht viel, also setzte ich mich ans Ende der Bar, um mit Annie zu plaudern. Ich wollte mich vergewissern, dass es am Wochenende nicht noch mehr Dramen gegeben hatte.

»Du lebst also noch«, stichelte sie und stellte mir ein Glas Wasser hin. Ich nahm einen großen Schluck, denn wahrscheinlich war ich dehydriert, nachdem ich über das Wochenende so viele Körperflüssigkeiten verloren hatte. »Hazel meinte, du hättest ihr geschrieben, aber als Hudson nicht auffindbar war und ihr beide das ganze Wochenende weg wart, fingen die Gerüchte an.«

165

»Wie schlimm ist es?« Ich hasste es, dass wir das Gesprächsthema Nummer eins unter den Kollegen waren. Aber sie würden es sicher schnell herausfinden, wenn sie sahen, wie Hudson und ich miteinander umgingen.

»Die Köche haben gewettet, dass Hudson auf mysteriöse Weise verschwinden würde, weil du seine Leiche im Wald entsorgt hast, nachdem du drei Tage lang mit ihm eingeschneit warst.«

»Er ist am Leben und es geht ihm gut. Zumindest war das vor ein paar Stunden noch so.«

»Das dachte ich mir. Die Kellner diskutieren immer noch, was sie glauben, wie oft ihr am Wochenende gefickt habt. Offenbar haben sie schon seit Monaten sexuelle Spannungen zwischen euch wahrgenommen. Sie haben nur darauf gewartet, dass er Viv in die Wüste schickt und merkt, dass du besser zu ihm passt.«

»Wie genau wollen sie das denn herausfinden?« Ich lachte, weil ich wusste, dass keiner von uns beiden wirklich mitgezählt hatte, aber ich hatte sowieso nicht vor, es ihnen zu sagen. Vielleicht würde mein leichtes Hinken ihnen verraten, dass wir nicht das ganze Wochenende über Schach gespielt hatten.

»Ich glaube, sie haben gehofft, dass es einem von euch herausrutschen würde. Erfinde einfach eine zufällige Zahl und überrede Hazel dazu, bei der Wette mitzumachen, dann könnt ihr euch vielleicht etwas dazuverdienen.«

»Ist sonst noch etwas Wissenswertes passiert? Ist die Hexe wieder aufgetaucht?«

Sie lachte, weil sie genau wusste, wen ich damit meinte.

»Nein, nachdem Hazel deinen Schläger benutzt hat, Reid sie nach draußen geschleift und ihr damit gedroht hat, dass er die Bullen ruft, haben wir sie nicht mehr gesehen.«

Gott sei Dank.

»Glaubst du, sie kommt zurück, jetzt, wo das Wetter besser geworden ist?«

Sie zuckte mit den Schultern und wischte den Wasserring weg, den mein Glas auf der Theke hinterlassen hatte. »Das Weib ist komplett wahnsinnig geworden. Keiner kann wissen, was sie tun wird. Als Hazel andeutete, dass er mit dir weggegangen sei, platzte ihr fast der Kopf. An deiner Stelle wäre ich also vorsichtig.«

Na toll. Genau das, was ich brauchte: eine verrückte Ex, die mir den Kopf abreißen wollte, weil ich ihr das Spielzeug weggenommen hatte. Jetzt, wo mit seinem Leben weiter machte, hatte sie offensichtlich Panik, dass sie tatsächlich ein guter Mensch würde sein müssen, um wieder einen Mann wie ihn zu finden.

Es gab zwar Männer, die auf Zicken standen, also würde sie vielleicht Glück haben.

»Scheiße«, zischte Annie und als ich aufblickte, stellte ich fest, dass sie die Tür anstarrte.

Ich beugte mich vor, um in den Spiegel hinter Annie zu schauen, in dem sich die Eingangstür spiegelte. Der kalte Luftzug und das Grauen, das mir langsam über den Rücken kroch, hätten mir eigentlich schon verraten müssen, dass wir sie mit unseren Lästereien heraufbeschworen hatten. Wenn man vom Teufel spricht ...

»Was macht sie?«, flüsterte ich und schenkte meinem Glas Wasser um einiges mehr Aufmerksamkeit als vorher.

»Sie wischt die Speisekarte mit einem Desinfektionstuch ab, das sie aus ihrer Handtasche gezogen hat.« Annie kräuselte ihre Lippen und schüttelte den Kopf. »Jetzt blättert sie die Seiten um, als könnte sie sich an den laminierten Seiten eine unheilbare Krankheit einfangen.«

»Gott. Sie ist so nervig.«

»Jetzt starrt sie hier rüber und schnippt mit den Fingern in der Luft herum.«

»Denkt sie, du wärst ihre Dienerin oder so? Ich verstehe einfach nicht, warum sie immer so hochnäsig sein muss. Ihr Vater betreibt einen verdammten Schuh-Discounter in Butterfly Ridge. Das ist nicht gerade königlich.«

»Ich glaube, sie hat dich gesehen. Sie hat sich gerade an einen näheren Tisch gesetzt und tippt wütend etwas in ihr Handy. Ich weiß nicht, wie man mit so langen Fingernägeln tippen kann. Sie sehen aus wie Krallen. Und wahrscheinlich stecken da mehr Bakterien drunter als auf der Speisekarte. Wie wischt man sich mit den Dingern überhaupt den Arsch ab?«

Ich musste mir ein Lachen verkneifen, als ich mich an die zentimeterlangen Kunstnägel erinnerte, die sie auf der Party in meine Haut gegraben hatte. Sie musste dafür nach Pueblo fahren, denn die örtlichen Nagelstudios machten so etwas nicht.

»Was soll ich tun? Soll ich versuchen, mich rauszuschleichen?«

»Auf keinen Fall«, lachte sie. »Vielleicht solltest du mir alles über dein Wochenende mit unserem Chef erzählen.«

»Ernsthaft, Ann? So etwas verrate ich doch nicht. Erst recht nicht, wenn Hudson sich so viel Mühe gibt, professionell zu sein. Ich will nicht, dass er denkt, ich würde unsere privaten Angelegenheiten überall herausposaunen.«

»Du weißt doch, dass ich niemals etwas zu jemandem sagen würde. Außerdem finde ich, dass unser kleines Prinzesschen endlich akzeptieren sollte, dass

Hudson sich eine Bessere gesucht hat. Und den Spuren nach zu urteilen, die du nicht besonders gut verdeckt hast, ist er ein ziemliches Tier im Bett.«

Mit einem kurzen Blick über die Schulter vergewisserte ich mich, dass Viv zuhörte, bevor ich meine Stimme erhob. »Oh, mein Gott, ich wusste nicht einmal, dass er so sein kann. Ich ich hätte nie gedacht, dass unser Chef so versaut ist. Und sein Dirty Talk? So etwas habe ich wirklich noch nie erlebt.«

»Klingt, als hätte jemand ein besseres Wochenende gehabt als ich. Ich musste hier für dich einspringen, während du mit Hudson gevögelt hast.«

»Und ich bereue es keine Sekunde lang. Es war all die Trinkgelder wert, die ich eingebüßt habe.« Und das war es wirklich. Kein noch so großes Trinkgeld konnte mit dem Gefühl mithalten, von Hudson gefickt zu werden, während er mir schmutzige Dinge ins Ohr flüsterte. »Ich bin total am Ende. So viele Orgasmen in so kurzer Zeit machen einen wirklich fix und alle.«

Annie prustete und ihre Lippen zitterten, als sie versuchte, den nächsten Lacher zu unterdrücken. »Das sieht man dir an. Ich glaube, ich habe dich noch nie so entspannt gesehen.«

»Irgendwie tut es aber weh, wenn ich mich hinsetze«, gluckste ich und strich mir die Haare über die Schulter, um sicherzugehen, dass die Bissspuren in meinem Nacken von Vivs Platz aus zu sehen waren. Ich wünschte, ich könnte ihren Gesichtsausdruck sehen, aber als Annies Augen groß wurden und sie sich auf die Lippe biss, um sich ein Lachen zu verkneifen, wusste ich, wie amüsant er sein musste. »So richtig kritisch wird es morgen, da wir uns später noch treffen. Vielleicht muss ich mich also einfach zusammenreißen und es ertragen wie ... Wie hat er mich noch gleich genannt? *Seine schmutzige kleine Teufelin.*«

Annies Versuch, sich das Lachen zu verkneifen, ging schief und selbst ich musste kichern, als hinter mir ein Knurren ertönte.

»Ähm, entschuldige bitte?«, rief Vivs schrille Stimme, die sich jetzt der Bar näherte. »Arbeitet hier überhaupt jemand? Ich sitze schon seit fünf Minuten da drüben herum und bis jetzt hat mich noch niemand nach meiner Bestellung gefragt.«

Annie verdrehte die Augen und legte das Geschirrtuch, das sie in der Hand hielt, auf ihre Schulter. »Das ist ein Wochentag. Vor acht Uhr haben wir keine Bedienungen. Du musst also an die Bar kommen, wenn du etwas bestellen willst.«

»*Beschissener Service*«, zischte sie leise, aber Annie und ich konnten sie hören. »Na schön. Ich nehme einen trockenen Martini. Habt ihr irgendwelche hochwertigen Spirituosen?«

VERSEHENTLICHE ENTFÜHRUNG

Sie war in den letzten vier Jahren etwa eine Million Mal hier gewesen und hatte immer noch keine Ahnung, was wir hinter der Theke hatten? »Ich will nichts von dem billigen Zeug, das ihr den Studenten in die Drinks mischt.«

Meine Hände ballten sich auf meinem Schoß zu Fäusten, aber ich versuchte, mich von ihr nicht provozieren zu lassen. Sie wusste, dass ich studierte, also hatte ich das Gefühl, dass die Bemerkung eine direkte Beleidigung gewesen war.

»Wir haben Tito's. Wenn du etwas anderes willst, bist du in der falschen Bar.«

»Wie bitte? Weiß dein Chef, dass du versuchst, Kunden abzuwimmeln?«

Annie war schon viel länger hier als ich. Sie war eine der ersten Barkeeperinnen, die Hudson ausgebildet hatte, als er direkt nach der Uni hier angefangen hatte.

»Kann ich sonst noch etwas für dich tun?«, knurrte Annie mit einem angestrengten Lächeln, das fast schon beängstigend war.

»Nun, da alles, was ihr hier serviert, eklig und frittiert ist, nehme ich nur den Drink. Den kannst du auf Hudsons Rechnung setzen. Ich warte gerade auf ihn. Ist er schon da? Er sollte heute zurück sein.«

»Es tut mir leid, aber Hudson erlaubt niemandem, Getränke auf seine Rechnung zu setzen. Und nein, er ist noch nicht hier. Er hatte ein sehr, sehr langes Wochenende, weil er wegen des Schneesturms festsaß. Ich bin im Moment die einzige Barkeeperin im Dienst.«

»Aber er ist doch *immer* hier«, sagte sie und schmollte.

»Im Moment nicht. Aber ich richte ihm gerne aus, dass du vorbeigekommen bist, um mit ihm zu reden.«

»Mit ihm *reden*? Er ist mein Freund«, spottete sie, klang dabei aber ein bisschen manisch.

Ich versuchte, mir diese Aussage nicht nahe gehen zu lassen, aber zugegebenermaßen tat sie weh. Und ich hoffte inständig, dass sie falsch lag. Hudson hatte sich definitiv nicht so benommen, als würde er nach unserem kleinen Ausflug direkt wieder zu seiner giftigen Ex zurückrennen.

»Wohl kaum«, hustete ich leise und Annie warf mir einen Blick zu, der mir signalisierte, dass ich jetzt besser den Mund halten sollte. Aber darauf hatte ich keine Lust.

»Er wird wahrscheinlich bald kommen«, sagte ich beiläufig. »Er wollte ein Nickerchen machen, weil er heute Morgen den Weg von der Hütte zur Hauptstraße freigeschaufelt hat.«

»Und woher weißt du das?«, fragte Viv, die sich neben mir an die Bar lehnte.

»Weil ich ihm dabei geholfen habe.«

»Du warst mit ihm in der Hütte?«

»Offensichtlich.«

»Verbringst du oft ein Wochenende mit Männern, die in einer Beziehung sind? Oder hast du dich dorthin geschlichen, damit er mit dir festsitzt?«, fragte sie, aber ihrem Blick nach zu urteilen hatte sie sein Werk bemerkt. Oder vielleicht brachte sie die Anzeichen auf meiner Haut nicht einmal mit ihm in Verbindung, da er so etwas nie bei ihr gemacht hatte.

»Na ja, dazu müsste Hudson in einer Beziehung sein. Als ich das letzte Mal nachgesehen habe, war er Single. Scheinbar hat seine Exfreundin letzte Woche beschlossen, dass sie lieber andere Männer ficken würde. Deshalb hat Hudson das Wochenende genutzt, um das gleiche zu tun. Tatsächlich hat er sich dabei so verausgabt, dass er einmal sogar fast in Ohnmacht gefallen wäre.«

»Äh«, stotterte sie und ihr Gesicht wurde rot. Ich beobachtete, wie ihre Finger sich zu Fäusten ballten und ihre Knöchel weiß wurden. »Hör zu, *Cherrie*, oder wie auch immer du heißt. Hudson und ich haben nicht Schluss gemacht. Er ist schon seit vier Jahren in einer Beziehung mit mir. Wir haben vor, nach Weihnachten zusammenzuziehen und ich habe ihm schon einen Ring ausgesucht. Ich bin bereit, über alles hinwegzusehen, was dieses Wochenende passiert ist, aber du solltest lieber anfangen zu packen, denn ich werde dafür sorgen, dass du komplett aus seinem Leben und aus diesem Gebäude verschwindest. Einen *Niemand* auszulöschen, wird nicht sehr schwer sein.«

Ich drehte mich auf meinem Hocker um und stellte mich ihr in meinen Plateau-Schnürstiefeln. Wir mochten zwar ähnlich gebaut sein, aber ich hatte nicht vor, sie so mit mir reden zu lassen. Die Situation mit Hudson mochte ungewiss sein, aber bei einer Sache war ich mir absolut sicher: Er hatte etwas Besseres verdient als diese manipulative Schlampe.

»Hör zu, du widerwärtiges Mist–«, meine Ansage wurde unterbrochen, als eine große Handfläche meinen Mund bedeckte. Plötzlich wurde mein Körper gegen eine harte Brust gedrückt und Hudsons vertrauter, beruhigender Duft umgab mich.

»Viv, das reicht«, knurrte er und der bedrohliche Tonfall, den ich bisher nur von ihm gehört hatte, als er mich durch den Wald gejagt hatte, war wieder zurück und bereitete mir eine Gänsehaut. »Dir wurde jetzt schon zweimal gesagt, dass du dich hier nicht mehr blicken lassen sollst und du hast es ignoriert. Eine vierte Warnung wird es nicht geben. Beim nächsten Mal wird sofort die Polizei gerufen. Und dann werden sowohl Hazel als auch Charley Anzeige gegen dich erstatten, weil du sie belästigst. Ich bezweifle, dass es deinem Chef gefallen würde, wenn du wegen Stalking angezeigt würdest.«

170

»Aber ...«, wimmerte sie und ihre Augen waren so groß wie Untertassen, als sie abwechselnd in sein Gesicht und auf seinen Arm starrte, der besitzergreifend um mich geschlungen war. »Deine Schwester hat mich mit einem Schläger bedroht. Ich könnte sie auch anzeigen.«

»Selbstverteidigung«, mischte Annie sich ein. »Ich habe alles gesehen und mir bereits die Überwachungsaufnahmen besorgt. Sie zeigen deutlich, dass du Hazel an den Haaren gezogen und sie vom Tisch weggezerrt hast, bevor sie den Schläger benutzen musste, um dich loszuwerden.«

Ich war so traurig, dass ich das nicht persönlich miterleben konnte.

»Ich stalke dich nicht, ich will nur mit dir reden. Offensichtlich hast du unser Gespräch von letzter Woche falsch verstanden. Denn ich—«

Hudson unterbrach sie mit einem Knurren. »Du hast deine Entscheidung getroffen und dabei hast du dich verdammt deutlich ausgedrückt. Jetzt habe ich eine Entscheidung getroffen. Also verpiss dich. Du darfst dich hier nicht mehr aufhalten.«

»Aber das ist eine öffentliche Bar und ich bin eine zahlende Kundin—«

Annie mischt sich wieder ein. »Genau genommen hast du nicht bezahlt. Aber du hast von deinen letzten beiden Besuchen noch Rechnungen offen. Ich bin mir sicher, dass die Polizei auch daran interessiert wäre, dass du deine Rechnungen nicht bezahlst. Dann können sie zu Körperverletzung und Belästigung auch noch Zahlungsverzug hinzufügen.«

Als Viv ihn ansah, tat sie mir fast leid. Sie hatte offensichtlich einmal sehr viel für ihn empfunden, aber diese Zeiten waren vorbei. Sie hatte ihn einfach weggeworfen, weil dieser liebe und verantwortungsvolle Mann ihr nicht aufregend genug gewesen war. Wenn sie doch nur gewusst hätte, wozu er fähig war ... Tja, das würde sie jetzt nie herausfinden.

»Verpiss dich«, wiederholte er und seine Hand glitt von meinem Mund weg, um sich unterstützend auf meinem Nacken niederzulassen. »Ich will dich hier nie wieder sehen. Und halte dich auch von meinem Haus fern. Meine Türklingelkamera hat dein Auto in den letzten drei Tagen zwanzig Mal aufgezeichnet, was bei einer Anzeige wegen Stalking garantiert hilfreich sein wird.«

»Ich muss mit dir reden«, zischte sie und ihre anfängliche Überraschung verwandelte sich in Wut. »Du kannst mich nicht einfach rausschmeißen.«

»Doch, kann ich«, sagte er fast schon amüsiert und deutete mit seiner anderen Hand auf die Tür. Ich versuchte, nicht in Ohnmacht zu fallen, als ich zusah, wie sich die Sehnen in seinem Unterarm anspannten. Selbst wenn er sauer auf seine Ex war, brachte dieser Mann meinen Puls zum Rasen. »Weil du seit Tagen nichts anderes tust, als mich, mein Geschäft und meine Angestellten zu beleidigen. Und niemand redet so mit meiner Freundin.«

»Aber sie ...«

»Sie hat verdammt noch mal nichts getan, Viv. Ich habe sie mit in die Hütte genommen und ich habe mich entschieden, das Wochenende mit ihr zu verbringen. Und weißt du was? Es hat ihr tatsächlich Spaß gemacht, Zeit dort zu verbringen. Und genau deshalb entscheide ich mich jetzt für sie. Das hätte ich schon vor langer Zeit tun sollen.«

»Du hast mich betrogen? Und das auch noch mit dieser ...«, sie holte tief Luft, bevor sie zischend fortfuhr, »verlogenen Hure, die sich an vergebene Männer ranmacht?«

»Charley ist nur in meinem Bett eine Hure, Viv. Und glaub mir, es ist alles einvernehmlich und sie liebt es.«

Mein Gesicht erhitzt sich zusammen mit dem von Viv, als sie noch wütender wurde. Aber Hudson gluckste nur und beugte sich herunter, um mir einen Kuss auf die Wange zu geben.

Ich brauchte mir wohl keine Sorgen zu machen, dass er sich darüber aufregte, dass ich Details über unser Wochenende ausgeplaudert hatte.

Bevor ich darauf reagieren konnte, drehte er mich um und drückte mich an seine Brust. »Es tut mir leid«, murmelte er, bevor er sich über mich beugte und meinen Rücken gegen die Theke drückte. Sein Blick wurde weicher, als er mich ansah. Ich öffnete den Mund, um ihn zu fragen, was er meinte, aber er hielt mich mit seinen Lippen davon ab. Seine starken Hände umfassten meine Wangen, während er seine Zunge an meinen Lippen vorbeidrängte.

Ich brauchte einen Moment, um mich zu fangen, bevor ich ihn genau heftig zurückküsste und meine Hände in sein Haar schob, um mich daran festzuhalten.

Der Schrei, der ein paar Meter von uns entfernt ertönte, bevor die Eingangstür der Bar zuknallte, wurde kaum wahrgenommen, als wir uns ineinander verloren.

Vierundzwanzigstes Kapitel

Charley

»Okay, ihr könnt jetzt aufhören.« Annie lachte. Hudson stieß einen kurzen Aufschrei aus, als sie mit dem Geschirrtuch nach ihm schlug. »Sie ist gegangen. Und hoffentlich zum letzten Mal. Aber ich habe tatsächlich Videomaterial von dem Moment gespeichert, als sie Charley in die Enge getrieben hat, falls ihr die braucht.«

»Ich hoffe auch, dass sie für immer weg ist«, murmelte ich und studierte seinen intensiven Gesichtsausdruck, um herauszufinden, ob der Kuss nur Show gewesen war oder nicht.

»Sie ist weg«, versicherte er mir und beugte sich erneut zu mir herunter, um seine Lippen zärtlich über meine gleiten zu lassen. »Und das garantiert für immer.«

»Ihr solltet das vielleicht woanders besprechen«, sagte Annie und nickte mit dem Kopf in Richtung des hinteren Bereichs.

Als Viv durch die Eingangstür gestürmt war, hatte Hudson sich von mir gelöst, aber jetzt schien er wieder ganz Feuer und Flamme zu sein, als er meine Hand ergriff und mich mit sich zog.

Er hielt nicht an, als wir an seinem Büro vorbeikamen, sondern zog mich direkt um die Ecke in den hinteren Lagerraum.

»Wo bringst du mich hin?« Ich lachte, weil ich es nicht gewohnt war, ihn so ausgelassen zu sehen, wenn er nicht gerade versuchte, einen maskierten Kidnapper zu spielen.

»Dorthin, wo ich dich haben will«, knurrte er, blieb dann plötzlich stehen und hob mich auf seine Schulter.

»Du weißt, dass ich laufen kann, oder?« Ich kicherte und das Blut schoss mir in den Kopf, als ich kopfüber auf seinem Rücken hing.

»Nicht mehr lange.«

»Das ist aber ein ziemlich gewagtes Versprechen.«

Bist du sicher, dass du nach diesem Wochenende noch genug Ausdauer dafür hast? Vielleicht ist es besser, wenn du dich ein bisschen ausruhst und deine Vitamine nimmst, alter Mann.«

»Ich glaube, wir wissen beide, dass meine Regenerationszeit viel kürzer ist, wenn du nackt bist. Oder zumindest nur einen Slip anhast. Auch wenn das nicht oft der Fall ist.«

Mein Körper wippte, als er mit einer besitzergreifenden Hand auf meinem Arsch die Hintertreppe zu unserer Wohnung hinaufging. In diesem Moment war ich mehr als dankbar, dass Hazel nach unserem Gespräch gegangen war.

Wir mussten uns eine Art von Signal ausdenken, damit sie nicht wieder in eine traumatisierende Situation hineinplatzte. Ich wusste zwar, dass sie nichts gegen meine Beziehung mit Hudson hatte, aber es gab einfach gewisse Dinge, die Schwestern nicht hören sollten.

Er blieb vor der Tür stehen, kramte in seiner Tasche herum und holte seinen Schlüssel heraus.

»Du weißt aber schon, dass du uns benachrichtigen musst, bevor du die Wohnung betrittst, oder? Nur weil du hier der Boss bist, heißt das nicht, dass du machen kannst, was du willst.«

»Betrachte das als deine Benachrichtigung, dass ich vorhabe, in deine Wohnung zu kommen – und in dir. Mehrmals hintereinander, wenn du willst.« Er stieß die Tür auf und sie prallte mit einem Knall gegen die Wand.

»Hey! Ich bezahle ganz bestimmt nicht dafür, wenn du eine Delle in unsere Wand machst.«

»Ich bin sowieso derjenige, der sie repariert. Wenn ich eine Delle in die Wand machen will, dann mache ich eine verdammte Delle in die Wand. Und als Nächstes werde ich eine Delle in die Wand hinter deinem Kopfteil machen.«

»Zu spät, davon gibt es schon einige«, neckte ich.

»Verdammte Glückspilze.«

Er warf mich auf das Bett, bevor er zurück zur Tür ging und sie abschloss.

»Was soll das denn heißen?«, fragte ich und stützte mich auf meine Hände.

Er kam auf mich zu, zog sein T-Shirt aus und enthüllte seine tätowierte Haut. Er blieb nicht stehen, bis er mich erreichte, stemmte seine Hände neben meine und beugte sich dicht an mein Gesicht heran.

»Es heißt, dass ich genau weiß, wie du deine Wand verbeult hast.«

»Hast du es ernst gemeint, als du gesagt hast, dass du es hören konntest?«

»Ja«, flüsterte er und beugte sich vor, um mich zu küssen. »Dieses Schlafzimmer liegt direkt über meinem Büro. Als ich sagte, du hättest mehr verdient als die One-Night-Stands, die du hierher bringst, war das nicht nur ein Spruch.«

»Es tut mir leid. Ich dachte, du wolltest mich nur ärgern. Wenn ich gewusst hätte, dass du es wirklich gehört hast ...«

»Ehrlich gesagt, ist mir das scheißegal. Wir haben beide eine Vergangenheit, die wir hinter uns lassen müssen. *Aber* von jetzt an werde ich der einzige Grund sein, warum diese Wand neue Dellen bekommt. Vielleicht repariere ich sie sogar vorher und schaue dann, wie viel Schaden ich anrichten kann.«

»Das klingt ein bisschen besitzergreifend. Was, wenn ich jemand anderem eine Chance geben will, Dellen in meine Wand zu machen?«

Das wollte ich nicht, aber ich war mir auch immer noch nicht sicher, ob das mehr als eine Affäre war.

»Leg es nicht darauf an, Charley. Du weißt, dass du mir gehörst.«

»Nein, eigentlich nicht«, flüsterte ich, umschloss seinen Kiefer und strich mit dem Daumen über seine Wange. »Ich weiß es nicht. Wir haben nie darüber gesprochen, was als Nächstes kommt.«

»Du«, hauchte er und drückte mich nach hinten, bis ich flach auf der Matratze lag. »Du bist das, was als Nächstes kommt.«

»Ah«, stöhnte ich, als seine Zähne über meinen Hals strichen und Hudson den Zahnabdruck küsste, den er hinterlassen hatte. »Aber was, wenn du beschließt, dass es nur vorübergehend war? Was, wenn der Reiz, die beste Freundin deiner kleinen Schwester zu ficken, nachlässt?«

»Sprich nicht von Haz, wenn ich dich gerade ausziehen will. Aber darum brauchst du dir keine Sorgen zu machen. Du bist alles, was ich in meiner Zukunft will. Und ich will nicht nur diesen sündhaft schönen Körper«, flüsterte er, hob den Saum meines Tanktops an und küsste meinen Bauch, wobei seine Zunge meinen Bauchnabel umspielte. »Ich will dein freches Mundwerk und deine provokante Art. Ich will diese fesselnden Augen, die mich immer durchdringen.«

Ein Stöhnen war meine einzige Antwort, als er den Knopf meiner Jeans öffnete und den Reißverschluss mit seinen Zähnen herunterzog.

»Ich will meine Nächte damit verbringen, diese Muschi zu verehren, und jeden Morgen von deinen schrecklichen Weckern geweckt werden. Die kann ich auch in meinem Büro hören.«

»Mmm«, summte ich, als er mir die Jeans auszog, meinen Tanga gleich mitnahm und ihn blindlings hinter sich warf. Dann lehnte er sich nach vorne, schloss seine Augen und atmete tief ein.

»Ich will meine ganze Freizeit mit dir verbringen. Ich will zusehen, wie du aufsässige Studenten aus meiner Bar wirfst, wenn sie etwas anfassen, das mir gehört. Ich will dich unterstützen, wenn du es brauchst, aber auch, wenn du es nicht brauchst. Ich will einen Platz hier drin finden ...« Seine Handfläche bedeckte mein Herz und ich schniefte, als die Tränen in mir aufstiegen. »Und Reid soll meinen Namen auf deinen Arsch tätowieren – oder vielleicht auf deine Titten. Ich habe mich noch nicht entschieden.«

»Ähm. Nein«, kicherte ich, aber der Gedanke war im Moment gar nicht so abwegig.

»Das können wir später aushandeln. Vielleicht kaufe ich dir einfach eine Kette mit meinem Namen.«

»Was, wenn es nicht echt wäre?« Ich verschluckte mich an der Vorstellung, dass er Wache stehen und seinen besten Freund anstarren würde, während er mir Hudsons Namen auf den Hintern tätowierte.

»Vielleicht bin ich ausgerastet, als du in der Hütte aus dem Bad kamst«, begann er und legte seinen Kopf auf meinen Bauch.

»Nur ein bisschen«, flüsterte ich und fuhr mit den Fingern durch sein Haar.

»Aber als ich darüber hinweg war, dass ich aus Versehen die beste Freundin meiner kleinen Schwester entführt hatte, wusste ich, dass ich keinen weiteren Moment mehr ohne dich verbringen will. Es hätte unangenehm sein sollen, aber das war es nicht, und ich hatte das Gefühl, dass es dich tatsächlich interessiert hat, was ich zu sagen hatte, als wir uns unterhielten. Mit dir im Dunkeln Spiele zu spielen und zu lachen war perfekt. Und ehrlich gesagt hatte ich seit Jahren nicht mehr so viel Spaß.«

»Aber du hast mich einfach hier abgesetzt und bist weggefahren, ohne zu sagen, wie es weitergeht.«

»Weil ich Angst hatte, etwas Dummes zu sagen. Ich wollte nicht, dass dir bewusst wird, dass das alles deine Zeit nicht wert ist. Aber als ich dann in die Bar kam und sah, dass du bereit bist, regelrecht um mich zu kämpfen, konnte ich mich nicht mehr von dir fernhalten.«

»Ich will auch nicht, dass du dich fernhältst. Aber ich war mir nicht sicher, ob ich dir wichtig genug bin.«

Er knurrte, beugte sich vor, schob seine Hände unter meine Achseln und hob mich in die Mitte meines Bettes. »Du bist mehr als wichtig genug. Und es tut mir leid, dass ich so lange gebraucht habe, um zu erkennen, was schon viel zu lange direkt vor mir lag. Du bist alles, was ich will. Du bist alles, was ich sehe. Und es wird Zeit, dass ich dir das zeige.«

Fünfundzwanzigstes Kapitel

Hudson

DIESES MÄDCHEN – DIESE unglaublich heiße und brillante Frau – hatte wirklich keine Ahnung, wie sehr sie mich in ihren Bann gezogen hatte.

Als sie vor ein paar Tagen aus dem Bad hatte kommen sehen, wäre ich fast durchgedreht, aber nicht, weil ich mich nicht zu ihr hingezogen fühlte. Obwohl ich versucht hatte, es nicht zu bemerken, wusste ich seit Jahren, dass sie innerlich und äußerlich wunderschön war.

Bevor ich sie näher kennengelernt hatte, war mir der Altersunterschied viel größer vorgekommen, als er tatsächlich war. Aber zwischen meinen Eltern lagen sechs Jahre und sie hatten sich das nicht anmerken lassen. Meine Mutter war gerade einmal einundzwanzig Jahre alt gewesen, als sie in seine Bar gekommen war. Mein Dad sagte immer, sie hätte sich von diesem Moment an in sein Herz geschlichen und es nie wieder verlassen.

So ging es mir auch mit Charley.

Letzte Woche hatte ich mir eingeredet, ich sei am Boden zerstört, weil Viv mit mir Schluss gemacht hatte, aber jetzt wusste ich, dass es eine Erleichterung war, von ihr sitzen gelassen worden zu sein. Und obwohl ich auf der Party gedacht hatte, ich würde ihre Fantasie verwirklichen, hatte ich in Wirklichkeit meine eigene ausgelebt. Die, in der ich tat, was ich wollte, ohne mir Sorgen um ihre Kritik machen zu müssen.

Charley hatte mich dazu gebracht, Grenzen zu überschreiten, die ich mir selbst gesetzt hatte, und ich wollte, dass sie das auch weiterhin tat. Ich wollte, dass sie mich antrieb.

Sie hatte wirklich keine Ahnung, wie sehr sie die Grundfesten meiner Realität in wenigen Tagen erschüttert hatte.

»Du hast keine verdammte Ahnung, wie sehr du mich zerstört hast und dann geholfen hast, mich wieder aufzubauen. Ich will nicht, dass es aufhört. Nicht jetzt, vielleicht niemals.«

179

»Bist du sicher? Ich glaube nämlich, dass es mich fertig machen würde, wenn du dich entscheidest, dass du das nicht mehr willst, sobald der Sexrausch nachlässt.«

Sie ahnte nicht, dass die Vorstellung, sie zu verlassen, Teile meines Herzens schmerzen ließ, von denen ich nicht einmal gewusst hatte, dass sie existierten. Und ich hatte genauso viel Angst davor, dass sie mich verlassen würde. Wir hatten noch nicht über ihre Zukunftspläne nach dem Abschluss gesprochen und ich hatte Angst, dass sie keinen Platz mehr in ihrem Leben für mich haben würde, wenn sie nicht mehr hier an der Uni festsaß.

»Dann lassen wir einfach nicht zu, dass er jemals nachlässt. Ich glaube nicht, dass ich jemals aufhören werde, mich nach dir zu sehnen. Und nein, ich rede nicht nur von deinem Körper. Ich rede von dir. Wer du als Mensch bist. Ich will nicht, dass dein Zauber jemals nachlässt.« Ihre Augen füllten sich mit Tränen, als sie mit ihren Fingern durch mein Haar strich. Ich hasste es, dass ich sie dazu gebracht hatte, zu hinterfragen, wie stark meine Gefühle für sie waren.

Denn obwohl wir noch viel übereinander zu lernen hatten, hatte ich das Gefühl, dass sie sich wirklich dafür interessierte, wer ich war, und nicht dafür, wie sie mich formen konnte. Mir war nicht bewusst gewesen, wie sehr mir das in meinem Leben gefehlt hatte. Viv war so versessen darauf gewesen, mich in eine Schublade zu stecken, dass ich mich selbst aus den Augen verloren hatte. Und ich weigerte mich, wieder in diese verdammte Schublade zu steigen.

»Kann ich jetzt diese Klamotten ausziehen? Denn ich will dich unbedingt nackt haben. Wir müssen beide in ein paar Stunden zur Arbeit und ich glaube nicht, dass ich es bis morgen aushalte, wenn ich dich nicht in den nächsten zwei Minuten zum Kommen bringe.«

»Na gut, ich will dich ja nicht quälen ...«, stichelte sie, ergriff den Saum ihres Tanktops und zog es nach oben.

Ich richtete mich auf, zog es ihr über den Kopf und warf es irgendwo hinter mich. Dann betrachtete ich ihre nackten Brüste und stöhnte auf. »Du solltest wirklich anfangen, BHs und Slips zu tragen, sonst werde ich nie mehr produktiv sein können, weil ich dich ständig ficken will.«

»Und das soll etwas Schlechtes sein?« Ihre Finger zupften an ihren bereits steifen Brustwarzen und mir lief das Wasser im Mund zusammen, wenn ich daran dachte, sie mit meinen Lippen zu umschließen.

»Von mir aus kannst du nackt durch mein Haus laufen, aber bei der Arbeit wirst du dich benehmen müssen. Niemand wird mehr zum Trinken kommen, wenn ich sie alle rausschmeiße oder ihnen Bierflaschen über den Kopf ziehe, weil sie meiner Freundin auf die Nippel starren.«

»Jetzt bin ich also deine Freundin?«, flüsterte sie und zog meinen Kopf zu sich heran.

»Mmhmm«, brummte ich, saugte an ihrer Brustwarze und erfreute mich an ihrer Reaktion, als ihr Rücken sich nach hinten wölbte und ihr nackter Körper sich an mich schmiegte.

»Was, wenn ich nicht deine Freundin sein will?«

Ich erstarrte und ein Anflug von Panik kam in mir auf. Dann sah ich jedoch, wie ihre Lippen sich zu einem Schmunzeln kräuselten und wusste, dass sie es nicht ernst meinte.

»Dann muss ich dich eben wieder entführen und in meiner Hütte festhalten, bis du zur Vernunft kommst. Ich glaube, dafür braucht es nur ein paar Orgasmen, und schon bist du wieder bei Verstand. Das ist Stockholm-Syndrom, aber auf eine heiße Art und Weise. Ich werde dich einfach regelmäßig schwanzipulieren.«

Als sie lachte, entspannte sich mein Körper und meine Hände wanderten über ihre Haut, während ich jeden Zentimeter ihrer weichen, nackten Haut küsste. Als wir heute Morgen losgefahren waren, hatte ich befürchtet, dass ich nie wieder Zeit haben würde, sie zu erkunden. Dass irgendwelche Umstände im wirklichen Leben uns auseinanderreißen würden. Aber Charley war bereit gewesen, meine Ex in die Schranken zu weisen, um ihren Anspruch auf mich geltend zu machen, und das wollte ich nicht hinterfragen. Denn wenn die Situation andersherum gewesen wäre, hätte ihr Ex sich auf dem Parkplatz mehr als nur sein Ego verletzt.

Sie zischte, als ich in sie hineinglitt, und das, obwohl sie unglaublich feucht war.

»Alles in Ordnung, Baby? Ich will dir nicht wehtun.«

Ihr Blick war sanft und die Intensität ihrer haselnussbraunen Augen konzentrierte sich direkt auf mich. »Nur ein bisschen wund. Aber ich möchte dir nahe sein.«

»Ich werde sanft sein«, flüsterte ich und schmiegte mein Gesicht in ihren Nacken, während ich langsam meine Hüften bewegte und das Gefühl ihrer Fingernägel in meinen Rücken genoss.

»Aber ich mag es lieber, wenn du nicht sanft bist.«

»Später, Baby. Wir haben alle Zeit der Welt. Ich kann dich so lange ficken, bis du tagelang nicht mehr sitzen kannst. Und Spuren auf deiner Haut hinterlassen, die zeigen, wie heiß ich auf dich bin«, knurrte ich in ihren Nacken und hinterließ auf meinem Weg zu ihrem köstlichen Mund eine Spur von Küssen statt Bisswunden.

»Ich liebe deine Spuren.«

Und ich liebe dich, dachte ich, als ich meine Hand in ihren Nacken schob und küsste. Zum ersten Mal machten wir richtige Liebe. Ich atmete erleichtert auf, als sie Minuten später um mich herum zuckte und meine Erlösung in sich aufnahm, als ich mich nicht länger zurückhalten konnte.

Denn bei dieser Frau hatte ich absolut keine Selbstbeherrschung und ich war mir nicht sicher, ob ich das jemals haben wollte.

Hudson

»OH VERDAMMT, HÄRTER! SCHLAG härter zu! Schlag mich, als würdest du es ernst meinen«, schrie sie und verkrampfte ihre Beine, als ich meine Hand hob und die Lederpeitsche erneut auf ihre Haut niedersausen ließ, bis sich auf ihrem Arsch kleine rote Striemen bildeten.

Das Feuer knisterte auf der anderen Seite des Raumes und ich konnte immer noch nicht glauben, dass das mein Leben war. Dass die wahnsinnig heiße nackte Frau, die auf meinem Schoß lag, mir gehörte und dass sie in ein paar Tagen in mein Haus einziehen würde.

Vor vier Monaten hätte ich mir niemals vorstellen können, mein Haus mit jemandem zu teilen. Denn eine gewisse Frau war es nicht mal wert gewesen, Platz in meinem Kopf, geschweige denn in meinem Haus einzunehmen. Aber jetzt hatte sich das drastisch verändert. Jetzt konnte ich es kaum erwarten, jeden Morgen mit ihr in meinen Armen aufzuwachen.

Charley hatte sich Sorgen gemacht, wie Hazel es finden würde, dass ich sie gebeten hatte, bei mir einzuziehen, aber diese hatte es erstaunlich gut aufgenommen. Haz suchte bereits einen riesigen Schreibtisch mit eingebautem Zeichenpult aus, um das alte Zimmer ihrer besten Freundin in ihr Atelier zu verwandeln.

Als ich erfahren hatte, dass sie mit unseren Eltern über einen Anbau an der Rückseite der Bar gesprochen hatte, um dort ein Zeichenstudio einzurichten, in dem sie arbeiten konnte, während ihr Illustrationsgeschäft wuchs, hatte ich mir keine Sorgen mehr gemacht. Charleys Auszug war genau zum richtigen Zeitpunkt gekommen. Vor allem, da ich es leid war, wegen unserer Wohnsituation unnötig lange von Char getrennt zu sein.

Als ich meine Hand unter ihren Körper schob, glitten meine Finger mühelos in ihre warme, feuchte Hitze. Ihr Stöhnen wurde immer lauter, während ich sie mit meinen Fingern fickte. Nicht nur erregte es mich wahnsinnig, ihr ein bisschen Schmerz zuzufügen, sie kam auch wesentlich schneller und intensiver, wenn ich es tat.

VERSEHENTLICHE ENTFÜHRUNG

Monatelang hatte sie ein Geheimversteck mit Spielzeug vor mir verborgen und sich geschämt, als ich die Kiste unter ihrem Bett gefunden hatte, als wir ihr Zimmer aufgeräumt hatten. Zuerst war ich davon ausgegangen, dass dort wichtige Dokumente drin wären, aber sie war voller Spielzeuge, die sie über die Jahre hinweg gesammelt hatte. Bis jetzt hatte sie sich nicht getraut, sie zu benutzen, aber die Zurückhaltung hatte jetzt ein Ende.

Als sie mir vorgeschlagen hatte, übers Wochenende in die Hütte zu fahren, um den Valentinstag ein paar Wochen früher zu feiern, hatte ich die Chance ergriffen. Schließlich gab es nichts Verlockenderes als ein nacktes Wochenende mit ihr, das mir wieder einmal bewies, wie gut wir zusammenpassten.

»Bist du nah dran, Baby? Ich sterbe hier«, stöhnte ich, während ich meinen schmerzenden Schwanz in meiner Boxershorts streichelte.

»Einmal noch«, bettelte sie atemlos und krallte ihre Finger in das Sofakissen neben ihrem Gesicht, während sie sich auf den Aufprall gefasst machte.

»Ein letztes Mal«, keuchte ich. »Dann ficke ich dich, bis du die Couch nass machst.«

Ich hob meine Hand, fuhr spielerisch mit der Peitsche über ihre gerötete Haut und schob meine Finger in sie hinein, weil ich wusste, dass sie dann innerhalb weniger Sekunden kommen würde, wenn ich die richtige Stelle traf.

»Tu es endlich!«, schrie sie und wippte mit ihren Hüften, um meinen Fingern entgegenzukommen.

»Es ist immer noch süß, dass du glaubst, du hättest das Sagen«, spottete ich, hielt inne und lächelte über das frustrierte Stöhnen, das sie in das Leder unter ihrem Gesicht ausstieß.

»Bitte«, wimmerte sie und verkrampfte ihre Muschi so um meine Finger, sodass auch ich aufstöhnte und mein Schwanz pochte. »Quäl mich nicht so. Ich muss kommen.«

Aber ich streichelte sie weiter, indem ich abwechselnd meine Finger bewegte und die Lederstränge über ihre Haut gleiten ließ. Als ihr Keuchen in ein Wimmern überging, hatte ich Gnade und rieb mit meinem Daumen an ihrer Klitoris, während ich mit der Peitsche auf ihren Arsch schlug, bis sie zitterte und schrie. Dann brach sie erschöpft zusammen.

»Zeit für ein Nickerchen, Baby?«, stichelte ich, während ich beobachtete, wie sich ihr Rücken mit mühsamen Atemzügen hob und senkte.

Sie hatte genug Energie, um ihre Hand zu heben und mir den Mittelfinger zu zeigen.

»Das ist genau die Einladung, die ich erwartet habe«, gluckste ich, zog ihre Beine von meinem Schoß und spreizte sie über die Couch. Ich schob meine

Boxershorts nach unten und stöhnte, als ich meinen Schwanz ein paar Mal durch ihre Muschi gleiten ließ, bevor ich ein Bein über ihre Oberschenkel legte und auf ihre feuchte, enge Spalte zielte.

Sie stöhnte auf, als ich in sie eindrang, und wippte ein paar Mal vor und zurück, bevor ich mich über ihren Körper beugte und mich mit einer Hand auf der Armlehne der Couch abstützte, während ich die andere auf ihren Nacken legte. »Wirst du wieder für mich kommen?«

Charley wimmerte, aber sie stemmte mir ihre Hüften bei jedem Stoß entgegen.

Ich griff mit meinen Fingern in ihr Haar, hielt es fest und drückte ihr Gesicht in die Sofapolster. »Antworte mir oder ich höre auf, bevor du es tust, und komme wieder auf deinem Arsch.«

Sie mochte es zwar, wenn ich ihr hübsches, mit Wimperntusche übersätes Gesicht ab und zu verzierte, aber ich wusste, dass sie es mehr mochte, wenn ich in ihr kam.

»Charley«, knurrte ich, zog ihren Kopf zurück und stöhnte, als sie ihre Schenkel zusammenpresste.

»Du weißt doch sicher, dass ich dich von mir wegstoßen und dich hier alleine wichsen lassen könnte«, stichelte sie, klang dabei aber ziemlich atemlos.

Obwohl sie mir ihre Taekwondo-Techniken nur ein paar Mal demonstriert hatte, weil wir uns immer von unseren Körpern ablenken ließen, bevor sie mir mehr zeigen konnte, wusste ich, dass sie durchaus in der Lage war, mich von sich herunterzubekommen.

»In diesem Fall würdest du mir wahrscheinlich zusehen. Ich weiß doch, dass meine schmutzige kleine Hure sich das nicht entgehen lassen kann.«

»Verdammt«, stöhnte sie und versuchte, ihre Hüften gegen meine zu stoßen. Sie mochte es, wenn ich sie beleidigte.

»Meine dreckige kleine Spermaschlampe, die es liebt, wenn ich sie schmutzig mache«, fuhr ich fort und knurrte, als sie sich wieder an mich drückte.

»Und die so geil auf Schwänze ist, dass sie mich in mein Büro schleppt und mein Sperma schluckt, wenn wir eigentlich arbeiten sollten. Mit unverschlossener Tür, damit jeder hereinkommen und uns erwischen kann.«

Langsam ließ ich meine Hüften kreisen und flüsterte ihr immer wieder schmutzige Dinge ins Ohr. Ihr Wimmern wurde immer lauter, bis sie stöhnte, erneut zum Höhepunkt kam und meine Schenkel mit ihrer Lust benetzte. Sterne tanzten in meinem Blickfeld, als ich endlich losließ und in ihr kam.

»Jetzt ist es Zeit für ein Nickerchen«, kicherte sie, als ich mich aus ihr herauszog und mein Sperma auf das Lederpolster unter ihr tropfte. Ich fuhr mit meinem Finger durch ihre Muschi und genoss das Keuchen, das sie ausstieß, als ich meinen Saft vorsichtig wieder in sie hineindrückte.

Wir hatten uns über Kinder und unsere Zukunft unterhalten. Wir wollten die nächsten Jahre gemeinsam genießen, bevor wir heirateten und Kinder in die Welt setzten. Sie wollte weiterhin die Pille nehmen, aber ich stellte mir trotzdem ab und zu vor, wie sie aussehen würde, wenn ich ihr einen runden Bauch verpassen würde. Möglicherweise hatte sie noch eine Vorliebe in mir geweckt, von der vorher nicht gewusst hatte, dass sie in mir schlummerte.

»Roll dich, Baby«, flüsterte ich und lehnte mich mit dem Rücken in das Sofa, damit ich sie in meine Arme nehmen konnte.

Ich hatte gedacht, sie sei eingeschlafen, als ihre leise Stimme ertönte. »Meinst du, die Veranstaltung wird gut laufen?«

»Baby«, flüsterte ich und versuchte, mit meinen Fingern durch ihr verfilztes Haar zu streichen. »Du arbeitest seit Monaten daran. Und ich habe alle Pläne gesehen. Du hast es geschafft. Und dafür hast du nicht einmal meine Hilfe gebraucht.«

Sie war im Dezember mit einem Projekt zu mir gekommen, das sie im vergangenen Semester in einem ihrer Kurse entwickelt hatte. Es handelte sich um eine zweiteilige Blind-Dating-Veranstaltung am Valentinstag.

Obwohl wir so etwas noch nie zuvor gemacht hatten, war das Interesse groß gewesen und wir hatten nach Silvester mehrere Wochen damit verbracht, die vierzehn Männer, die wir für die Teilnahme ausgewählt hatten, zu überprüfen, um zu verhindern, dass wir irgendwelche Spinner dabei hatten. Charley hatte die Frauen zusammen mit Annie zu Vorstellungsgesprächen eingeladen, um sicherzugehen, dass es keine faulen Eier wie meine Ex gab.

»Bist du sicher, dass es für dich in Ordnung ist, dass Hazel mitmacht? Ich weiß, dass ich ihr das mehr oder weniger aufgezwungen habe, aber ich finde einfach, dass sie zu viel Zeit allein in der Wohnung verbringt, seit ich ausgezogen bin.«

»Wir haben dafür gesorgt, dass es keine Arschlöcher unter den Männern gibt. Natürlich hoffe ich insgeheim, dass sie keinem dieser Typen ihre Nummer geben wird, aber vielleicht lernt sie ja einen netten Typen kennen. Sie braucht jetzt jemand anderen, der auf sie aufpasst, da ich meine Freizeit ja nur noch im Bett verbringe.«

Sie lachte und schüttelte den Kopf über mich, aber konnte auch nicht genug von unserem Sexleben bekommen. Vor allem, da es sogar noch besser geworden war.

»Was gibt es da zu lachen? Ich weiß genau, dass du das Bett auch nie wieder verlassen würdest, wenn du nicht müsstest.« Ich rieb meinen Schritt an ihr und sie lächelte mich an, als mein Schwanz gegen ihren Bauch pochte.

»Manchmal schon, aber nur kurz.«

Das war noch etwas, das sich nicht geändert hatte. Wir waren zwar nicht immer einer Meinung, aber wir konnten trotzdem spielerisch miteinander umgehen. Unser Sinn für Humor ergänzte sich und ich hatte nie das Gefühl, nicht ich selbst sein zu können.

Auch unsere Eltern freuten sich über unsere Beziehung und ganz besonders auf die geteilten Familienfeiern an Thanksgiving hatten wir ein großes Familienfest in der Bar gefeiert und an Weihnachten waren ihre Eltern zu uns in die Hütte gekommen.

Ich konnte mir nicht vorstellen, auch nur einen Tag ohne diese Frau zu verbringen. Und ich hasste es, dass ich so geblendet von einer oberflächlichen Beziehung gewesen war, dass ich Jahre mit ihr verloren hatte. Andererseits war ich dankbar für das, was wir jetzt hatten. Schließlich hatten unsere vorherigen Partner uns beigebracht, was es bedeutete, eine schlechte Beziehung zu haben, wodurch wir unsere jetzige viel mehr schätzten.

Ich hätte nie gedacht, dass ich einmal so dankbar für eine billige Halloween-Maske sein würde. Diese Nacht hatte mein Leben verändert und alles war genau so gekommen, wie es sein sollte, auch wenn es überhaupt nicht so gelaufen war, wie ich es geplant hatte.

Die beste versehentliche Entführung meines Lebens – und auch die einzige. Aber ich hätte trotzdem nichts dagegen, sie weiterhin ab und zu durch den Wald zu jagen.

ENDE

Von E.L. Koslo auf Englisch verfasst

auf Englisch:

Foreplay on Words (Amazon)

Book One of The Dirty Words Series
Evan and Chase
Vorschau von Foreplay on Words: https://BookHip.com/WCJHJGA

Mark my Words (Amazon)

Book Two of The Dirty Words Series
Sam and Kristine
Vorschau von Mark my Words: https://BookHip.com/QHWGXTZ

Bound by Words (Amazon)

Book Three of The Dirty Words Series
Nathan and Kelly
Vorschau von Bound by Words: https://BookHip.com/NRRHRBN

More Than Words (Amazon)

Book Four of The Dirty Words Series
Adrian and Isobel
Vorschau von More Than Words: https://BookHip.com/TARMSTL

Accidental Abduction (Amazon)

Book One in the Masked Men of Sage Springs Series
Hudson and Charley
Vorschau von Accidental Abduction: https://bookhip.com/CDPWXAB

Illicit Illustration (Amazon)

Book Two in the Masked Men of Sage Springs Series
Reid and Hazel
Vorschau von Illicit Illustration: https://bookhip.com/CDPWXAB

Smokin' Situation (Amazon)

Book Three in the Masked Men of Sage Springs Series
Annie and Tristan
Vorschau von Smokin' Situation: https://bookhip.com/FCDAKTZ

The Midnight Voyeur (Amazon)

Spicy, taboo, reverse age-gap, stand-alone – Ginny
Vorschau von The Midnight Voyeur: https://BookHip.com/SZXGKKQ

The Mystery Correspondent (Amazon)

Steamy Christmas novella, stand-alone – Ryder and Stella
Vorschau von The Mystery Correspondent: https://BookHip.com/XPBVAMB

Soziale Medien

Website: ELKoslo.com

Instagram: @elkoslo_writes
Threads: @elkoslo_writes
TikTok: @elkoslowrites & @elkosloauthor

Facebook: E.L. Koslo
Page: EL Koslo Romance Writer
Private Reader Group: E.L. Koslo's Dirty Words Brigade

Pinterest: @elkoslo

X: @ELKoslo
BlueSky: https://bsky.app/profile/elkoslowrites.bsky.social

Amazon: amazon.com/author/e.l.koslo

Linktree: linktr.ee.Elkoslo

Newsletter: https://elkoslo.beehiiv.com/

Über die
E.L. Koslo

FINDE DEN HUMOR IN DEINEM LEBEN.

E.L. schreibt pikante romantische Komödien mitgroßartigen Helden, die eine harte Schale, aber einen weichen Kern haben undihre starken Heldinnen bedingungslos lieben. Aufgewachsen im Mittleren Westender USA, hat sie ihre College-Liebe geheiratet und lebt heute mit ihren viertemperamentvollen Kindern und ihrem treuen Co-Autor, Quinn, einem Bernedoodle,in einem jener Bundesstaaten, deren Existenz gerne mal übersehen wird.Schlagfertige Dialoge, charmante Sticheleien und herrlich peinliche Momente sindihr Markenzeichen – also mach dich bereit, mit ihren Figuren zu lachen (oderüber sie).

In ihren Romanen vereint sie ihre Leidenschaft fürRomantik mit charmant tollpatschigen Helden, eigensinnigen Heldinnen und einerPrise Humor – abgerundet mit einem Hauch von würziger Hitze.